名家小说集

魂魄收集者

张炜 著

作家出版社

目录

短篇小说/1

鸽子的结局/3

孤　旅/16

植物的印象/26

夫人送我三个碟子/36

提　防/46

在族长与海神之间/55

魂魄收集者/79

阿雅的故事/96

酒　窖/110

草楼铺之歌/131

中篇小说/157

葡萄园/159

狐狸老婆/259

短篇小说

鸽子的结局

我和弟弟有过一个好朋友，他就是荒原人肖贵京。

肖贵京是个四十多岁的汉子。那时候，有人在离我们家不远的地方开垦了一块葡萄园。当葡萄结出来的那年，园子当中就垒起了一个平顶小泥屋。荒原人肖贵京就住在里面。

肖贵京有一支很长的土枪。那时候，我和弟弟常去找他玩。他对我们很好。我们觉得他是世界上最好的一个陌生人了。他不仅给我们葡萄吃，还在夏夜点上篝火引来知了，用油煎了给我们吃。那种香脆的滋味让人久久不忘。

有一天，他的脸色突然变了，阴沉着，见了我们也不爱搭理。

我问："肖叔叔，你怎么啦？"

他不作声，弟弟问他也不作声。他在门槛上坐了一会儿，又站起来。我想，一定是发生了什么事。后来我们就不问了。又停了一会儿，他主动告诉我们：

"昨天晚上，我在屋顶睡觉，看见了一个女鬼。"

"什么？"我们都愣了，喊起来。

谁都知道鬼是很吓人的，也知道那是一般人绝不可能碰上的事。肖贵京真的遇上了，这让人觉得无比恐惧又无比诱惑。我们详细询问起来。他告诉我们：为了能把葡萄园全都看在眼里，就在屋顶摊开行李睡觉，天冷了再回到屋里。夜里，他总是睡一会儿就睁开眼睛，四下里瞄一遍。他的枪一直放在行李旁边，担心火药被露水打湿，总是用被子盖住。他说：

"我晚上被冻醒了，起来看星星，估摸是半夜。这时候，突然听见了呜呜咽咽的哭声。往北一望，见一个头发披散的人，穿一身白衣服，一边哭一边跑。她好像往大海那边跑。她一直背对着我，越跑越远。"

我说："那你怎么不开枪？"

他摇头："鬼是打不得的。再说我的枪也打不了那么远。

这个鬼，我想是海里淹死的。你们不知道，有一年一艘客船从大连往龙口开，是个冬天，船在半路炸了。成百的人都掉到海里，一挨上浮冰就冻得不会动了……第二天，好多人去赶海，看到海潮推上来很多死人，就把他们埋了。从那以后，每到半夜什么声音都有。有哭有笑，有男有女……”

天哪，肖贵京的话多么吓人啊！

我们不敢看他。又停了一会儿，他说：“这个女鬼以后还会来的。”

我和弟弟十分好奇，尽管害怕，还是想和他一块儿过夜。

到了晚上，我们像过去一样点亮篝火，把小铁锅用油擦得锃亮。弟弟往葡萄架旁的杨树上摔石头土块儿，树叶哗哗一响，上面的知了迎着火光就扑下来。

我们还一块儿享用他打来的一些猎物，那是野兔之类。他煮了一锅肉汤。吃过了晚饭，我们就踏着木梯到屋顶上去。肖贵京让我们分开躺，因为三个人在一处会把屋梁压折。屋顶颤颤悠悠的，真的随时有倒塌的危险。

我们等啊等啊，露水把头发全弄湿了。没有一点儿奇怪的迹象，只有天空传来的大雁咕嘎咕嘎的声音。猫头鹰在远处叫着，报来不祥的音讯。天上的星星一齐瞪大了眼睛。

肖贵京把枪搂在怀里，枪口直指北方。

这一夜就这样过去了。

第二天晚上，我们还是爬上屋顶，结果仍旧没有什么事情发生。肖贵京怀疑那个女鬼是怕我和弟弟。他若有所思地拍着脑袋说：

“嗯，可能是这样，你们两个火气太旺。要知道，阴间的东西最害怕阳气足的人。你俩在这儿，她就不敢出来了。你们明天晚上不要来了，我自己等等看。”

第三天夜晚，我和弟弟没有去小屋，可是悄悄藏在了葡萄架下。我们暗中看着他踏着木梯上了屋顶，像打伏击一样搂着枪趴在那儿。我们一声不吭。有好几次我嗓子痒得难受，好不容易才把咳嗽忍住。大约到了深夜两点左右，屋顶上趴着的身影突然动了一下，接着我们都看见了他的枪口在慢慢移动。我们屏住呼吸，知道他在瞄准。可是这枪筒往上扬着，扬着，最后竟然朝着天空放了一枪。好大的声音啊。我们大叫一声从葡萄架下蹦出来：

“怎么啦？怎么啦？”

肖贵京不作声，从木梯上抱着枪下来，怕冷似的揣着手说：“她又出来了。你们什么时候来的？没听到哭声吗？”

我们都说：“没有。”

“我打了一枪，她一下就没了影儿。哎呀，这荒滩上什么事儿都有……”

我和弟弟对视着，半晌没有说话。

从那以后，我们再也不敢独自在荒滩上走了。不过我们有时还真想碰见那个女鬼。我们不知道那时候会怎样，她会说话吗?

有一段时间我们打着可怕的主意，故意在近一点的荒滩上游荡。我想，我是不会怕她的。她会和我们和平共处，说不定还会告诉我们那次大船怎样出事……

这一年冬天，雪特别大，前一场雪还没有化掉，后一场雪又来了。新雪覆盖旧雪，天冷得要命。荒原人肖贵京没有离开小土屋，他是个单身汉，没有别的地方可去。他在屋里支起一口小铁锅煮东西吃，吃饱了就出来给葡萄培点土，做一些可做可不做的小事，剩下的时间就藏在小屋里。他常常在雪地里踏上一行脚印，提回一串猎物。他把土炕烧得滚烫，煮着肉汤。由于他夏秋时节种了一些白菜萝卜，所以整整一个冬天都有吃的东西。

有一天我们三个在园里玩，一走近小土屋就看到屋顶上落了一只鸽子。肖贵京立刻蹲下，示意我们不要出声。

我看着那个鸽子，觉得它漂亮极了。它也许是孤独才到我们这儿来吧。反正它一点都不怕我们，大大方方看着我们三个人。

正在这时，肖贵京轻轻扬起了枪口。我在关键时刻飞快推了一下——扳机扣响了。由于是霰弹，所以尽管打偏了，那只鸽子还是受了伤。它没有落下来，歪歪斜斜地飞着……

“追！快追！它飞不远，它伤着了！”

他领着我们跑，绕过几行葡萄架。那个鸽子还在艰难地飞着，看来它伤得不轻。它飞得很慢，飞一会儿就落在雪地上，等我们跑近了再飞。有好几次肖贵京都想开枪，可总嫌离得太远。我们在鸽子停留的地方看到了血红的雪，鸽子的血像人血一样。

谢天谢地，鸽子离我们越来越远了。它飞到了一片槐林里。

肖贵京骂着往回走去，我们随他来到小土屋里。他的脸一直阴沉着，我们就离开了。

当我们穿过葡萄园时，积雪已经把裤脚弄湿了。弟弟走了一会儿，突然站住了。他建议我们去把那只鸽子找回来：

“它流了那么多血，这会儿肯定飞不动了。我们去槐林吧。”

我们调转方向，向那片槐林走去。

一路不知跌了多少跤，浑身都被雪粉糊住。那片槐林里有好多灌木和草窠，被大雪覆盖了，常常把我们绊倒。有一次，我倒下去，手上扎了酸枣的尖刺，鲜血一下染红了一小片雪，就像鸽子的血一样……

这片槐林并不大，我们仔仔细细从树上和树下找。槐树上结着雪块，风一摇就落下来，掉进我们的衣领里，把我们冰得直抖。

不知找了多长时间，弟弟首先发现了那只鸽子——它偎在一个大树墩跟前，那儿有一团干草。

弟弟小心翼翼地接近，一边脱下上衣——当离鸽子还有一米多远的时候，他猛地把衣服往上一撂，盖住了鸽子。我也跑过去。我们俩按住衣襟，从下面摸出鸽子。当我们把它取出来时，手上已经沾满了鲜血。

它原来伤了翅膀。我们小心地用衣服将它裹好，摸了摸它小小的额头，安慰着它，然后往家里跑去。

回家后我们马上给它抹上红药水，还包扎了一下。妈妈把它的羽毛剪去一点，说："这样它就飞不走了。等养好了伤再说。"

我们每天都要给它上药，喂它高粱和玉米。大约二十天过去了，鸽子的伤长好了。它的食量也增大了，吃得胖胖的。我们全家都高兴极了，连父亲脸上也绽出了笑容，还要抚摸一下鸽子润滑的羽毛。母亲和我们谈得最多的就是这只鸽子。它好像很懂事，在屋里一边走一边“咕咕咕咕”地叫，还时不时地在我们脚边偎一会儿。我和弟弟轮流把它捧在手里，揣在怀里。弟弟还把鸽子的嘴巴对在自己脸上，亲它的额头。

它的翅膀长得像过去一样，又开始拍打起来。它还会飞上天的。

我们给鸽子在屋檐下垒了一个窝，里面铺上了弟弟的一块花手绢。鸽子第一次试飞，打了一个旋儿就落在了院子里。后来它离开我们屋子，在四周盘旋一圈，然后再飞回自己的窝里。

我们有了一只自己的鸽子，这真了不起啊。

我们又到那个葡萄园里去了。肖贵京长时间没有看到我们，似乎有些寂寞，他问我们做什么了？我们搪塞着，隐瞒了鸽子的事。我们突然想起了女鬼，问他怎样了？

“没有了，再也没有了。天冷了，我也不能天天上屋顶。”

好不容易盼来了夏天。这时候我们的鸽子可以飞到很远的地方去了，但总是能按时飞回来。可是有一次它四天没有回巢，母亲急了。我和弟弟简直绝望了。

第五天半夜我被什么惊醒了，爬起来一看，见父亲从窗户里探出身子，划亮了火柴去照屋檐下的鸽子窝。里面还是空空的。我听见了一声叹息。这是父亲第一次和我们一同忧虑。

第六天鸽子回来了。我们全家像过节一样长时间看着它。我们想把它抱到怀里抚摸，可它怎么也不肯。

夏天的夜晚是葡萄园最好玩的时候，我们和肖贵京一块儿爬到土屋顶上，望着无边的夜色。肖贵京怀着永远不能消退的兴致，等待那个女鬼。

他有一次笑嘻嘻地说了一句话，让我吃惊："如果是个男鬼，我早就不理了。"

我当时没听明白是怎么回事，可就是忘不掉。

那个女鬼当时只留给他一个背影，如果她转过脸来呢？她长得好看吗？她是一个女鬼，但能不能再变回平常的人呢？她善良吗？这一切都无法回答。

肖贵京问我们："你们两个敢到海滩上去，敢在那儿玩到很晚吗？"

我们互相看看："怎么不敢？我们就玩到很晚，玩上一个通宵。我们在月亮底下能跑老远老远，穿过大片林子，跑到海浪跟前……"

肖贵京摇摇头："你们不怕遇上她吗？"

我说："不怕。"

虽然这样说，但知道是说了假话。我们自从知道了女鬼，就再也没有跑到荒原深处，没有在夜间跑到海浪那儿。

这个夜晚，肖贵京的话很多。他告诉我们：护秋的光棍汉里，就有人常年在野地里睡觉，最后还交往了女鬼。“她们当中还真有好的。她们可不像传说那样拉着长舌头，也是人，和人一样；只不过她们在夜间活动，不在白天活动。有些光棍汉就和女鬼住在小屋子、草铺子里，到了夜间和她过日子，到了白天就一个人孤单。”

我们听得直冒冷汗。他又说了一句：

“那不也挺好的吗？”

我这才明白，原来他有自己的打算。怪不得他总要在屋顶上伏着。这会儿，我觉得女鬼不那么可怕了。他说：女鬼和人不同，她能变成各种各样的东西，比如说一只麻雀，一只老鸦，一只大雁……

我和弟弟脱口而出：“会不会变成一只鸽子？”

肖贵京的脸一下变色了——他大概想起了那个在大雪天被打伤的鸽子——是啊，那么孤孤单单的一只鸽子，单独落在这个小屋上，难道是偶然的吗？这会不会是她变的呢？肖贵京的手在左胸脯上抖抖地摸索，掏出了烟锅。我们看到有好长时间，他的神色都有点恍惚。

从此以后，我们心中也装了一个疑团。从葡萄园里出来，回到家里再看那只鸽子，怎么看怎么觉得它怪异。我和弟弟下决心不把这个秘密告诉妈妈，担心她会害怕。半夜里，我们常常爬起来，去听窗外鸽子窝里的声音。鸽子熟睡着，没有任何响动。到了早晨，它蹲在窝外，挺着鼓鼓的胸脯。它的胸部可爱极了。我们老想用手在它那儿拍打几下。那个饱满的耸起的胸部啊，只有鸽子才长得出……我想不出任何动物还能比鸽子更美丽。

它跟我们一家人相处得那么好。但是它很少落到我们身上，让我们捧在手上抚摸着亲昵。它总是远远地给我们一个微笑，在小院里盘旋一圈，飞起来。

转眼又是一个冬天来到了。我们还是到葡萄园的小土屋里去。肖贵京不停地在屋里奔忙着，一会儿做一点红薯吃，一会儿又炖好了什么野味。

有一天，我和弟弟走到那儿，老远就喊起了他。往常他总要应答着出来，可是这一回任我们喊着，就是没有应声。我们觉得奇怪。门虚掩着，我们用肩膀把门碰开，一下子呆住了：肖贵京抱着枪，跪在小屋的中间，面前是一只血淋淋的鸽子。

“啊？”

我和弟弟一齐喊叫了一声。我们想起了自己的鸽子。弟弟俯下身，扒开鸽子左边的翅膀，接着尖叫一声。我也看清了，那里有一个疤痕！不错，这是我们的鸽子啊。我指着肖贵京大喊：

“你！你打死了她！你……”

弟弟用拳头猛击他的胸脯，骂着，甚至踢他的手。奇怪的是肖贵京抱着枪，仍然跪在那儿，一声不吭。这样待了一会儿，他喃喃着：

“我，我不知是怎么了，听到外面有声音，走出屋子，一看是它，落在屋顶……我就……不，”他说着又否认起来，“我的手按在扳机上，只是想吓唬它。我实在不想打下它。我不想打下它。我知道它不是一般的鸽子，不是。我心里明白是她变的……可是我手一抖，扳机就响了。我敢发誓，这不是我扣响的——我的手还没挨上，它就响了……我的手指到现在还没挨上扳机啊！我发誓……”

“胡扯！骗子！胡扯！”弟弟骂起来，满脸泪花。

我把鸽子捧起来，挨上胸口。它的血顺着衣服滴下来。

黄昏时候，我们三个在葡萄园里走着，找了个最好的地方把鸽子埋掉了。我们给它立了个小小的坟尖。

从那儿以后，我觉得这片无边无际的原野上少了一个灵魂。从此，我们的荒原就变成没有魂灵的、死寂的一片了。

我们的荒原将慢慢地死去，这一天已经不远了。

1990年2月　作

2013年2月　修订

孤　旅

我遥遥注视着他。在公开场合，我从来不提他的名字。或许有人认为我忽略了这个人，或许在用沉默表示冷淡。其实恰恰相反，他是每一个敏感的人都不可能忽略的重要存在。我之所以这么谨慎、小心翼翼，只是唯恐由于自己的草率和慌促而伤害什么。我不惧怕，不惧怕任何东西。但是，我惧怕在悄悄接近某种神圣时，不经意地将什么损伤。

他在我的视野范围内活动着。我完全可以理解这个人。对他的失误，我非常痛心。但那毕竟只是失误而已。在我眼里不可能有完美的事物，因为经历了无数次失望之后，我认为世上不存在什么完美。

他肆无忌惮地活动着，渴望建功立业。他眉骨高耸，目光犀利，像一切暴烈的雄心勃勃的人一样，藏起的是女性一般的温柔。渴望征服，渴望把标枪投到最远的角落里的那样一种欲望，燃烧得他口干舌燥。他的嘴唇暴着白皮，额头刻上了深深的横纹。他像我一样对世界充满怀疑。巨大的警觉和感知力使他看上去既迟钝，又无比聪颖。他是个女性喜欢的角色，因为他干净利落地杀掉了自己身上的女儿气。他是个男子汉。像任何人一样，他伪装自己。我甚至有点喜欢这种伪装。那是我可以理解的一部分。

我遥遥注视，表现了一生中少有的冷静和平淡。火热的情怀已属于昨天，更火热的情怀大概属于未来。我在这二者之间摇摆。这就像我黎明时分的一次次远行，奔向的是火红的东方，可是当太阳旋转到头顶的时候，它又要向西，然后在背后熄灭。那两种天色是相同的，却又有着相反的性质。

我很清楚自己的处境。我蹲在一个地方，窥视着一切可能的机会，像一个贪婪的人准备攫取。但是任何一个了解我的人都会发现，我的攫取和机会，远不是世俗意义上的。我在跋涉中需要一个真正的伙伴，这个伙伴要像我一样冷漠，也像我一样火热。他的咒骂使敌人胆寒，他的热情让火焰褪色。我们只以信念互相鼓舞。我们可能一辈子也说不了几句话，但这交流是最信得过的，最可靠的，并且是以世人感到陌生的方式进行的。

我有时候甚至怀疑自己：所有的行为，目的只有一个，就是寻找一个同行者。

我不止一次怀疑自己的判断：这个人出现了吗？他已经从地平线上跃出来了吗？不错，我已经看到，他可信地迈起雄性的步伐，一路生风，向着一个既定的荒漠奔去。我甚至看见他脚蹬一双粗糙的牛皮鞋，为了结实，上面打了铁扣。这样的一双大脚，这样一双结实的皮靴，我相信可以踢碎恶狼的脑壳。他健步如飞，身背行囊。当他渴了，就从肩上的水壶里喝一口，然后继续赶路。

我在估摸他的意志和体力的同时，也在判断自己。我像审视对方一样审视自己，包括我的灵魂、意志、精神和肉体。我的一切都必须是合格的，不然，所有的选择和期盼就一钱不值，被人嘲笑。我宁可做一个软弱的懦夫，也不愿做一个可笑的人。我不渴望漂亮的口碑，但渴望真正的勇气。也就是出于这些艰难的，然而严格选择的意愿，我才像一个狩猎者，蹲在一个寂寥的地方，让树叶遮盖着，从绿色的空隙里窥视外面这个世界。

小时候曾有过狩猎的经历。那时候的原野比现在大多了，神秘多了。那里面藏着我们所需要的一切。它所能给予我们的是无穷无尽的恩赐。我们没有力量把它搞明白，只知道带有某种克制地索取。

那一天，我跟着一个老人往丛林里走。老人打着麻布裹腿，戴着一顶蓝色的长舌护帽。为了抵御寒风，他还戴了一副风镜。我什么也没拿，好像此行的任务就是观战。当然，必要的时候我会帮老人一把。他让我跟在身边。

老人这次要打一个大的猎物。他走了一会儿，指着一条光洁的小径说："到了，这就是畜道。"他告诉我，畜生有一个奇怪的禀性，它们在荒野上赶路时，总要沿着一条相同的路线移动。久而久之就踩出这样一条细细的小路。这种小径一般人是看不出来的。在我眼里，这个小径只像荒野中扔下的一线麻秆，弯弯曲曲；又像蛇蜕，淹没在草丛中。

老猎人选择了一个隐蔽处，我们伏在那儿。这一天是西风，而畜道就在我们西边，老人说风可以把我们的气味吹跑，而猎物总是顺风而来，所以它闻不到我们的气味。

我们在一个老橡树遮掩下的沙丘上卧倒。老人的枪已经上好弹药。沙丘上垫了一截树根，枪口指向前方。我们等待着，那真是让人心烦的等待。老人不愿说话。难捱的沉默笼罩着我们，还有焦渴。我们忘了带水和食物。

眼看一只兔子从远处跑来，老人表情淡漠。

大约又过了一个小时，一只草獾一颠一颠地过来了。这只草獾真肥，皮毛闪着光泽。特别使我动心的是它的两个耳朵，一动一动地引诱我们。

老人还是一声不吭。

我们捱过了半天，没有等到一个满意的猎物。

老人掮上枪，背上空囊，领我离开了原野。

这一场等待让人难忘。二十多年过去了，我还记得那个场面。奇怪的是，我常常觉得自己就处在这种等待之中。不过我等待的不是猎物。虽然有相同的期待和感觉，但目的却不一样。我等待什么？我等待的是一次成功吗？一次巨大的满足吗？不知道。我久久的追寻越来越模糊，越来越难以捉摸了。

今天我终于明白了这种等待意味着什么。原来我在等待一个旅伴。

很偶然，他出现在了我的身边。那天大雨。看，他就坐在几尺远的地方，轻轻呷着一杯柠檬水。我也喝着饮料，但很少望过去。不错，我们彼此都认识，打个招呼，然后各忙各的。

他喝了一杯柠檬水，又从柜台上抓起什么嚼着，从包里掏出眼镜，像个老学者那样戴上，用食指顶一顶镜梁，然后凑近柜台，看起了饮料瓶上的商标。我觉得这像是做戏，是一种掩饰。我也站起来，几乎背对着他，与一个服务员谈话。我们在谈一些任何人听了都会感到无聊的话。他也好像故意要在这间屋子逗留一会儿，虽然外面雨停了，他却仍然没有走的意思。后来他摘下眼镜，又坐在桌子旁。他看看自己的手，再次在挎包里摸着。他摸出一片鱼干，撕成细条，一条一条塞到嘴里。我也像他一样，坐在另一张桌子旁。这样我可以从侧面看到他的脸。我点起一支烟。很长时间，我已经不往肺里吸烟了。浓烟只在我的喉咙那儿打个旋，就急匆匆喷出来。但我戒不掉它。香烟可以使人获得某种安慰，使人镇静，掩饰心绪。

我吸着烟，烟雾把我和他隔得好像更远了。透过烟雾，我不时地看他一眼。几次涌起一阵冲动，想站起来握一下他的手。他的年纪比我大。不错，许多人都介绍过他，但我宁可相信自己的感觉。我也知道他的一些经历，不过没有得到他的亲口验证。

他跟我来自完全不同的方向。可是我感到他那么熟悉。这当然是一个厉害角色。他不仅使我理解，而且使我钦佩。我送给他的目光里掺了少有的信任。我们的相同之处，就是那种极度的敏感。他似乎被我的目光击中了，猛地转脸盯住我。这目光告诉我，马上就要开始一场深谈。我们要一下缩短二百年的距离。我的心被重重地击了一下，以至于全身战栗，站起来。一个声音在告诉我：

“不，还为时过早。你不能像小伙子一样急躁。你不是跟一个老人打过猎吗？要像老人那样沉着，超乎寻常地忍耐。”

我慢慢坐下了。

他也许在想类似的问题。我发现他的目光渐渐淡下来，慢慢垂落，从我的眼睛往下，划了一道圆弧，落在面前的桌子上。他研究起桌面的木纹。

这就是那次相遇。

这种机会对我们来说并不稀缺，因为他和他的朋友经常在一起，而我的朋友又是他朋友的朋友。

朋友们不经意的一句话会提到他，但我不置一词。他们实在不了解，像我这样一个爽快的人，会藏下了深深的孤独。

我的孤独没人知道。我只希望以后少一些失望。就这样小心翼翼，这样踌躇。我不愿直接道破心中的秘密。当朋友们很随便地说到他的名字时，我从不应和。很长一段时间里，我一直保持沉默。我是一个尖刻的、喜欢批评别人的人。但我绝少谈论他。我有意无意地感觉到，他似乎也在回避什么。这好比在一片宽阔的土地上，有两个渴望友谊的孤旅人相逢，勒马驻足，欲言又止。他们不愿冒险。

这真像一场探险。人要经过半生的跋涉，才有这样的警醒和谨慎。

我知道自己不是越来越冷漠，而是越来越热情了。那种炽烈的火焰烧得我不得安生，使我急于去寻找，去交谈，去把一颗心灵献给另一颗心灵。但是与此同时，那种火焰也把我烤得愈加成熟了。

我懂得什么才是最值得珍惜的，它似乎并不亚于生命。我激动而庄严地审视自己。

我在安静的时候，常常小声说出自己的一个预测。我的期待将不会落空。我在期待一个奇迹，它像日出般辉煌。我发现自己所盼望的这个奇迹，只是一个梦幻中的梦幻，是海市蜃楼。然而我期待一只神奇的手，把这幅虚幻的景象移植到真实的土地上来。这种移植似乎是不可能的。可是近来我却分明感到了它，它近在咫尺。

一种无法压抑的欣喜，一种奢望，就要变为现实的预感，使我痴癫。我周身滚烫，在焦躁不安中尝试着。一种生命的青春正在悄悄恢复。我很想把这个判断告诉身边的朋友，但后来还是忍住了。因为我觉得没有一个人，除他之外，没有一个人能够理解，理解这种狂喜和幸福。

又是一个机会。我在一个热闹场合中遇到了他。他的装束变了，穿着笔挺的西服，结了讲究的领带。我也比过去讲究多了。我们相视而笑，彼此靠近一步，握手。

我们的问候很平常，无论是他还是我，都会感到这问候没有什么特别的。我们匆匆分开了，尽可能远地在厅堂的两端坐下。我们再也没有互相注视。然而他却长久地占据了我的心胸。有一种力量在彼此吸引。如果我们再次靠近，也许要一起迈出这个厅堂，走到外面，去呼吸一口全新的空气。那时候我们会像害了热病似的，不能抑制自己的兴奋，谈上一个又一个通宵；当我们疲累的时候，就稍稍恢复一点力气，然后接着再谈。我们讨论的将是千百年来的智者一直没有中断的话题。

我的思路渐渐被沸腾的人声给弄得模糊了。

那一天人们散开的时候，我旁若无人地走出大厅，头也不回地往自己的住处走去。

我认为那个时刻还没有到来。我还需要做自己的事情，一如既往地工作，并且仍旧遥遥注视那个方向。我会像过去那样对其不置一词，首先不会赞扬，当然更不会责备。我甚至可以把关于他的记录收在手边，看也不看，去感受里面的脉动，血流在字里行间滚烫地奔涌，时不时溅到手上。但我默不作声。

一种从未有过的吸引，使我动心。我相信这是一个了不起的发现和设计。这种遥遥相对的时间也许极长，也许伴随了我们的整个下半生。我相信，当我们决心走到一起，决心抛弃这种拘谨，将所有疑惑的云彩从瞳孔里抹掉的时候，死亡之期也就到来了。那时候我们将带着一个梦想，一个欣慰的笑容，长眠于地下。

1990 年 4 月　作

2013 年 2 月　修订

植物的印象

有一次，我在一片树林里玩，走着走着，来到了一片荻草地。我发现这里有扑打的痕迹：好多荻草被压倒了，水汁充盈的草杆被打折了，揉烂了。再往前走，又发现了一片被扑打和压伏的荻草，草叶上还沾了血滴。我辨认着，在血滴旁边看到了撕下的布绺和头发。地上全是杂乱的脚印。我一阵惊悸：这里肯定发生了什么事情。

周围很静，荻草默默不语。我觉得它们都睁大了惊恐的眼睛看着我，向我诉说，可惜我听不懂。

我胆战心惊地离开了那片荻草地，惶惶地跑开了。那时我十几岁。很长时间过去了，我总觉得荻草在告诉我一个故事。我甚至在想——一个女人正在荻草间做什么，突然被一个脸上长了黑斑的男人扑倒在地，他扯她的头发，撕她的衣服。女人喊起来，男人就去堵她的嘴，她咬他的手……

这是荻草告诉我的。因为我只要坐下来，闭上眼睛，那个厮打的场景就会出现。可是只一会儿，它就像淡云一样飘走了，脑海里又剩下一片蓝色的、明净的天空。

晚上我常做一些奇奇怪怪的梦，但梦中没有出现厮打的场景，也没有荻草。

大约两三天后，我再次去寻那个地方。费了好大劲儿才找到，可是眼前的情景让我更加惊讶：好大一片荻草、连同那些扑打的痕迹都没有了，是谁把它们齐茬儿割了，远处的荻草和植物却完好无损。

怎么有人专门割掉这片留下了痕迹的荻草呢？这会儿我好像听到了各种植物的哭泣和吵闹。它们抱怨：有人由于害怕这些默默的目击者，害怕它们有一天会抖搂出事情的真相，就把它们除掉了。这大概不是想象和夸张，因为事情是实实在在发生过的——就在几天前，我的脚下还有血迹、发丝，还有一片被蹂躏的荻草，可现在竟然光光的了。

荻草到了秋末就不再重新发芽了，这一代荻草的生命也就完结了，它们所看见的一切也许只能告诉自己的下一代。

那个做下了坏事而又被荻草们看在眼里的人是谁呢？

后来我长大了，仍然没法忘记少年时代的那片荻草。我那时被一种恐惧和忧愤攫住了，急于弄清发生的事情。从那儿以后，我总认为植物有自己的眼睛、感觉，有自己的印象和记忆，它们的沉默意味深长。比如说一棵杨树，它死去后根部还会生出小树，这些小树能否记住上一代杨树所看到的事情？它听过并且又会把这些故事讲给再下一代吗？我相信树和人一样，它们心中都多少保留了一些老祖父的故事吧。

我记得屋子东边渠岸上有一些碧绿的蓖麻，它们高大茂密，轻轻一戳，茎叶就能流出清泪。那时候我有了什么不愉快的事情，就要到蓖麻林里躲一会儿。我和那些高大的蓖麻已经配合得相当默契了。当母亲喊我的时候，我让它们不要吱声，蓖麻就将呼吸放得轻轻的。我看到了它们的眼睛，那眼睛也是绿色的，眼珠乌黑乌黑，像蓖麻籽一样。我在水渠里洗澡，爬上岸的时候，不愿光光的身子让蓖麻看见，就赶紧穿上衣服。

我觉得槐树的眼睛是褐色的，它们的瞳仁像豆粒一样圆圆的、黄黄的。合欢树的眼睛是紫色的，瞳仁也是黑的。千层菊的眼睛是红色的，瞳仁是绿色的。它们的脾气也不一样，蓖麻比较随和，大大咧咧，天真无邪；橡树是一个寡言少语的人，它一旦对谁有了坏的印象，就再也不会改变。橡树多少有一点儿古怪心计，是惹不得的；千层菊像一个姑娘那么温顺，可是有时候太娇气了。杨树性格刚直，多少有点倔强，像个男子汉。它永远也不会衰老，永远都是二十岁的脾气。合欢树婆婆妈妈的，不太讲究穿戴，是个好心的大婶，谁都想从它那里讨到吃物。它只是微笑，并不多言。

所有这些植物的记忆中，都有关于人的故事。我知道母亲父亲、我和弟弟，一举一动都被它们看在眼里，记在心里。

当母亲一个人偷偷流泪的时候，我听见蓖麻林里也传来了滴滴答答的声音。还有屋子西边的杨树，它们的个子高，从远处就能看到我们的小屋，它们也像我们一样悲伤。父亲一直把暴烈的性情收敛起来，到了晚年再也憋不住了，有一天早晨像山洪一样暴发了。我知道这是长久积淤的结果。父亲狂怒起来，小屋差一点儿被掀翻。这时我看见屋旁的合欢树不停地抖动，它被这个男人的暴怒吓坏了。

多少年后，当我们的小屋不复存在的时候，我总想去寻找一些旧日的痕迹。当我看到那棵合欢树的时候，奇怪的是首先就看到了它的眼睛。它还记得父亲的那次发怒：在它的印象中，这座小屋里的所有人，特别是这个勤劳的男人总是一声不吭。那一次它真是感到出乎意料。

我们小屋后面有一排榆树，它们总是面色苍苍，对什么事都无动于衷。我原以为它们是最没有血性的一种植物，后来才知道错了。那排榆树被拉电缆的煤矿工人砍得残缺不全，它们竟然没有反抗。在归来之后，我才知道它们曾把电缆一次次扯断……它们看到了小屋里发生的所有事情，如今正在拖着残肢度过凄凉的晚年。

老榆树讲出了淤积在心中的话，告诉我：水渠旁的那片槐树竟然把长长的根须伸到它们脚下，争抢本来就少得可怜的一点淡水；屋角那棵枣树竟然伸出长长的刺针去伤它们的孩子；小屋里的主人有一次把一盆热水从后窗泼出去，经过一个夏天，它们的烫伤还没有康复……

我抚摸着老黑榆，感到它们在战栗。几十年过去了，我不知多少次来到这片原野，看着这里的千疮百孔，坑坑洼洼。茂密的野草和灰黄的建筑一块儿生长，破烂不堪。我努力从残留的一切中追忆过去，寻觅往昔的一切。

有一天黄昏我一直往北，走向了一条小径。我看见了几棵很老的杨树，心里一动：这不是那片荻草被割掉的地方吗？荻草有很深的根脉，它可以在地下繁衍。我细细寻找起来，在杨树的另一面，终于看到了一大片荻草。当时正是秋天，它们长得浓旺而茁壮，好像要故意保留一段不死的记忆。

我在注视它们的时候，听到荻草后面有唰啦唰啦的声音。一个人走过来了，是一个非常老的男人，腰佝偻着，背着粪筐，拿一把镰刀，吭哧吭哧踏倒了荻草。我像被什么撞了一下，一阵疼痛。我定神一看，首先看到了这个衰老的男人脸上有一块黑斑。我瞅他，他也看我。我们对视了一会儿，他摇摇晃晃走开了。

好像有一个声音在心里响起来："就是他！就是他！"

他是什么人？他怎么到这儿来了？我明明白白看到那片荻草一齐伸长了手指，向那个老人指去。很多年前看到的那片被压倒的荻草、血迹和头发，一切都回到了心头……这片荻草在作证，在复述上一代的记忆。我跑了两步，想追上那个男人……整个一天都怏怏不快，心情沉重。

后来我有机会到离矿区不远的那个小村去，随口打听那个脸上有黑斑的老人。

有人问："你说的是不是老冒？"

我说："他脸上有块黑斑。"

"是啊，那家伙七十多了，是吧?"

"对，腰弓得厉害。"

被问的人拍拍腿："错不了，就是老冒。那个家伙早年不务正业，前几年才从监狱里放出来。"

"他做了什么事情?"

"欺侮孤儿寡母……反正，被抓起来了。"

"他在哪里干了坏事？野外?"

"不知道啦，反正是做了缺德事，给抓起来了。"

一切似乎全明白了。我拖着沉重的腿走到那片荻草旁。它们用欣慰的目光盯住我。我揉揉眼睛，抚摸着它们。

是的，所有植物都有一颗心灵，它们比人更执拗也更正直。它们会长久地保留起自己的情感，以待有机会倾诉出来。它们善恶分明，有着经久不变的道德观。我们的一举一动都在它们的注视之下，所以我们真的应该谨慎。我们应该好好地约束自己。它们已经看得太多，知道得太多。我想这一点也许自己早有预感，尽管还没有来得及弄清这一切——想到这里心中猛然一动，明白了人们那么疯狂地砍伐森林铲除草地，原来是有原因的。

原来我们所做的，跟那个脸上有黑斑的老人一样：掩盖自己的恶行，毁掉植物的记忆。

可是这真的做不到。荻草有着几十年、几百年地下繁衍的能力，所有植物都有一颗不死的心。它们一有机会就要发芽，就要诉说，就要睁大眼睛，就要抖落记忆。

那一次故地之行是永难忘怀的。我回到城里，常常想起一些事情——也许是有意的呼应和佐证，冥冥中有什么在帮我，有一天我随便翻起一张报纸，竟然就读到了这样的一篇报道：

植物也有血型。人的血液有 A、B、O、AB 四种，这是众所周知的。但植物也有血型，一位科学研究所的研究员考察了五百多种植物的果实和种子，通过试验证明了植物的血型。研究发现，山茶等六十种植物属于 O 型，珊瑚树等二十四种为 B 型，丹枫为 AB 型。科学家认为，某些植物的血液是由红色、不太透明的黏性液体所组成，正是液体里的糖蛋白决定了血型。糖蛋白是一类含糖的结合蛋白，血型标志着某种植物的调控信号。区分植物血型的物质除了充当能量的贮藏库以外，还担负着保护植物体的任务……

我当时惊呆了。我看着那篇报道，心里毫无置疑。即便不看这篇报道，我也会得出与之相似的结论。总之我更加确认了植物有自己的记忆和印象，有自己的脾气。比如我是 A 型，急躁易怒，激情很容易就喷涌出来，A 型植物也会有这些特性。我想了很多，甚至又一次重温了自小到大跟植物相处的许多细节。我甚至在想有没有做下什么令人难堪的、丑陋的事情？我在植物面前代表同类演出了什么卑劣的闹剧？我想着，脸上一阵阵发烧。

我在荒野做过不甚体面的事情，比如，和朋友们在丛林里欺负过一个动物。那时候我们真的有点冷酷。可是我们得意忘形的时候，就是没有想到身边有一些永恒的目光在注视，它们已经悄悄地把一切记录在案。我想，当有机会和当年的那些目击者见面，再一次回到原野的时候，我会一一搜集它们的印象，倾听它们的诉说。

那种忏悔的心情一直持续了很长时间。那天我无心做什么，在屋里走来走去。后来我到凉台上，给正在枯萎的几棵植物浇水。可是它们活不久了。它们在这座城市里已经忍耐得够久了，在做最后的挣扎和喘息。我抚摸着它们的叶子，小心地拭去灰尘。我似乎听到了它们感激的、微弱的声音。它们死去的时候会留下这样一种印象：一个无可奈何的男人在和它们一块儿呻吟，试图挽救它们的生命，可是他失败了。

所有类似的努力都会失败吗？我们到原野上去问一问那

些数不清的植物，问它们看到了什么？心中沉淀了什么？有着怎样珍贵的经验？回答肯定会有的，但问题是怎样与它们心心相印，怎样才能够交流，能够听懂它们的语言？我们会做到吗？

我想，这正是问题的关键。

1990 年 6 月　作

2013 年 2 月　修订

夫人送我三个碟子

我们这伙人当中，有人提议到查理夫人家里看看。他按照东方习俗，认为到主人家里看看，是一种很友好的举动。查理夫人有些慌张。她对一个蓝眼睛中年男人说着什么，两只手提在胸前，活动得很快，使人想起小猫的两只前爪。可我们没有多想什么，就坚持去了。

我们去时，每个人至少要带一件礼物。带什么呢？有人向我提议，向同行的一位姑娘借几个景泰蓝戒指，一种很美丽但不怎么值钱的东西。我把戒指装在一个小盒里。

查理夫人算得上有名的富翁，她家是非常讲究的一个世家。据说查理夫人小时候也很苦，直到五十岁时还在操劳，后来才继承了一大笔遗产。如今她已经七十多岁了，但显得很年轻，以我们东方人的眼光来判断，她不过四五十岁。我觉得她至少能活一百多岁。她没有男人，自己拥有那么好的一座楼房，楼房前后是漂亮的花园。

那一天我们打了台球，喝了酒。大家喝酒的时候，都祝查理夫人健康。

后来，我们要到一个乡间别墅生活一周。查理夫人先我们赶到。仅仅是两天没见，她一上来就拥抱了我们。

傍晚，我们去散步。我们当中有好多人没有见过荨麻，有人碰了一下，手上立刻起了一片红点，疼得叫起来。查理夫人哈哈大笑，跑过去，拔起荨麻，一下连一下捋起来。我们都愣住了。她好像有什么特异功能。后来才知道，只要顺着一个方向捋荨麻，也就没事了。

那个晚上，我们在这个乡间别墅过得很愉快。这里有一间古老的磨坊，水车日夜转动。水车轮子上长满了青苔，水流是从不远处的大山里流出来的。这里的水源是多么丰沛啊。

我想起小时候在河边看风车转动，那时候觉得神奇极了。风车在我们那儿是一件非常奢侈的物件，它第一次出现在河边上，人们都相信一个奇怪的、让人惊讶的时代来到了。帆布做成的叶片，还有一个高高翘起的像灰喜鹊似的定向用的风车尾巴，永远留在了我的记忆里。

风车转动，带动一个生铁铸成的齿轮，齿轮把铁链不停地铰上来，铁链上悬了一个个胶板垫子，它将水带上来。这种不用牲畜也不用人力的提水机械，让我们着迷。大家呼啦啦围上去，夫人就警告，说千万不要伸手：如果我们的手碰上齿轮，手指就会被轧掉。

这个别墅的名字叫“磨坊别墅”，大概就是因为有风车的缘故吧。

晚上有人到温泉游泳池里去游泳。游泳池是格外诱人的。但是欧洲的艾滋病还是使我们望而却步。尽管有人准备了游泳衣，但最后也没有到水里去。查理夫人鼓励我们下水，她自己率先穿上游泳衣，像个娃娃一样跳到水里。我们发现，她仍然充满了青春的朝气。

有一个上年纪的人经不住诱惑，也跳下水去。他在水里玩得很痛快，可是几天之后感到喉咙有些疼，不停地咳嗽，大概是感冒。我们吓唬他，说这是艾滋病的征兆，他立刻慌了。

那一天我们和查理夫人一块儿登山，她竟然把我们这些小伙子都甩在后面，最先登上峰顶。她一路拨拉着树枝和各种植物的茎叶，欢呼着往前跑。简直是一个奇迹。

分手时，我们当中有人赠给查理夫人一个龙头拐杖。这个拐杖正是从泰山脚下买到的，做工精致。查理夫人端起来，像拿一把宝剑那样舞动一下，哈哈大笑。

还有人赠给她一把腰刀，她于是整天悬在了腰上。

她拄着拐杖走几步，觉得很有趣。拐杖这会儿成了一件装饰品。

我的外祖母很早就用上了拐杖，她的身体也很棒。她到了八十多岁的时候，还能够一只手端起满满一大瓢水，不抖不洒。

外祖母不苟言笑，她把所有的故事都装在心里。我不知道外祖母过得幸福与否，只知道她是一个勤奋的、手脚不闲的老人。外祖母的拐杖后来随她一起走了。我还能回想起那个拐杖的模样。那不是一支龙头拐杖，是柳木做成的，手柄上没有任何雕饰。她到了九十多岁才真正使用拐杖。那时候她借助这根拐杖，长时间站在门前，望着茫茫苍苍的田野。一只猫长久地蹲在她的身边。

外祖母九十大寿的时候，正是我们家最艰难的时候。母亲和父亲为她搞了简单的庆祝。

我觉得上年纪的老人都差不多，她们无论有着怎样不同的经历，都有许多相似的地方。

查理夫人虽然显得很年轻，但我们都认为她是一位老人。我想当我们走了以后，我们送给她的这些礼物，她将一一收藏起来。

在记忆中，外祖母就有一些永远属于她自己的玩意儿。她有一个八音盒子，那个东西看起来像一个收音机，不过要等它上好了发条才能发出叮叮咚咚的音乐声。那声音像怕惊扰了世人似的，小心翼翼地鸣奏着，把人引入一个仙境。

外祖母怕我把她的这件宝贝捣鼓坏，总是藏起来。后来这个八音盒子还是没有幸存下来，它被一个搜家的人抢走了。从那以后我们就不知道那个宝贝的下落了。

外祖母还有一对红硬木做成的书包提手。她说："原来连在这个提手上的，是一个特别好看的花布包，镶了硬衬，好得没法说。"

母亲在一边作证："一点不错，就是那样的手提包。"

单凭那一对木头提手，我就相信那是最好的一只提包了。那种式样必然连结着一个古老的、美好的传统。

在我过生日的时候，外祖母从她的收藏中拿出了几个蓝花碟子。她在每个碟子里都放了一块点心。我搞不明白这三个瓷碟上的图案，只是觉得漂亮。它们好像都是透明的，我当时还拿起来对着明亮的窗户看了看。

母亲说："这三个碟子是你外祖父留下来的，每一个都值很多钱。"

碟子的结局到后来还比不上八音盒了。我想八音盒子一定会神秘地保存在某个人手里。而这三个碟子，外祖母最后的收藏，还是被人抢走了。外祖母悲哀地望着它们被一个肮脏的大手捏着。面对一帮搜家的强盗，外祖母的头高傲地仰着。我现在还能记起她脑后的发髻一动不动地翘着，每一根发丝都连带着悲哀和绝望。

那天一个背枪的汉子招呼我过去。我挪动着，后来慢慢跟上他走了。我看见母亲用眼神示意我去，我也就去了。

他们领我走呀走呀，走到离我们的小泥屋很远的一片小树林里。今天我才明白，那真是一个执行枪决的好去处。四周很静，连一只鸟也没有，脚下的沙土十分洁净。如果一个人把鲜血洒在这些沙土上，一定会非常红。

我那时只感到一阵恐惧，没有想很多。我走过去，他们冲我嬉笑，那个肮脏的手把三个碟子掖到衣兜里，然后捏弄我的额头。他抚摸我的头发，朝另一个人挤眼睛。后来他们提议蹲下来跟我玩。我看着地上的沙土。那个汉子笑着，像要寻找什么，弯下腰，画了一个不成样子的东西，问我这是什么？我没有看明白。另一个哈哈大笑。

“好了。”其中的一个大汉吆吆喝喝站起来，从衣兜里取出一个碟子，把它放在远处一个树杈上，然后退过来。这时候我才明白他们要干什么。我直盯着黑洞洞的枪口。他们把枪架在一个枝杈上，向那个碟子瞄准。正好有一线阳光从树隙里穿过来，映在碟子上，它像镜子那样耀眼。我活动一下，换个角度，又觉得碟子像一个很大的眼睛，直定定地瞪着我们。

枪响了，碟子应声碎落。我冲过去，后面的汉子骂一句。我跑过去，把地上的碎片捡起来，往一块儿拼对。

他们把我揪开。另一个汉子又把剩下的两个碟子支在枝杈上。他们连续放了五枪，才打碎了那两个碟子。

我呆呆地看着。后来我跑到树丛里。他们一个劲儿喊我，我一声不吭。等到他们疲惫了，走了，我才蹑手蹑脚地走出来。

我把碎瓷片全捡到一块儿，埋掉。

我慢腾腾往回走，感到手指有点疼，原来手指被瓷片划破了。鲜血一个劲儿地滴。我拣起一个草叶包了手指，又用草筋勒紧。

离小泥屋还有几十米远，我就听到外祖母在哭泣。我从来没见外祖母哭过。我趴到小屋后窗上，看见外祖母蜷在炕角。

她把头埋在膝盖上。

查理夫人脸上没有多少皱纹，所以才显得年轻。随她一块儿陪我们的人曾一再讲她苦难的经历，可这些留在她身上的痕迹却不多。她用什么办法把这些痕迹除掉了？

分手的时候到了。那一天是值得怀念的。查理夫人要回赠我们每人一件礼物。她在一个长条木桌上堆满了东西，每一件都用相同的盒子装好，从外部看不出它们的区别。实际上每个盒子里的物件都不一样。她让我们去猜谜，去挑拣，她站在一旁笑着。

有人拿起一个盒子，打开一看，是一个桃木刻的小人儿，骑在骆驼上。又有人打开一个盒子，里面是一个多孔的花瓶，精致极了。

我端起一个盒子，没有打开。回到房间里一看，令我惊讶——三个瓷碟！它们显然不算什么上品，因为釉面粗糙。一个画了桃子，一个画了杏子，还有一个画了菊花。平常的三个碟子。可它是一位善良的夫人送我的。我小心地重新包好，要把它带回东方。

回到家里，我把这三个碟子摆在玻璃橱里。小女儿问我：“这是什么呀？”

“碟子嘛。”

“谁给的?”

“一位老奶奶给的。”

“我们用老奶奶给的碟子盛鱼吧。”

我没有跟她解释这三个碟子为什么只能看，不能盛鱼。

有一次我们家来了客人，小女儿执意要用老奶奶送的碟子盛菜。我还没有来得及制止，她就取下来送给妈妈：一个碟子盛了鱼，一个碟子盛了蘑菇，另一个碟子盛了五香花生米。我们吃得挺高兴，可惜收拾餐桌的时候，小女儿不小心把那个画了桃子的碟子摔成了两半。我赶紧把碎瓷片拼到一块儿。可是偏偏在几大块碎片之间，有花生米那么大的一个通洞。它没法保存了。

大约过了半年，那个画杏子的碟子也给打碎了。

就剩下一个画菊花的碟子了。这个碟子我再也不想摆在橱子中了，就装在了抽屉里。我只要一看到它，就会想起查理夫人，想起她陪我们走过的那片绿蒙蒙的土地。

我把这个碟子藏了两年多。后来有一次去抽屉里找东西，由于拉得过急，整个抽屉都掉到了地上……里面有件瓷器跌碎了。

我到现在才明白，瓷器是很不好保管的。无论是外祖母还是我，都没能留下这些易碎品。外祖母身处动乱的年头，却把那三个碟子保存了很久；而我还远远不如外祖母：三个碟子保存了三年。

我常常想起查理夫人。

1991 年 5 月　作

2013 年 2 月　修订

提　防

把灯熄掉，点上一支小如拇指的蜡烛。火苗开始像豆粒一样蹦跳着，有时竟然可以离开芯子一公分。当这颗金色的豆子落下来，就猛然伸长，形成直立的火苗，整个屋子立刻被映得黄蒙蒙的。

屋里只有我们两人。我们对面坐着，每人占据一个小床，床的中间摆了一只小小的茶几，上面是一杯烈酒。他喝一口，我喝一口。他已经骂了半天，我偶尔附和。他骂得很粗野。我们的声音合到一起更可怕。他把剩下的酒一口喝下去，又倒一杯。

我很少这样喝酒。但他来访的时候就不得不喝一点了。我们谈论的都是让人痛心的事，心情无比沮丧。遇到这种情况，也许只有求助于火焰一样的液体了。

他搓着胡子拉碴的脸："好像根本不该来走一遭似的。那时候我不听劝告，稀里糊涂就这么走过来了。我把一切都想得太简单。我以为自己伸出友谊的手，对方就不会折我的手指。我用最好的情感去对待周围的世界，连一点提防都没有。"

我打断他的话："是啊，那个时候我们都不懂得提防。"

他接上说："提防算什么？我瞧不起这两个字。我身心放松地活着，只为艺术激动。我非常自信，认为我应该是最好的艺术家，但不一定能成——这个事自己说了不算，老天爷说了才算。我想反老天爷，反不了。我跳不出它的掌心。所以我到现在也敢说，我应该是最好的艺术家。不，我们都是。"他朝我苦笑一下，"没有办法。这不是我的毛病，这是人的毛病。一种动物病。可怕得很。这种苦恼不仅磨损了我的身体，伤害了我的灵感，重要的是使我彻底失望了。我信任什么？我信任艺术吗？可艺术也是由人传递过来的。我不信任人。有时候我想哭一场；有时候我想一个人走出房间。可街头上是什么？沉闷的空气，污浊的油烟，醉汉骂人，难听的口音；好多人在角落里蜷着，盖着一条破麻袋。苦难！就连这些人我也不得不提防着。开始我以为是害了一种疾病，后来才知道也算正常。面对这些，没有这样的心情反而不正常。一个个朋友离开了我，原因都差不多。他们来的时候满面欢欣，走的时候痛心疾首。没有谁会和我一起抵御严寒，就让我自己度过这个冬天吧。”

他的声音有些哑，一双眼睛由于缺乏睡眠、焦虑，已经布满红丝。我握了一下他的手。

“多么可怕的结局，我完全知道付出了多么沉重的代价。我每时每刻都在想……好像有一只充满恶意的手，总要把我推到一场角逐中。我耗尽了精力和心血，疲惫不堪。有时候我像死人一样躺在那儿，喘息都很微弱了。可是当我睁开眼睛，还是要投入进去。有时候简直是义无反顾。毛病不是出在艺术本身，因为再好的艺术也是通过人传递过来的。人本身是腐败的，无信的。这才是最大的不幸。我简直防不胜防。我提防什么？不是其他，而是我自己。有谁能微笑着转过身去，向着另一个方向前进？看不到这样的人。我渴望有这样一位朋友，和他一道。没有。我乐于谈论，可是这些谈论已经越来越没有意思了。打开所有的文字，发现不了任何有趣的东西。全都是一些洋洋自得的战斗，唯独看不到声势浩大的疆场之外，有一个身体纤细、体态羸弱的人，他正用恍惚的眼神看着前方，注视着一片尘埃。旗帜在尘土里抖动，落下又升起。旗帜被染成了血色。角逐真是可怕，每一个世纪都是这样。”

我叹一口气：“有时候，我真想什么都不干。我会离开艺术，也离开眼前的生活，丢掉一切烦恼。我会做一个明智的人。老伙计，我是软弱的，我想拉你一起走。”

“到哪里去？”

“我去的地方你会知道。你知道。”

他点点头，搓着手：“我差不多知道。你说吧。”

“我们设想一下，如果离开了是不是会变得聪明起来？我们有没有勇气抓起锄头？我们会不会像一个放牛娃那样一边割草一边唱歌？会不会像一个牧羊人那样，在老绵羊咩咩的叫声里满脸欢笑？这需要勇气和智慧。不过这一定在艰苦的征战之后。我们已经没有余力从遥远的疆场上返回了，而且在返回的途中还会对未来产生深深的怀疑。我们怀疑人世间不会有什么安逸和舒适。关键的问题是，我们已经耗尽了力量，没有备足回返的粮草，最好的办法就是坐在原地，微笑着，不急不慢地谈论昨天和明天，聊以自慰。那些更有力气的人正在赶往前方，他们打着裹腿，英姿勃发，见到我们会用轻慢的口气，指点着议论几句。他们还太年轻，总有一天会为自己这番议论感到羞愧的。他们误以为前进途中遇到了两个懦夫，两个不可救药的酒鬼。他们错了。他们没有看到我们怎样英勇撞击，没有看到鲜血顺着颈部流到胸脯的样子。因为我们身上的汗渍和血迹都被风尘给遮掩了。人们看到的只会是两个面孔肮脏、胡言乱语、不知忧愁的醉汉。我们喝多了，倒地而卧。我们追求的是一种什么生活？没人知道。而且我们自己有时候也不清楚。那种可以延长到一辈子的厌倦，正在日夜滋生，给我们带来无限的恐惧。没有比这一切再让人害怕的了，因为它没有尽头。我们看不到曙光。我们这种悲哀的结论，低沉的语调，没有人会赞同。我们的不幸来自心底。”

我推开窗户，看着天空中带了晕圈的月亮，深深地呼吸一口。空气冰凉。

我很想讲一讲十七岁的故事，可惜不合时宜。那时候好像整个世界都是十七岁。苹果甘甜而丰富的汁水滋养了我。在我眼里，一切惆怅和困苦都可以洞穿，它们从来没有像现在这样包围着我，使我看不到任何希望。我还想讲一些美丽的童话，讲一讲少年流浪者的故事，他所遇到的那些事情。比如，我曾经在那个偏僻的山村里遇到一个酿酒老汉，他酿出的酒远比我们今天的酒好上千倍。最后的念头使我有几分高兴，我终于岔开话题：

“我曾遇到一个老人，他会酿酒。他的酒不是白色的，是深褐色的。”

他立刻打断我的话："知道。那是黄酒。私酿的黄酒有些发酸，对不对？"

我摇摇头："这不是一般的黄酒。这种酒的劲道特别大，而且每喝一口，就有一种浓烈的香甜透过你的肺腑。我告诉你，那是个穿草鞋的老人。他早年当过道士，后来就回到家乡。每年他都要酿一坛子好酒。他的酒给任何人喝都不感到心疼。小村里管事的人喝了他不少酒，所以对他特别宽容。过路的乞丐也喝，他们喝了他的酒，就更多地往这条路上乞讨。"

他哈哈大笑。

"真的。就是他的酒引诱了更多的人，安慰了更多的人。我那时候还年轻，不会喝酒。可是连我也迷恋上了老头子鼓捣出的这种东西。我借故找活干，一个月要跑去那个小村五六次。我在那里打短工，给这个村子运一种白色石头。那时候我要在一座小山上跑来跑去，一天大约要走二三十里山路。到了晚上全身都疼，后背被石块磨烂了，有的地方流出血来。你想想，刚刚结住疤又要去背沉重的东西，会多疼。我躺在炕上，灶里烧了旺火，身子下面的炕面热乎乎的。我全靠这些热力来舒展筋骨。有时候晚上还要做活，寒气吹到骨头里，全靠一个热炕驱赶寒气，才没得重病。我每天上工下工都要路过那个白须老人的门口，老远就闻见酒香，忍不住就进去搭讪几句，讨口酒喝。我每次去都能遇到几个无赖在那儿装好人。他们一拿到酒就不顾一切地灌到嘴里，那神态就像吞吃一块肉。村头儿是个瘸了一条腿的家伙，穿着黑衣服，扎了牛皮带，皮带上还挂着一支被墨汁染黑的木头枪。不过那枪是有筒子的，是真正的铁筒。那个枪到底好不好使，我今天也没搞明白。他喝过酒就照例刮一下那个老头的鼻子，哼着古怪歌曲走了。老人的屋子四周坐着一些乞丐，他们见村头儿走了，就呼啦一下涌到里面，伸着脏手讨酒喝。我记得一个乞丐头上被菜刀砍了一道深口子，血迹还没干就跑来要酒了。他滴着血，喝着酒，无比幸福地唱歌。老人不急不躁的，从不发火，对所有看得起他的酒的人都一视同仁。没有人赞许他，只有人赞扬酒。而我却例外地把老头子夸了一番。老人十分高兴。他的酒只有一坛子，当这坛酒喝完了，小院来的人就明显地稀落了。可是仍然有不少人往这儿走。”

我讲到这儿，不作声了。

他笑一笑：“这个喝酒的故事不错。你看，我们以后再凑到一块儿，就讲这样的故事。”

我苦笑着：“酒是一个人酿成的。这酒太好，也就吸引了那么多人。这里面形形色色的人都有，他们动着各种各样的心眼儿。讲起来你可能害怕。”

他瞪着眼："故事还没完吗?"

"还没完。不过我想骂一句老人的酒，骂一句老人。"

他跳起来："你这是干吗?"

"谁要他酿出这么好的酒呢？如果不是因为他酿出这种酒，也就不会有下面的故事。"我接着讲下去，"我说过，喝酒的有形形色色的人。有一些乞丐——你知道那些乞丐都是拉帮结伙的。那个头上割了口子的人，就是最能讨要的一个壮汉。他跟谁讨东西，谁要不给，他就用刀子砍伤自己。你面对着从未有过的冷酷，会感到极大的恐惧。于是你就抛下东西赶紧逃了。这家伙腰上挂了一个褐色的皮囊，里面装满了不义之财。你看，就是这样的一些无赖。不过这是他们混生活的办法，不这样，他们就没法活着。就是这样一些人，奔着同一股酒香去了。他们中间有的带了叮当响的钱币，有的只捏了一块糠窝窝。有一天傍晚，人们在出山的路上被绊倒了，划亮火柴一看，吓得跳起来。原来是那个头上流血的乞丐被什么人砍倒了，身上那个褐色的皮囊也不翼而飞了。显然是谋杀。后来村头儿把所有年轻人召集起来，举着矛枪，把路口封锁了。有几个乞丐，还有几个赶路人，当然也包括我这个外地人，一块儿给抓到了场院上。村头儿把老人的酒坛摆到场子上，用白瓷碗盛着，大口灌了两碗，然后厉声喝问：是谁干的杀人勾当？我们都不承认。我一点儿也不知道是怎么回事。那一次什么也没查出来，村头儿不得不把人都放了。我们都挨了揍。我被揍得最重，因为我年轻。村头儿相信所有的恶事都是年轻人干的。反正那是我第一次看到杀人越货的事，第一次懂得人活着，可得好好提防。”

朋友饮下一口酒，把头抵在了膝盖上：“我们来到一个需要提防的地方了。我们过早地闻到了酒香，这才是最大的不幸。可我们最后还是不能怨恨那个酿酒的老人。酒是好东西呀。酒香有什么不好？不幸的是我们这些闻到酒香的人，只知道迎着酒味儿往前跑。是不是？”

我在思考，没有回答。

他又问：“到底是不是？”

我点点头：“是的……”

1992 年 12 月　作

2013 年 2 月　修订

在族长与海神之间

1

广阔平原的边缘是丛林，密密的丛林。走出丛林看到一片开阔的天空，又望到与天地相连的那片汪洋……

这就是海。

傍晚，没有一条船。海鸥和其他水鸟一起飞来飞去，并不鸣叫；在很远很远的深海，可以看到一个隆起，它的上部又被水雾遮去。天黑前太阳把它仅有的一道光束投射出来——这光束奇怪地横成一条，像长剑一样刺向那个隆起，立刻把它照成了金色；也只是几分钟的时间，这道光束就消逝了。一切都融解在茫茫水色之中，天地间宛若留下了轻轻的叹息。

那是一个岛。

很早很早以前，曾有一个人登上去，留下了长长的故事……

它离岸太远太远了，远得渔民们不停地划上好几天船也到不了——围着那岛有一道激流，船刚一挨近就被卷翻了，所以自古以来也没有几个人真的上去过。有的渔民在海上遇了难，船掀翻了，人被浪打昏了，醒过来一看躺在岛上。那是海神把他们救了。他们自己平时要上岛也就难了……

那个岛上没有人烟。因为岛上全是各种各样的动物，那儿完全是它们的世界。它们一开始见了人觉得真有趣，因为它们都喜欢新来的生灵——在它们眼里，一切有生命的东西都是平等的，所以它们也并不觉得人有什么特别。小沙锥长得很小，可是狮子却很大；人的个子高，长颈鹿比人还要高得多。在它们眼里，外形并不十分重要，关键要是一个能活动的生命。它们注重的是对方的眼睛，总是盯着亮晶晶的眸子看个不停。它们能从眼睛里看出一切。有的人被海浪掀到了岛上，刚刚能站起来就要干坏事，它们亲眼看见人把一只野鸽子给杀害了，然后放在火上烧烤。从此它们判断：人这种生灵是最可怕的。

从此人只要来到岛上，不管是什么原因到来的，它们都要赶紧躲开，所以人在这儿得不到任何帮助，很快也就死去了。没人能在这座岛上扎下根来。这座岛长满了各种树木和鲜花，泉水清亮甘甜，是真正的仙境。传说中这岛上的所有动物都长生不老，因为这儿的泉是长生泉——只有长居在岛上的生灵才能找到这泉。喝了这泉的生灵就不能干任何坏事了，因为这泉是为世上最好的生灵准备的，谁喝了它又去干坏事，泉水就得从他身上离开。结果呢，这个人身上霎时没有了全部水气，马上喝水又来不及，也就非死不可了。

这岛上第一次有了人的日子，简直是个天大的节令，百兽都高兴得直撒欢，又唱又跳，岛上的树木显得更绿了，花儿也更艳了。

它们第一次见到的人是个十二三岁的小男孩儿，那个漂亮啊，头发黑得流油，眼睛亮得像泉，圆脑壳儿红脸蛋儿。它们围住他看不够，都能从这眼睛里看出他的善良和聪慧。它们说，原来这就是人哪，以前只听说了，从来没见过。人真好啊。它们问他从哪里来？为什么流落到大海中央的这个岛上？

小男孩张开了嘴巴，露出了又白又小的牙齿。它们赶紧给他长生泉喝。他喝了，感激地看着四周的生灵。野鸡用火红的冠子一下一下抚弄他的头发，鸽子轻轻地吻他；小熊发现了他后背上有一处擦伤，就给他涂了绿色的草汁。他的泪水流个不停。生灵们说：看哪，人和我们不同，人会哭呢，大概你受了太多的委屈吧。你讲讲吧，讲讲吧，人哪，你讲讲吧……

2

平原上有个最大的村子，老鹰在天上飞，飞到了云彩那么高，往下一看，地上那黑压压的一大片，就是这村子了。那些曲折的街巷呀，又粗又高的老树啊，都证明了这个村子不仅是大，还有长得没有边的历史呢。真的，谁也不记得这个村子存在了多少年，千八百年？呸，差远了。老族长鼻子一哼，谁都得老老实实听着，不老实，这辈子还有下辈子，一切都完了。

这个村子从来都是老族长说了算。老族长有辈分还有模样：中等个子大圆脸，身子比石碾还粗，肚子像一口反扣着的大锅。他手里端了金子做的水烟袋，身上穿了绸缎衣裳；身边什么时候也不缺使唤人儿，一声吆喝，点心盒子上来了，茶水上来了；再就是为他捶背挠痒的、理眼眉的——老族长有个嗜好，就是没事了要理眼眉。结果他的眼眉越长越粗长，眼也黑洞洞得吓人了。这双眼盯谁一下，谁就得浑身筛糠。

老族长一共娶了六房老婆，熬死了三个；剩下的三个也半死不活了。因为老族长命性大，一般的人怎么能和他贴边儿？没他的命性大，一靠近，身上的火气就被他吸了去。有个通事理的先生远远看过他，评议说，那些为老族长捶背挠痒的、搀着他走路的，都得被他吸走了火气。话是这样讲，理也是明摆着，可他身边的人还得小心地陪着，好话说着。不这样不行啊，因为谁都明白，人这一辈子少活几天不要紧，活不利落就可怕了。族长折腾起人来花样多着呢，而且根本不用自己动手，鼻子只要哼一声，早就有人替他做得利利索索。族长的威气盛，村子里无论有什么事摆不平了，难住人了，只要经了族长，一切也就不在话下。有一年，本族里从外边娶来个俊俏新派媳妇，结果惹下些麻烦。因为新媳妇见多识广，根本不把公婆的权威放在眼里；他的男人用族长吓唬她，她就一时发狂说了句粗话。这话很快传到了族长耳朵里，族长鼻子哼了一声。四周的人立刻慌了，他们小心翼翼问族长怎么办？族长说：俺不知道怎么办！四周的人更慌了，于是连夜商量。按照老理，她既算个“欺爹欺娘的后人”，就按族规办吧：先剥个浑身精光，然后用细韧的藤条抽个仔细；改过了的，留下；不服的，用麻袋装了抛进海里。新派媳妇当然不服，她被脱光了还发蛮力，只得被人按个铁定，暴打之后直接扔进了海里。

因为那个新派媳妇着实太俊俏了一些，所以她的死在村子里的确也引起了不少波动。年纪大的啧啧不停，说这一下断了俊苗了！年纪轻的就说：别人不稀罕俺还稀罕哩，怎么能这么心狠呢！后来他们听说老族长因为她的事气恼过，这才赶紧收声敛口。有的还改口说：别以为自己长得俊就无法无天了，自古以来俊人多了，都像她这样人还有法活啊？这是欺祖啊！

村子里有两个出了名的老实人，他们快五十岁才生了一个男娃。这男娃一两岁的时候简直像个女孩儿，眼睫毛扑闪着，谁见了都喜欢得挪不动腿。老两口疼爱得没有办法，一天到晚守着他，耽误了不少活计。他们给孩子取名“金娃”，又说，比起俺这娃儿，金子又算什么！金娃长到五六岁上，嘴角和眉头都增添了一丝威气，这又使他既有女娃之美，又有男儿之刚，简直是一个从未出现过的美少年。村里人都说：这是全村一宝啊。金娃长到了十二岁时，已经美名远扬，许多外村人不惜跑远路来看他一眼，看过了都说：真是不看不知道啊。金娃不光是长得俊美，而且聪明过人，在学堂里样样领先；他胆大心善，有一回与几个同伴去林子里采果子，忽然一条大蟒蹿出，一口咬住了一个同伴。那些比金娃大许多的孩子都吓哭了，撒开腿就跑；金娃却一个人跟那只毒蟒搏斗起来，一直斗到太阳落山。最后他带着一身血水、背着获救的同伴一瘸一拐地回来了。

老族长听说村里出了这么个孩子，咕哝说：那我得去看看了。四周的人赶忙告诉了老两口儿，两个老实人欢喜得哭了。他们说：天哪，这怎么该着呢，让他老人家跑腿；俺让这娃儿自己去给老人家看看吧！来传话的人说：那不中，老族长说来看，你就得等了；你全家都等在家里吧！就这样，这一家人没敢挪窝等了五天，老族长还是没有来。他们也不敢催问。第六天上午时分，太阳把窗户纸映得发白，一伙儿人簇拥着老族长来了。其实老族长也不过才六十岁，辈分高才是主要的；全村的人都习惯了把他看成是个老人，他自己也觉得自己是个老人，衣饰种种，还有言谈举止，都一概往老人那方面贴靠。人们在记忆中，十年前他就是一个老人了，那时他才不过五十岁。老族长的年纪比这老两口还要小上好几岁，可是无论谁好像都忘了这一点，就连老两口自己也自觉比老族长要小许多。他们一口一个“您老人家”，还上前搀扶他。老族长拄着拐杖，手捋胡须，嘴里发出吭吭哧哧的声音。他与别人不同的是，下边的裤脚扎了宽幅腿带子，胸前的第二个扣子上还系了锃亮的怀表链子。

“那孩儿呢?”

老两口慌不迭地叫着金娃。金娃从人缝里挣挤出来。他怯生生地看了老族长一眼，马上低了头，小声说一句：“老老爷爷……”“哈哈哈哈!”老族长大笑，说：真是个好娃儿——好娃儿啊。说着又上前一步，伸手摸孩子的头发、后脑，又捏捏孩子的肩头、胳膊、周身上下；最后，他还费力地把金娃的嘴巴弄开，弯腰看了看他的牙齿。老族长做过这一切之后说一句：“真是不孬。”金娃妈的泪水哗地流了下来。老族长闭了闭眼，头使劲儿往后仰去，仰去，这样许久才睁开眼睛。他说：记住啊，这孩子不孬!

老族长走了。一家人乐坏了。

第三天上，老族长身边的人传过一个话来，说族长真是相中了这娃儿，留下不放心，要放自己身边养活着。老两口听了，又喜又忧。这娃儿一时离了都心疼得不行，若是几天离开了，好多天离开了，那还了得?想是这样想，他们心里都清清楚楚：孩子是走定了；他们压根儿就没想过敢拧着老族长的心思来。村里的人听说了这件事都咂嘴，说：人家怎么生了这么个大福分的娃儿呀，这下好了，这辈子点心吃不完，好衣服也穿不完了。谁知金娃听了爹妈的话，立刻摇头说：“俺不去不去，俺还要上学堂哩!”老两口儿一阵无语。

他们相互看了看，拍打着膝盖："俺娃儿来，你傻不傻呀，老老爷爷要了你，上不上学那有个啥哩！你这辈子也就成了，只要伺候好老老爷爷，你什么还没有哩！"金娃还是说："俺不，俺要上学堂哩！"

老两口儿拍打着膝盖，一遍一遍地嚷："金娃呀金娃，你老老爷爷只要张了口的，哪有更改之理呢！你就打谱这辈子好好伺候你老老爷爷吧，啊？啊！"

3

族长让人给金娃家送来一大笸箩面，一个猪头，二尺土布，然后给金娃穿上崭新的衣服，牵着手领走了。孩子离家那一刻，老两口哇的一声哭出来。领人的不高兴了，松了孩子的手说：那俺不领他了。老两口赶紧说：大兄弟千万别见怪，俺这是欢喜哩！

从此以后金娃就是族长的人了。没有人说族长对金娃不好，都说老族长这辈子没有可心的后人，这下有了，恣啊！其实老族长有个儿子，如今大了，跟人去东北做买卖了——他也是被老族长打跑的。有一年，老族长半坐在炕上吸烟，听见隔壁有人哭，一伸头看见了什么，提起棍子就把儿子一顿暴打。就这样，儿子在村里待不住了，一口气跑到了东北。老族长打量着金娃，对四周的人说：也就是辈分不对吧，要不我就收下他做了儿子，唉。

金娃一声不吭地跟在老族长身后，走哪儿跟哪儿，一离开半步老族长就嚷：我娃！这时金娃就得跑上去，让他把手牵了。老族长坐在大树下，金娃就得给他理眼眉，理上半个时辰再捏弄脚趾头。老族长闭着眼，呼呼睡过去了。他一醒来就把金娃揽到怀里，让他坐到两腿之间，伸手抚摸他的身子，说，我娃全身的皮儿就像绸缎。

夜间老族长要搂着金娃睡，金娃要翻个身都难了，因为他被搂得太紧。冬天金娃身上火热烫人，老族长就让他贴得更紧。天刚刚黑下来老族长就要上炕，搂着金娃一觉睡下来才不过是半夜。下半夜老族长满是精神，坐起来抽烟，吸得烟杆滋滋响。这余下的长长一截时光啊，就主要是逗弄金娃玩了。金娃下半夜是最困的时辰，头老要垂下来。老族长就一遍又一遍扳他的下颌，一下一下挠他。金娃这才不困了。老族长把金娃放平了，蹲在炕上看他赤裸的身子，正过来看反过来看，百看不厌。看一会儿，又抱起来搓弄，亲个不够。金娃被他的烟臭味儿熏哭了，哀求老族长说：老老爷爷，你饶了我吧！老族长就发狠地按住他说：不饶！不饶！嗯，不饶……天底下也没人信一个六十多岁的人了，还有这么大的火气，半夜半夜地与孩子耍弄，精神头儿越来越大，两只眼火红锃亮，胡子都翘起来了。他让孩子爬上脊背踩，又让孩子枕着他的肚子睡觉；一鼓一鼓的肚皮耸得孩子睡不着，他就笑。

金娃千央万求才被应允回家一次。爹妈见了就是一顿亲，孩子哭着赶紧往后躲闪。爹妈问好娃儿这是咋了？金娃不作声，只是唰的一下脱了上衣。爹妈一看都流了泪：孩子周身上下都是牙印。他们捂着嘴喊：这个老不死的畜生啊，这个心比蛇蝎还毒的人哪，他怎么能咬我的孩子？金娃说这不是咬，这是亲——他亲我，一用劲儿就这样了。他说妈妈我再也不回了，死也不回了。老两口儿哭着规劝：我的好娃儿，你说得多么轻巧啊，你和你爹妈都在人家手里攥着哩。好娃儿懂事，快回吧，回吧。金娃一声声哭，到后来又是嚎——爹妈吓得捂了他的嘴，一遍遍哄他。

金娃离去这些天，老族长像个热锅上的蚂蚁，在院里团团转，水烟袋也顾不得吸了。四周的人想帮帮他，刚一挨近就被他呵斥：滚一边去王八崽儿，滚一边去死不净的杀材！四周的人都吓坏了，暗说天哪，老族长这是咋了？好不容易金娃回来了，老族长像个年轻人那样一蹦老高，迎上去一顿好搂、好亲。金娃满眼里都是畏惧，但还是紧紧咬着牙关忍着。老族长哼哼唧唧的声音让金娃更怕。天还亮着，老族长就房门关严，爬到炕上去，说好孩儿快快为我捏弄起来，我眼看不行了。金娃又看到这红黑色的鼓鼓皮肉了，又嗅到这刺鼻的膻气了。

老族长家的夜晚有多么长，只有金娃知道。他好不容易才熬过了上半夜，还有更加可怕的下半夜。下半夜老族长养足了神，虎气生生，把小小金娃要来弄去，一刻也不能安生。他把金娃细而柔长的双腿挽起、伸开，又揪紧脚腕拉成一字，嘿嘿笑。他有时要坐在金娃身上，压得金娃好几次要绝了气。他的臀部让人想起浇地的黑漆水斗，吓得金娃一声不吭。他坐在金娃身上，金娃就想，我这辈子不是逃，就是死，这是肯定的了，这是一准的！

老族长让金娃给他理眼眉，挠痒揉背，按遍了全身每一寸皮肤。“老老爷爷，俺不敢了，俺害怕了……”金娃终于发出了哀声。老族长翻着又厚又宽的眼皮说：傻不，你是我娃，你又怕个什么！来来，别停着……金娃一次次在心里念叨：我得逃了。

这天风大得像要掀倒屋子。趁着下半夜还没有到来，金娃装着解手出了屋门，然后攀出了院墙。他赤身裸体，没有一根布丝，到了外面才想起找块蓖麻叶子遮了下身。他原想先跑回家去，又怕爹妈把他再送回来。他在自家土屋后面哭了一会儿，就往南边跑了。天亮前他跑出了二十几里，又想起爹妈，心里一疼，又回来了。他只想趴在屋后的麻地里，看看他们的身影儿再跑——这一跑还不知猴年马月才回来呢。

谁知这可不是个好念头，他在麻地里迎来了早晨，也迎来了危难。因为还没等看到爹妈出来，老族长的人就围上了他们家的房子。他眼睁睁看着一些人闯进去，又哭丧着脸走出来。他还没看到爹妈的影子呢，那些又失望又恼恨的人这会儿打量起这片麻地了。金娃明白了自己正遭着什么凶险，拔腿就往外蹿。他把麻地里的鸟儿惊得满天飞，像风一样快，转眼出了村子。可是他还想看爹妈一眼，在村头上再也跑不动了。前边是呜呜响的河水，过了河就是他乡。他哭着走到河边，坐在那里一动不动地望着自己的村子。这样直到太阳快要落山的时候，身后有什么动静——等他转过头去什么都晚了！原来老族长的人撒开在野地里，找得好苦，没想到他就坐在河边上。他们像合大网一样把他一下围起，捉紧，扭到老族长家里去了。路上那些人对他说：这回你可死定了吧？

金娃一路都没哭。他觉得哭够了，不想再哭了。

他是昂着头站到老族长跟前的。老族长抬头瞥瞥他，哭了。老族长哭着一拍桌子。

几个大汉把他绑起来，拉到一间黑屋里去了。那黑屋离老族长的屋子不远，里面噼噼啪啪打金娃的声音一传过去，老族长就喊：“啊呀，这不是人遭的罪啊，这哪是人遭的罪啊！”老族长的声音传到黑屋子里，那些家伙下手更狠了十倍，而且一边打一边骂着粗话。

金娃一天被打昏了三次。最后一次醒来时，被人抬到了老族长跟前。老族长号叫了一天，已经有气无力，只能躺在炕上看着身带重伤的金娃。金娃一声不吭地站起，看看屋门。老族长立刻对旁边的人说：上个足环吧！

4

金娃被足环拴在老族长的屋里。足环的链子很长，所以金娃可以在屋内随处走动，如果想爬上炕去，那也完全办得到。可是夜间金娃宁可蜷在地上，也不靠近老族长。老族长的确变得虚弱了，躺着吸烟，躺着与金娃交谈。金娃不说话，也不吃饭。老族长在第三天上有些慌，跳下炕来，将一钵汤递到金娃跟前说：喝下！金娃摇头。喝下！金娃又摇头。老族长哇哇大哭。他坐在地上，两手抱脚，一摇一摇地哭。许多人都听到了哭声，围在边上看。金娃害怕了。他不怕别的，只怕听到老族长哇哇的哭声。他总是觉得这哭声会带来什么最大的灾难。于是他一声不吭地捧起汤钵，咕咕地喝下了。老族长爬到炕上睡了。

一连多少天都有人来为金娃医伤。老族长问那个乡间医生：能不能落下疤痕？医生说保不准会有。老族长暴怒道：有一个疤痕，我就让人在你身上割一刀。乡间医生吓得面如土色。第十八天上医生为金娃拆下药布，果然没留下一个疤痕。老族长大喜，让人给了乡间医生一大包银子。

半夜里老族长问金娃：我待你这般好——要知道我一辈子也没待人这么好过——你怎么还要跑哩？金娃不吭声。老族长搂住他一阵大哭，说我这辈子什么福没享过，还差点什么？什么也不要了，我只要你哩，求求你这娃儿莫要再跑了，可好？金娃点点头，说我不跑了，我一准不跑了；不过你得给我把这足环除下。老族长问：你真能不跑，跟我一心一意地过？金娃又点头。老族长说，好呀，来人唉！来人马上除去了金娃的足环。

从除去足环的一天，院落四周的汉子增了许多。他们扛着大刀片子、土枪和棍棒，还提着铁链子。老族长在屋里从不让金娃穿衣服，出门时却要让他穿得厚厚实实，稍一活动就得冒汗。在室外，远远近近有不少人跟着，其中的一个手里提着足环。

夏天来了，金娃说要去海里洗澡。老族长想了想，说那就去河里吧。一大群人跟着去河里了。老族长和金娃一块儿跳下河去，老族长一下河就嚷，说多么滑溜的水呀，哎呀，死了也值。一句话还没说完，只见金娃一个猛子扎得没了影子。一群人全下了河来，会水的不会水的，喊着叫着，有的淹了个半死才蹿上岸来，沿着河岸飞跑。金娃的水性全村第一，这个猛子一扎就是河对岸，爬上了岸，找个好心的大娘讨来一件衣裳，又风一阵火一阵地往前跑了。可怜的孩子也不知哪是边哪是沿，只顾一顿疯跑。他是让老族长吓得没了魂魄。

就这样金娃昼伏夜行，一跑跑了七七四十九天，歇了脚一问，才知道是南国地界。这里人生地不熟，吃物也怪异，口音十句里有八句听不明白。他还想爹想妈呀，就流着泪水打工，挣一口吃一口。他扳着手指算老族长的年纪，决心等那家伙死了的一天再返回故乡。这样想着，熬着，好不容易才过了一年。金娃到底是年轻啊，有一天做了个梦，说是老族长死了，爬起来就哭了一场，接着抬腿就往回跑。回去的路比来时还要长，他跑了八八六十四天，这才望见了村边儿。金娃跪下就哭，他是想起了爹妈呀。路上有人见他哭得伤心，就问：谁家的傻娃，这么呼天号地哭哩？金娃这才抹抹眼泪，问那个老族长可是死了？听话的人吓得四下里看看，见四周没人，这才压低声音说，啊呀，你这莽撞娃儿，咋敢这么说话！人家老族长活得正硬朗哩……一句话落地，金娃就蔫了。他怔了半天，不知该往回走还是往前去。他两眼直盯着村子，心里阵阵发疼。

最后金娃咬咬牙，决定回家看上一眼——只一眼！他心想，那个老族长如今就算不把他忘了，也早就失了耐性，回去看看爹妈再走，不会碍事的。他在庄稼地里挨到了天黑，这才小心地往村里磨蹭。

这是那个滚滚发烫的小泥屋了，金娃哭着敲门。黑洞洞的屋子好不容易才传出一点响动，妈妈隔着门缝问：谁呀？金娃的应答声小得像蚊子，可是妈妈听得真哪，一把拉开了门，把儿子抱在怀里……这一夜全家都没睡，也没敢大声说一句话。爹妈都让他天亮前离开：那个老族长可没把你忘了，这回要是逮到你呀，就不会像上回那么便宜了。金娃问这回要是逮到了会怎样？爹妈都哭了：杀呗。天快亮了，全家抱成一团，该分别了。

金娃在灰蒙蒙的天色中紧跑慢跑出了村子。后来的多少天里他走得慢极了，因为他只在周围的村子里转悠。自己的村子像有着强大的磁性似的，吸住了他，不让他走远。他每天都靠讨要度日，因为他还没有拿定主意在哪儿久留。有一天，他正在街巷上闲逛，突然有一个头上包黑布的家伙靠近了，还没等他明白过来，又有两个人从一旁夹住了他。很快，他被拴上了足环——这足环很旧，他一眼认出还是当年的那个。他闭上了眼睛。

老族长正坐在大院当中等他呢，好像比当年老了十岁。他死死盯住金娃，头往前用力探着。金娃说：快杀了我吧。老族长说：偏不！

从此以后，金娃给套上了两个足环，每一动就发出哗啦啦的响声。金娃想，可怜的爹妈呀，他们还不知道我又被逮回哩。这会儿他想：今生只要能跑出去，再也不回了，死也不回了！可是他也知道，这一次逃走的希望只有米粒那么大了。不过要真有跑走的机会——老天爷，你就再给我一次机会吧——我绝不会活着回到这个发臭的地方来。

他从头至尾想啊想，想这一辈子只要一次的那个机会。老族长只要不在身边，他就琢磨这两个足环。每个足环都有拇指粗，是铁匠锻出来的；再看链子，每个环扣上都有小小的缝隙。他觉得自己的全部希望都在这链子上了。他差不多每天都要伸拉这链子，有机会就在屋内的粗石上磨。老族长夜间搂抱他的热情有增无减，只不过一碰到发凉的铁环就骂。金娃趁机说：老老爷爷，你就除去这倒霉的环子吧，我再也不跑了。老族长哼一声：别想吧，我宁可咱俩都拴上环子，也不能放了你。

大约花了一年多的时间，金娃看到了出头之日。那个铁链眼看系不住他了。可是他还要等到屋子四周人手稀少时才能动手。他想选个月黑头，晚上。这样的时刻终于还是来了。

老族长上半夜睡得死沉，金娃用冰凉的铁链往他身上触，他就往后缩。等老族长一离了身，金娃就小心地弄开了链子，摸下炕来，摸出屋门。星光下，金娃又赤条条地撒开丫子跑了。这一回是往北，一直往北，那是大海的方向。满村的狗都咬，汪汪的叫声弄出一片火把——金娃终于明白那是老族长的人追上来了。他发疯一样地跑，跑，死也不停歇。他一直向着大海的方向。

老族长的人越聚越多。村里的人都知道出了大事，全涌出来。火把往前追，渐渐围成了一个半圆。金娃被火把给逼到一个临海的悬崖上——天哪，四下都是绝路，这可怎么办哪！

火把越逼越近，就离金娃几十米远了。老族长站在一大簇火把下，瞪着贼亮的双眼喊：我娃，快回心转意吧，今个家来，我一不打你，二不骂你，一天给你一块肥肉咬，大鱼呢，尽吃。你反正也跑不了啦，跳下崖去还不是一个死……老族长说着说着当众哭起来。就在老族长边说边哭的时候，手下人早在暗影里往前摸了。这一切金娃都看在眼里。

最后的时辰到了。他大喊了一声爹妈，跳下了十丈悬崖……

5

惨惨的金娃啊，有福的金娃啊，不知去向的金娃啊。他这一跳断了多少人的念想，全村人大嚎一声，说：妈呀，金子做的好娃这一遭没了，天哪，天哪！族长瘫在了原地，一帮子使唤人七手八脚地把他抬回去了。

金娃爹妈一开始哭坏了眼，后来做了一个梦，梦见自己的孩子正活得恣呢。老两口这才笑起来——他们从来都信梦境。

金娃跳下十丈深崖，照理说是必死无疑了。可是这娃儿太好了，好得人间容不下，神界舍不得。他这一跳不要紧，惊动了天神海神，都说赶紧赶紧。一个年纪和金娃差不多的小海神水光光地跃到了崖下，一个翻身后仰把金娃接了。小海神驮着金娃去水晶宫，半路上金娃说：俺憋闷得慌。小海神说：那中，我把你驮到一个岛上去吧。金娃说：俺怕人哩。小海神说：那是个孤岛，没人烟哩。金娃这才放心。

他们一上了岛，众生灵就把他们围上了。生灵们都熟悉小海神，可是没见过金娃，一齐问：海神哥，这是什么物件呀？小海神说：不得了啦，这是个人。生灵们说：天，俺可是第一遭见到这种物件，以前只是听说罢了——想不到人长得这么好看，比起长颈鹿大哥也不差。长颈鹿和善地对他笑笑。

金娃与众生灵玩得无比愉快。他只是想念爹妈。众生灵中的雄鹰说：这个嘛好办，我替你望望去。它这么说一转身飞了。不到半个钟点，雄鹰回来了，说：你爹妈都过得挺好，你就放心在这儿安乐吧。金娃这才放开了笑容。众生灵为他端来了长生泉，为他拿来了果子。众生灵都说人这种物件长得好看；它们在一起议论，说人可不是咱们，听说人到了这把年纪是需要快些结婚的。怎么办？商量的结果是把它们当中最温柔善良的小羊许与金娃。小羊听了十分愿意。它们跟金娃说了，金娃瞥瞥小羊，说：就让我先一个人这么凑合着过吧。

小海神偶尔来找金娃玩，他来的时候就是整个海岛的盛大节日。众生灵与他俩转遍了整个海岛，所有的美妙地方都留下了大家的足迹。夜晚大伙一块儿唱歌，金娃第一次知道自己原来有如此好的一副歌喉，他的歌声赢得了众生灵的惊叹。百灵说：真是想不到。鸽子说：我只会咕咕。鹦鹉说：以后谁也不要赞扬我了。只有跳舞的时候，仙鹤才露了一手。金娃看得傻了眼，问仙鹤是怎么弄的？仙鹤说：我是跟波浪学的。八哥表演了口技，乌龟表演了忍术，啄木鸟表演了敲梆子的技巧。最后都要求小海神露一手，小海神说他平时太忙了，一切闲余时间都花在水晶宫和万顷波涛之中了，实在抱歉，身无长物。小羊说：倒也是——不过他的身子多么光滑呀，我从来没见过比他更光滑的身体了，就让我们摸摸他吧，这就顶了他的表演了，好不好？众生灵同意了。大伙儿一块儿去抚摸小海神的身体，感受着那种特别的细腻和润滑，十分满意。金娃在抚摸小海神的时候想起了自己的往昔：不客气地讲，过去自己的皮肤丝毫也不比小海神差，只是让那个贪婪的老族长给整坏了——那个家伙一天到晚浑身搓动，他的皮肤就这样给弄得粗糙了……

有一天刮起了飓风。滔天大浪一直涌动了三天三夜。

雄鹰从外面飞回来说：不好了，海上有许多船都沉了，上面掉下了一些物件——我敢说就是人——他们的模样跟金娃大致差不多，咱们快些去救吧！众生灵和金娃听了都很着急，又一起去喊小海神。大家一起钻入滔天大浪之中，只是半天的工夫就救起了十多个人。这些不幸的人一到岛上，众生灵就为他们找来吃食、端来水。他们冻得瑟瑟发抖，众生灵和小金娃就为他们点起一大堆火。遇救的人吃饱了、喝足了，从惊吓中缓过神来，立刻问金娃：你怎么和这些畜类混在一起？嗯？金娃回答他们，他们根本无心去听，只是哈哈大笑，一转身就扭住了一只鸽子。金娃无论怎么哀求都没有用，他们硬是把鸽子杀了；几天的时间内，他们又一口气宰杀了一头羊、三只野鸡和五头小鹿……可怜的生灵们都是在毫无准备的情况下遭了毒手的。众生灵大声质问金娃：你们人怎么能这样？这太凶太凶了，这太可怕了，你们人怎么能这么坏呀！

金娃想告诉它们：我们人有的坏，有的好。可是众生灵都被巨大的悲伤缠住了，什么也听不进了。

金娃为自己的同类感到羞愧，可又无处诉说。

金娃孤单地待着。众生灵不愿理他，他更耻于与那些逃来岛上的人为伍。就在这样的心境下，他一个人跳进了茫茫海中……

他游着，在精疲力尽的时候，小海神遇到了他。小海神十分惊讶地问：我把你送回岛上吧？金娃摇头：不，我没脸见众生灵了。小海神又问：那你就返回人间吧？金娃摇头：不，我不敢和他们在一起了。

小海神真可怜这个金娃，一直伴着他往前游。当他实在没有力气的时候，小海神就把他驮到了背上……

就这样，金娃最后也变成了一个小海神，他现在成天和另一个小海神结伴出游……

魂魄收集者

……缢死人，其下有物如麸炭，即时掘取便得。稍迟则深入矣。盖人受阴阳二气合成形体，魂魄聚则生，散则死。死则魂升于天，魄降于地。

——《本草纲目卷二十五・人部》

1

我还从来没有遇到一个乡村医生会像三先生一样荣耀，在这么大的一片土地上享有如此崇高的声誉。他行医的过程我目睹过几次，观感可用八个字概括：印象深刻，不敢恭维。真的，一个奇形怪状的异人，一个无法理喻的遗老，一个技艺超凡却又令人生疑的江湖术士。总之这个人让我多少有点害怕。可是这一带的村民却不容他人吐露一字不恭，不但将其看成一个好医生，更把他当成了起死回生的圣手。大概方圆几百里都流传了关于他的神奇故事，单听这些故事，你甚至会近前怯步，惮于见面，害怕被他周边那道神秘的光圈刺伤。

他与一般意义上的医生当然大为不同，单是行头就有些古怪：不提包不背箱，而是在肩上搭一个土黄色的药褡子。据上年纪的人说，最早的记忆就是这样，正经的乡间医生人人如此。别看行头古旧简单，褡子里装的东西也不多，无非是几把铁制的小器具，一点膏丸丹散等。那里面绝没有什么温度计和血压表之类，因为那都是花花哨哨的新兴物件，只能加重人们的担忧。许多老年人对它们的功效将信将疑，有时干脆断言：只有不中用的医生才借助那样的机器哩，为什么？就因为他们“脉手”不好。把脉万能论在这里是颇有市场的，评判一个医生手段如何，第一句话就问：“脉手咋样？”脉手差的，即不可信用，其他一概不再多问。

这里的乡村习俗、规则，照样是以老年人作为根据和基础的。比如医疗问题，年轻人的见解不占上风。可能是他们不太考虑这一类问题吧，对行医的方法效用等还未拥有发言权。直到今天，按村里大多数人的观点，还是固执地认为西医不能治病——“西医不过是使使止药，西医怎么能治病?”年轻人指着一个刚刚被西医抢救过来的病人：“他不是被西医治好的吗?”他们说：“那不过是止住了。西医哪能治好病呢？他身上该有什么病还有什么病。”有人又以一个开刀手术治愈的人为例：“这人不是西医救过来的吗?”他们说：“动刀自古就是咱中医的拿手活儿，这算不得什么。”

相传三先生与路人同行半里，就能清清楚楚地知道这人身上有什么病。他如果在一户人家屋外瞅上一会儿，还能预言这一家的“人气”——气旺祛除百病，气衰五乱滋扰。他认为人身上的气味是最不可忽视的，就像天气预报中的云雾一样。有一次，一个中年壮汉得了怪病，亲疏不辨，动辄妄言，村头正想捆绑起来送到林泉精神病院，被三先生在街口拦住了。他先是打量一会儿，而后取出一根银针，乘其不备一个箭步冲了上去——刚刚还在狂呼乱叫的病人立刻萎靡。紧接着三先生收回弓步，出掌凌厉，什么命门、印堂、人中，一一开伐。那壮汉随着击打先是一下下摇晃，接着就当街倒地大睡起来，一直睡了三天三夜，醒来后微笑如常，见人频频颔首颇有礼数。还有一个绝不相信中医的人背生恶疾，痛不欲生，跑了几次大医院都说要动刀，还说要剜去一大块背肉。那人平生最怕的就是刀子，于是家里人只好出门去寻三先生。三先生当时正好因事路过这里，身上连褡子都没带，看了看病人，哼了一声。他返身出门，到就近的田里转了转，随手采了几味草药，嘱其家人：一半炙搽，一半水服，一周为限。七天刚过，病人果然背疾痊愈。

三先生最看重的就是药材，以他看来，有些名医手到而病不能除，其主要原因就是药材不好：或成色不足，或直接就是有名无实——产地不同，药力则大相径庭。还有一些药原本就得医家亲自摘取，他人不得代手，因为这其中满是玄机，差之毫厘，失之千里。人们说三先生的奇绝之处，有一多半就来自他的隐秘不宣之药。比如，一个叫老冬子的人昏惘在床，迟迟不能治愈，绝不是因为医术，而是寻药艰难。有人曾问他那到底是什么药？他闭口不答。

当地人称随从为“跟包”，意思和秘书差不多——一位跟随老人多年的“跟包”酒后透露：治老冬子的病两味药不可或缺，一味叫“魂”，一味叫“魄”。两味药都属无影无形之物，难在摘取，非大药匠而不能为。所以三先生必要亲自动手，而且也保不准就能志在必得。

先说“魂”。这需要取药者征得家人同意，然后站在即将过世者旁边，伺机动作。那时节全以心悟而不以目视，全凭一个寸劲儿，将刚刚飘游离体之魂收入囊中：方法是持一洁白口袋，于半空捕获并速速扎紧，并当场以朱砂点红。如此，一个“魂”即告采收。据说魂是吱吱有声的，只是一般耳朵根本无法听到——它的欢叫或哭泣只有采摘老手才能知道。一般的人以为魂在那一刻必要哭泣悲伤的，其实不然。魂离开了躯体就等于一个客人离开了常住的寓所，其高兴与否完全要看它住得舒服不舒服。有的刚一离开即欢叫不止，有的则恋恋不舍。魂其实是纯稚如儿童的，它天真极了，只是和肮脏的皮囊合在一处才变得形形色色。采魂的人要如实相告家人：这一次相助只会积累功德，大有益于来世。所以一般人家都会同意采摘。

魂在一个小白口袋里欢叫着，不时蹿动几下，吱吱叫，又像蝈蝈一样唱起来。它有时还要逗弄提袋子的人，当他举起口袋想要听一下有无动静时，它先是不吱一声，而后就猛地大哭起来，让其吓上一大跳。一般来说，魂刚刚离开躯体还是轻松活泼的，它们觉得一切都十分好玩。魂是不难采的，所以三先生已经积了许多扎好的、上面有朱砂红点的白口袋。最难的是寻“魄”——它不像魂一样往上飞扬；而恰恰相反，它的心事太重了，主意太大了，一离开人体总是往下沉、沉，一直沉到地底下去，去那儿待着。它一般于瞬间落地入土，然后慢慢渗入土壤。它会在挨上水流的那一刻飞速漂移，就像船一样。所以在水皮浅的地段要找一个“魄”是非常困难的。

另一个采集的难处在于其他：“魄”离开躯体是必要从脚尖开始的，于是过世者的脚尖指向就成为至关重要的因素。脚尖向上，“魄”即要披散而落，这样到底从哪里入地也就难说了。有经验的老药匠都知道，除非是上吊的人，不然要准确挖到一个“魄”是难上加难了。

2

三先生四处打听并叮嘱他人：如果听说哪里有悬梁自尽的人要速速告知。其实这样的消息近年并不少见，四周村子里每年都有几桩。收“魄”之难，不仅在于信息灵通，于事发后即赶到，以防其沉入深处或借水游走，更有其他种种因素。三先生感叹：“我一生收集此物难则难矣，扳指算来也不计其数，现如今竟一‘魄’难求!”

有一天跟包匆匆来报，说快点，一个叫“二里外”的村子出事了，凌晨有人自尽了。三先生扳指算算时间，带上器具急急上路了。

“二里外”是个一百多户的小村，因为靠近另一个大村，在一年前被“兼并”了。这个大村现已照例改名“集团”，村头儿改名董事长，搞起了各种工企业，于几年前开始圈占大片土地——低价租用不成则兼并村落，这样属于原村的土地即全部划归这个集团。“二里外”成为集团中的一员，所有村民及土地财物统统归了新的主人。类似的兼并在这一带经常发生，于是不断传出一些惊人的消息：有人被强逼搬迁新区，因缴纳不起使用费，只好赖在祖传的小屋中，结果被无名无姓的闯入者暴打致残；还有的孤苦老汉干脆服药自杀。光是半年的时间，三先生就往“二里半”跑了两次。一次，听说一个中年妇女上吊了，可是匆忙赶到才知道已经迟了整整十个小时，“魄”自然是找不到了。另一次，倒是及时赶到了现场，但细细勘查出事地点，发现此行仍然无效：死者吊死在中间隔壁的门梁上，其脚尖下垂处有一块厚厚的青石。三先生虽然知道机会甚微，但还是耐心地揭开了石板，然后用一个桃形铁铲细细挖掘。果然不出所料，石板下土色如常，什么迹象都没有。原本如此，“魄”再多能，怎会穿越硬硬的石板呢？

这次跟包一路上都在咕哝缘由：出事的是一个小伙子，二十岁左右，在集团里看仓库，好像丢失了什么东西。真是玩物丧志啊，老大不小一个男人了，那么喜欢猫，养了不止一只，养得又肥又大。“人家不让带猫上班，他就偷着揣去。哎哟，连吃饭都一个碗，恶心！”三先生听着，只不吭声。这个老人最大的癖好也是养猫，一辈子就是因为太喜欢猫了，连老婆都没娶。跟包一路上多数时间都在谴责猫的罪过，后来没听到一声回应，才把嘴巴收住。三先生见他不说话了，就回头瞥瞥。跟包立刻说：“他是害怕怪罪下来，半夜偷偷吊在仓库前边的一棵歪脖子树上了。”

跟包后来对人说，当时老先生听了这句话以后，眉头一直缩着，步子快得追不上。“集团的人不让靠近，不管是穿制服的还是什么别的人，谁也不让到出事地点去。谁要是不听劝告硬挤，就咔嚓一棍打过来……”跟包的描述现场情景，十分兴奋。他说由于和三先生在一块儿，情况就完全不同了。为什么？就因为这当中有人认出了背褡子的人，又抱拳又作揖的，知道老人是取一味药来了。他们不光是将二人从一群咋咋呼呼的村里人中间拉出，还由一个保安模样的扯手领到那棵歪脖子树下。那人指指点点，取了一根粉笔，在地上描了一个圆圈。可是三先生并没有开挖，像过去一样，如果有可能的话，一定要亲眼看看不幸的死者。老人在死者面前站上好一会儿，咕哝一些别人听不明白的话，然后再动手。那个保安说这回可不行，得请示一下。保安找地方打电话去了，半天才转回来：“看就看吧，领导说瞅上一眼就得了，外面家属正闹哩。”

三先生那天可不是瞅了一眼。他看得太细了。最后走出来，走到那棵歪脖子树下，看着那个粉笔画上的圆圈，摇摇头。跟包催他快些挖吧，他还是摇头。“怎么了？”“咱白跑了一趟，下边什么都没有。”“不挖咋知道？”三先生小声地在跟包耳边说：“这孩子是被人打死的，然后移在了这棵树下。”跟包将信将疑，还是从老人手里取过桃形铲挖起来。一直挖下了一尺多深——通常只要五寸即可——什么痕迹都没有。

有一个油嘴滑舌的乡头儿曾以三先生取“魄”之难为例，大谈今日治理之好、生活之美：“想想看吧，咱这地方什么多了？电视机多了，小汽车多了，楼房多了！什么少了？冤死的人少了，上吊的人少了——不信问问三先生去，他这一年里硬是弄不到一个‘魄’！这有事实为证哩，这可不是胡吹的吧？嗯哼？”跟包告诉了三先生，三先生摇头：

“那是因为水泥地多了。”

的确，有许多次急匆匆赶去，最后还是无功而返，因为死者垂挂之处恰好是水泥地面——“魄”根本不可能穿破坚硬的水泥。

三先生的跟包只要一有机会就嚷嚷，像是在当众做出一个重大宣示：“现在的人哪，又自私又懒惰，都到了最后光景了，也不在乎多跑那几步吧？跑到一个有土的地方多好，那时候再拴绳子什么的也不晚哪！”周围的人总算知道了他的意图，都说：干什么想什么，这家伙说得多少在理呢。

大约在跟包胡嚷了一阵之后，真的有个人在自家门口的野地上吊死了：清晨起来，许多人都看到一个男人直挺挺地挂在那儿。

这个人一直在外地打工，半年后揣了一笔钱回家，发现老婆跑了。这就是村里人知道的全部故事。这个人平时闷声不响，谁也不清楚更多的缘故，直到等来这个结局。那一天大家把人移走，跟包就领来了三先生。

三先生用一把桃形铲把周边的浮土和杂草除掉，在大约七寸半径的圆周内由外往里开挖，动作小心谨慎到极点。跟包蹲在旁边，呼吸都停止了。挖出了一个小小的孤岛时，三先生开始轻轻拨动：一层黑如麸炭的泥土，状似枣核，厚二寸许，大如童掌。他一点点儿将其从中剥离开来，再缓缓移至桃形铲上，取过一旁的深棕色布袋，一抬铲柄倾入。

3

邻居红脸老健特别兴奋，因为老冬子有救了。我问他肯定能治好吗？老健笑吟吟地吸着烟说："那还不能？药齐了嘛！"

一连几天都有人去老冬子家看光景，这让他的家人心烦。老冬子的老婆只信服红脸老健，说他叔你把这些闲人赶开吧，这样拥着，老冬子神药也治不好，你没听他从早上起来就打嗝？他过去十来天也不打一个嗝！老健像轰一群麻雀一样扬手赶人，只留下我。有人愤愤说："他怎么就能待？"老健说："他是贵客。"

三先生一连三天指挥跟包干活，自己在另一间屋里喝茶。老人坐在那儿，眯着眼，若有所思。他的脸上有许多十字形的皱纹，鼻翼下垂，气息奄奄，给人一种不久于人世的感觉。如果有人在一旁看他，只要不开口呼叫，他权当没人一样自顾安息。尽管他没有睁眼，跟包在另一间屋里做了什么，他全了然于心，一会儿就哼一句："再加水，搅到七八分，撤火。"那屋的人边应边忙。突然老冬子皱眉瘪嘴，跟包正要去隔壁告知，老人就大声喊："按人中，揉丹田。"跟包回身做了，病人遂平息。

我们一直没见三先生拿出褡子里的白色袋子，更没有深棕色布包。那边有文火煎了草药，一连三服服下。跟包报告说：老冬子只是睡呢。三先生说：睡吧，睡上一天一夜，睡到磨牙。说完背起褡子要走。老冬子的老婆在门口拦着，说就这样了？还不见睁眼呢。跟包说：睁眼？前些天不是一直大睁着吗？没吓死你！他也该闭眼养神了！

三先生和跟包走后，我们几个就回到老冬子床前，发现他正打着呼噜，胸脯急剧起伏。被子下的人显得十分瘦弱，老健掀了被子捋着他的胳膊说：“这人过去多壮，腱子肉鼓鼓的，这会儿看看吧，才一月的工夫就折腾成这样。”正说着，老冬子磨起了牙齿，嘴唇也随之蠕动，口沫一会儿渗出来。我说：真是的，老先生说得一点儿不错。老健说：那是当然了，那怎么会错？老冬子老婆问那两味大药到底放了没有？都说没见。

跟包送三先生走后，复又返回，问了病人一些情况。家人回跟包说：磨牙了。然后问：为什么还不使上那两味大药？跟包答：那要等睡上一天一夜有了力气才行——魂魄一加人就生猛起来，太弱的身子承不住啊！老健问：“我怎么没见那物件啊？也没听见动静——你不是说它们会叫唤吗？”

老健问过之后，我们都盯着跟包。

“老人藏了哩！为什么？风声不对哩！只等时辰一到，下了药便是……”

老健脸色由红转成铁青，鼻子里发出“哞”的一声，像老牛一样，眼都瞪出来了。跟包小声对在他耳朵上说起来，声音渐大，我们都听得清了："……三先生一看就不是那么回事！他从'二里外'回来，就在纸上写了字——我还以为是药方呢，谁知道那是一张什么啊。这不，几天没过穿制服的就来了，问这问那。老人不语。隔一天集团保卫处的人也来了，吹胡子瞪眼说：敬酒不吃吃罚酒啊，你可真敢！老人不语。后来那些人就在屋里乱搜，幸亏老人事前把两味大药藏了。"

老健拍腿："这是逼咱往绝路上撞啊！"他转脸看看老冬子，咕哝："老伙计啊，你快些好起来吧，好起来吧。你如今这么躺着像个小媳妇……"

一天一夜过去，我们都在等一个时辰。可是原来说好三先生一大早就到的，直到太阳升起树梢那么高还没见人影。老冬子老婆一直站在门口等人。又过了一会儿，老冬子老婆在门外嚷叫："来了，来了！天，这是怎么了？"

我们都跑到门外，这才看到一个人——是跟包，他背着人往这边缓缓走来。我们赶到跟前一看，原来背上的人正是三先生，老人闭着眼，额头青肿，衣服也撕破了好几处。老健大声问着什么，跟包以手势制止。

赶紧进屋。一屋的人脸色肃穆。三先生被放到隔壁的床上，仰躺之后，才让人看清伤有多重。老人除了脸上的擦伤，还有肩部胸部的纱布包裹，有的地方血已洇出，一条腿也不能动。三先生睁开眼四下瞄瞄，艰难喘息，对跟包说：“煎一刻。冲二味。温服。防嗝逆。”

几个人都去了病人的屋子，只有红脸老健待在三先生身边。老人闭着眼睛。老健走出来，瞅个工夫问跟包：“到底怎么回事？不要紧吧？”跟包泪水哗的一下流到鼻子两侧：“夜里闯进先生屋里几个人。他们原是要给他留下内伤的，让老人再也不能出门……”老健流出了眼泪。“幸亏先生备有跌打散，要不今儿个连门都出不了。”“不要紧吧？”“难说，也许养上半月会好，幸亏服了跌打散。”正说着，三先生有了声音，几个人赶紧跑去，一进门见老人竖起了两根手指。跟包凑向跟前，帮老人解了一个扣子，然后从贴胸处取出了一白一棕两色袋子。

这边的药已熬过一刻。跟包祷告几声，把两个袋子投在一个瓷碗中，端起药汤时又贴近了听了听，回头对红脸老健说：“‘魂’正吱吱叫呢！”老健说：“该不是怕烫吧？”“哪里，它哪里会怕。它为有了用场，欢喜哩。”老健又问：“‘魄’呢？它这会儿怎样？”“它从来不吱一声，它一辈子都不说一句话的。”

滚烫的汤药冲在那两个口袋上，竟发出了一股从没嗅过的异香。

等待汤药温凉下来的这一段时间，跟包一直合掌站立。

有人把仍然瞌睡的老冬子扶起来，他老婆贴近他耳边像哄孩子一样说："快喝了吧，喝了吧，小口别呛着啊，这里面有宝物哩，喝了就立马精神头儿足壮哩。喝了吧，喝了吧……"先是用汤勺喂，后来剩下半碗就直接倾入口中。喝过后想让他躺下，可他抿着嘴眨巴了几下眼，眼睛越瞪越大，也越来越亮，竟四下里找起人来。红脸老健猛一砸手掌说："老冬子啊，咱在这里哩，你看不见?"老冬子打了一愣怔，一下抱住了老健的胳膊。老健流着泪笑了，骂着粗话，拍打对方的背。

4

我只要一闭眼睛，脑海里就会出现三先生的模样，他奇怪的眼神，脸上的皱纹，特别是遭遇毒手之后那个样子。我几乎没听老人说过几句完整的话，一种崇敬之情混合着难言的神秘，长时间笼罩了我。我后来曾去看过老人，发现老人住在一个偏僻的地方：一大片梧桐树和椿树间杂混生，形成黑压压一片，远看只是一个小树林；走近了，觉得有一股柔和的香风在荡漾；几只老鸦蹲在枝丫上咳嗽，见了来人也不惊慌；更近了，可见小林中有一幢大顶茅屋，旁边则是更小的一幢，两幢对角相连；小林四周由竹篱围起，大白鹅共有三只，正沿竹篱缓缓走动，见了我即仰脖叫道：嘎，嘎嘎！

跟包听见鹅叫就走出来了，一拍手把我领进去。

进得里边才发现，这幢大顶茅屋敞亮无比，里面东西甚少，无非一床一桌一地铺。地铺光洁可人，上面有叠得十分整齐的行李，跟包说这是老人打坐用的，有时他就睡在这里。原来与小屋对角相连处恰是一道小门，由小门进入即是全部的医家设备了，药味扑鼻：药碾子，百屉橱，铜杵铜钵，还有看不明白的一大堆物件。

三先生正在床上歇息，听见声音微微睁眼，点了点头重新闭上。跟包对我们小声说："不要紧了，已经能起来打坐了。"然后又领我走到屋外说："看到了吧？"我什么都看不到，眼前不过是树和鹅。"有两个小伙子在林子里，他们是红脸老健指派来的，值夜，身上带了镖。"我都觉得老健想得十分周到。我问，镖是什么模样？跟包说："说不明白，什么样的都有，他们带的就像短攮子。""'攮子'是什么？""就是小刀。"我咝咝吸一口冷气。"没有办法，这年头又有了蒙面人，他们半夜行事，办完就走，谁也不知道是哪来的、受谁指使。老健对值夜的说：不用怕，他们只要敢来，咱就敢一镖封喉！"跟包一边比画一边说，让人害怕。

回去的路上正好遇到了老健，他匆匆沿街行走。我对他说了三先生的情形，老健马上站住了，笑嘻嘻说：“嗯哼？”

老健满面红光，笑得真甜。

2009 年

阿雅的故事

1

那棵大李子树啊，那棵走到天边都无法忘怀的大树啊。

我一想到它就想到了外祖母，它银色的、雾一样的花朵就像外祖母的满头白发。李子树下有一口砖井，外祖母要花上很多时间在井台上洗衣服。她把衣服放在木盆里浸一会儿，然后搓洗，在一块石板上用洗衣槌敲打。那个木槌精致极了，它是一种硬木做成的，光滑得很，手柄上边一点、槌子的背面，都雕刻了美丽的花纹。我常常拿着这个棒槌玩。后来我才明白：

它虽然是很小的、微不足道的一个器具，却是大户人家才有的东西。有一个时期，我曾经用心收集过外祖父的遗物，我发现，只要是从外祖父身边传过来的东西，哪怕只是很不起眼的一件什么，比如木制书包提系、珠帘坠头之类，也会做得特别讲究。就说这个洗衣槌吧，它的选料和精制简直就是独一无二的，除了在外祖母手边一见，再未曾于任何地方发现过类似的物件——不过很可惜，如果细讲起来，它还是一件可憎可恶的纪念品。

外祖母头上那个凹痕，就是外祖母的婆婆用这个洗衣槌打的。当时外祖母血流如注，痛得倒在地上，身边的一大片泥土都给染红了。大家都以为她这回是必死无疑了，十几天吓得大气也不敢出。外祖母多惨哪，她的生命力又多强啊。那时候她长得身子娇小，不停地为主人一家奔忙操劳，平时不多说一句话，是大院里一个最勤劳、最沉默的丫头。外祖父不知什么时候爱上了她，接受了一个下人不声不响瞥过来的目光，两个人偷偷摸摸地好起来——这事的代价就是那狠狠打过来的一木槌……

我恨着那个老女人。我抚摸着外祖母头上的疤痕时，悄悄地洒过眼泪。外祖母给我讲过的故事数也数不清，但最令我难忘的，是那个叫阿雅的小兽的故事。

外祖母是一个奇怪的有神论者。当年的有神论者不仅信神，而且还信各种精灵。她说这里的人有一些神秘的传统，这些传统被秘密地遵守，有时一连几代人都信守下来。她说那些极其精明的、幸运的人家，常常会不动声色地豢养一种宠兽：有的养猴子，有的养笨熊。“我们家呢?”“我们家，”外祖母一边做活一边说，“等你长大了的时候我再告诉你，我们家养什么……”

外祖母说这话的样子很神秘。她告诉了我一个朴素的、然而在当时足以令我大惊失色的道理：所有的大户人家，要想获得长久的幸福，过得一辈又一辈富裕、衣食无忧，那就必须暗暗结交一个有特异本领的野物。有些野物总是具备我们人类所没有的神奇本事，比如说，它们能够暗中护佑这户人家无灾无难，辈辈平安；个别本领超群的，还会在这户人家毫不注意的时刻搬来一些东西：搬来粮食布匹，搬来林子里好吃的东西……

无论是当时还是现在，我都没有怀疑过外祖母的话。我把她的话告诉母亲，母亲也十分肯定地点头说：“是的。是这样的。”

外祖母并未指出谁家曾豢养了这种叫“阿雅”的小兽，只说它长了黄色的皮毛，光亮得像缎子一样；它的尾巴粗粗的，毛儿蓬松；它的鼻梁从脑瓜那儿往下拉成一道直线，很尖很尖；小小的鼻孔，尖尖的牙齿，灵活到极点的身躯……如果它腾跃起来，可以把空中飞动的小鸟咬到嘴里。它的两只前爪很短，但极为灵巧和有力。总之，它是一个机灵透顶的家伙。别看它只有一二尺长，像小狗一样，可它的聪明是世上所有动物都比不过的。有一户人家就养了这样的一只小兽，世世辈辈都养，他们称呼它的时候就像发出了一声悄悄的叹息：“阿——呀（雅）。”

“阿雅”成了这户人家的一个成员。它在这一家里进进出出，大家都装着没有看见，因为事情最好不要挑明了。所有的家庭成员都小心翼翼地提到它，嗓门压得低低，只说一声“阿雅”来了、“阿雅”走了。他们把院门木槛下边锯出一个洞，正好能容那个小兽进出。有人一旦问起这个洞来，他们只说那是“猫道”。他们围墙外面有一个大草垛子，下面有一个洞穴，口儿小，里面却十分开阔，铺着软草，那就是“阿雅”的窝。

这户人家在过年过节的时候都要大摆酒宴，可是他们从来没有忘记在屋角多摆上一份饭菜，那就是给从不轻易露面的那个特殊家庭成员准备的。当家宴席散了时，再到屋角去看看，那份饭菜真的被动过了，不过只动过一点点。“阿雅”并不需要吃这样的盛宴，它有很多自己喜欢的东西可以吃，它不过是为了满足这户人家的一片心意，就随便吃了几口。它热爱自己的主人，早已经离不开它的主人了。

据说，只有交了好运的野物才能找到一户殷实牢靠的人家收留它们。可是它又不需要这户人家做任何事情，不需要他们的庇护，更不需要他们的援助。相反，它倒要因此给自己的一生添上永远也没有尽头的劳碌和负担。它要为他们起早贪黑去搬弄东西，去冒险。想想看，它们本来可以在林子里过得多么自由自在，想干点什么就干点什么，可以尽情嬉闹玩耍，不管白天还是黑夜，所有的时间都归自己所有。可是当它从属于某一户人家的时候，这种自由就再也没有了。它们的心要永远牵挂在这一户人家身上了……

2

外祖母讲过这其中的奥秘，她说：那些小动物们固执地认为，只有找到了一户人家的“阿雅”才有最好的报应，它到来世的时候也才有可能转生为人。所以只要有机会为一户人家服务，那些小兽大都乐于去做，而且在林子里，在它们那一伙里，从此就成为极受尊敬的一种动物。它们一个个既遭受嫉妒又领受羡慕，到哪里大伙儿都尾随着，用钦敬的目光望着它；它伏在地上解溲的时候，大伙儿也要站在一边观看；它爬过的树，大家都要试着爬一爬；它去过的地方，大家也都要去打个滚儿才舒服。

外祖母说，那时候所有的大户人家都有自己的秘密，千万不要去问他们。因为知道底细的人很少，人们都普遍认为他们是靠自己的智慧、自己的双手才挣来了万贯家财的。实际上啊，那是因为他们在暗地里交往了一个神通广大的野物，这才能让他们不至于坐吃山空，一辈又一辈富得流油。外祖母说：交往任何野物都不如交往一只“阿雅”，它有多么聪灵、多么忠诚啊。有一个大户人家就交往了一只“阿雅”，当这家的老祖宗知道自己将不久于人世的时候，就特意到“阿雅”的洞穴边上祷告了半天。他说自己是个善良的人，他的后一代也是善良的人；为了不让家道衰落，他求“阿雅”千万帮衬着他的儿孙们，他们一代一代都忘不了它的恩情。就这样，老祖宗含着眼泪告别了小兽，不久就死去了。谁都知道“阿雅”是个重信义的生灵，老祖宗将死的那一刻，人们都眼看着一个飘飘的少女样的影儿来到床前，它把芬芳的小嘴凑过来吻遍了老人。它吻过他的额头，又捧起他那双枯黄的手贴在脸上。人们睁大眼睛，却是一片迷离什么也看不清楚，只听到咂咂的亲嘴声。老人就在这快活的安慰中告别了人世。就在他死去的那一刻，全家人都听到一阵哀哀的恸哭。这哭声在床边旋转着，升上屋梁，很久才飘向窗子，然后消逝在远处。大家都知道这是谁在哭。

老祖宗走了，这个大户人家的另一个时代开始了。他的儿孙们，就像他们的老祖宗做过的那样，每天晚上在窗台放一个瓷碗，里面盛了半碗清水。他们都习惯了，也都知道，在半夜时分，将有一个小兽从很远很远噙来一颗金粒，将其吐在碗里。那时候所有人都要装作什么也不知道，只安静地睡自己的觉，不准起来偷看，更不准打扰……

“阿雅”具有一种超凡的本领，它能够一口气跑到南山，在大山里找到常人辨认不出的金粒，然后再在天亮之前赶回来，把它吐到那个水碗里。黎明时分，这户人家年龄最大的人要早早起来，他的第一件事就是去察看碗里的清水。如果有一颗金亮的小颗粒，他就高兴得手舞足蹈。当然有时候“阿雅”奔波一夜，最后还是找不到那颗金粒，可它的肚子已经饿极了，就不得不去搜寻一点儿东西吃，这样才能支撑着疲惫的身子奔回来。

它在这条路上不知奔波了多少年，这些年里所能寻觅的范围越来越大，路也越跑越远。一开始只在周围的河汊里，后来就要向南，奔向那一座座高山了。它已经为这户人家采了一辈子金粒，所有的山溪沟坎差不多都寻遍了，如今不得不跑向更远更远的地方。但是在天亮时分如果还跑不回来，那也只得放弃这一次收获了。因为这是它的规矩：必须在太阳公公露出地面的那一刻，把一切事情全都做好。它有时沿着河畔往大海的方向跑——那里没有黄色的金粒；可是它惊喜地发现，那里有被河水冲刷出的白色金粒。在它眼里白金粒比黄金粒更为宝贵。于是它就噙着回来了。

可惜这户人家的后代只认识黄金。他们认为如今落进水中的只是一些银白的沙石罢了。第一天早上，当那个人洗了手脸到窗前去端水碗时，发现了这颗白金就大失所望，一气之下把它泼到了地上。这一次，他有点隐隐的惧怕，预感到有什么不祥的事情要发生。接连两天晚上，水碗里都只是一颗白金粒，他同样愤愤地把它泼掉了。

最后这户人家终于骂起来。他们认为“阿雅”变心了，或许是被另一户人家收买了去，这会儿在存心嘲笑他们、糟蹋他们。开始的时候，主人在“阿雅”的洞穴那儿祷告，再到后来就是威吓。他说：“我们供养了你一辈子，想不到你这么坏，这么没有廉耻，如果再这样下去，我们就废了你的洞穴。你回到林子里、回到你那个半路做下手脚的新主子那里去吧。”

当他这样说的时候，听到洞穴里传来了一阵泣哭。可他无动于衷，跺着脚，连连吐着说：“呸，呸，有脸哭哩。”

第二天早晨，他到窗外去端那个水碗，发现里面空空的什么也没有了。

隔了一天，他再去看水碗，发现清水里又一次有了那个银白闪亮的东西。他骂着，狠狠地把它泼到地上。这一天，这户人家的主人把全家老少都叫到一个角落里，互相使个眼色，然后提着铁锹，拿着木棒，悄悄地向屋子西面的草垛子围过去。那个草垛子是他们先人特意为小兽搭起来的，为了让它便于做窝挖穴。可是这会儿他们恨不能把那个草垛子点上，让烈火把那个负心的东西烤焦，只是因为怕它燃着大宅才没有那样做。他们想把它从洞穴里捉住——根据大户人家自己的原则，如果那个野物一旦变了心，就必须想办法把它铲除，不然的话会留下后患：它会把全部技能和心智都用到另一户人家，让他人暴富；或者它在一怒之下把这户人家所有的宝贵东西一点一点搬空。野物都有过人之处，说不定它还会使他们处处都不顺心，让媳妇生出一个怪胎，让孙子得个怪病，诸如此类。他们怀着既恐惧又仇恨的心情把那个草垛子包围起来。有人拿出一面小网，迅速地蒙住了洞口，接着就是用烟熏，用棍子捅。奇怪的是里面一点动静都没有。后来他们干脆用锨挖起来。洞穴全部挖开了，那是一个长长的曲折的洞穴，最里面是圆圆的一个大窝，铺了细细的茸草。

“阿雅”跑了，这个狡猾的东西早就听到了风声，它跑了。

接着一连几个夜晚，他们都听到一个小姑娘在四周的林子里哭泣。他们听到了，心里什么都明白，恨恨地说：哭去吧，你个不要脸的东西，没有人可怜你。

“阿雅”一夜一夜不能安睡，它哭啊哭啊，整个林子都笼罩在它的哭声里。这户人家只是恨着它，他们怎么能知道，当它失去了自己的主人时，双重的灾难就降临到它的身上了。一是它有巨大的委屈不能吐露，因为它没有一种语言可以和人沟通，简直是悲恸欲绝，恨不得把自己身上的毛发全部揪光。它有时一口气爬上一棵很高的大树，又猛地跳下来，想用这个办法来消解心头的愤懑。更大的不幸是，四周的伙伴们都开始嘲弄它，往它身上吐口水，说：再也不用神气了，小贱皮东西。它们骂它，往它身上扔土块，有一次，还把一个死去的小老鼠扔到了它的鼻梁上。它忍受着一切，无心反抗，只长久地坐在那里望着西方落日。每到太阳落下去的时候，它身上都有一阵冲动，因为往常它都是在这个时辰奔向南山，奔向河口，去那里搜寻一天的喜悦，再把收获小心愉快地投放到那个洁净的水碗里。可这会儿它不能去了。它千辛万苦寻来、含在口中的白色金粒吐给谁呢？它不愿背叛这个人家，永远也不。它想起了与这户人家久远的友谊，想起了他们相处的欢愉和幸福，想起它对老祖宗曾经发过的誓言：永远也不背叛他们。可是从今以后它再做些什么呢？最悲伤的莫过于这个时刻了。往日劳碌中它过得多么快活，简直什么都可以忘掉；它享受了整个林子的尊敬，它的愉快和甜蜜连星星也会嫉妒……它痛苦，犹豫，最后发现只有从事往日的劳动才能免除一切不幸和懊恼。于是它重新奔向了高山大河，重新噙起了白金。

刚开始它还想找到那种令主人痴迷的黄色金粒，可它寻了一生，早已把遍地黄金寻个干净，真的再也找不到一粒了。它只得小心翼翼地噙着那颗白金粒，踏上了熟悉的归路。它又要迈进那户人家的门槛了，可是刚刚走近，就发现留给它的那个通路已经罩上了一张险恶的网。它身上像被烙铁烙了一样剧烈一抖，赶紧退回来。多么冒失啊，如果一不小心闯进去，就会被网上的暗扣给死死缚住。怎么办呢？它蹿上院墙，又小心地滑溜下来，然后跃上窗户——那个水碗还在。这一回它聪明了几分，先仔细观察：它发现水碗的下面、离水碗不远处，隐下了什么可疑的东西。那个东西它从来也没有看到过。它借着月光打量了许久，后来终于看懂了，那是一个弹力十足的铁夹子。也就是说，当它走近那个水碗的时候，铁夹子就要打下来，它就会被活活夹住。多么可怕啊，“阿雅”在窗台四周急急奔走，许久才战胜心中的恐惧。它有好几次想小心地绕开这些危险，把白色金粒吐到碗中的清水里，但还是忍住了。最后它只好噙着它的收获重新跑回了森林……

3

“阿雅”啊，无数的折磨和思念开始了，酸酸的东西不断涌上心头。它望着天上的星星，乞求什么来解救它，解救它的主人——有什么东西蒙住了他们的眼睛啊！有什么办法才能在“阿雅”和那个愚昧的大户人家之间搭起一道理解的桥梁啊！没有办法，没有办法。它等待着，看着星星落了又出……

又待了一天，它实在忍受不住这煎熬，终于下了决心，一定要把口中的白金粒吐到那个水碗里。它不能违背自己的誓言，它记得这个大户人家的老祖宗辞世时说过的话。它被那一段历史深深地激动着，周身热血奔涌不停。它的心怦怦剧跳，全身滚烫滚烫。就这样，它重新来到了那个大户人家的院落。一切如旧，水碗还在那儿，不过那仍然是一个诱饵。陷阱也在。它小心地、凭着无比的灵捷跳到一边，然后又一丝丝地往前挪动。它想用小小的前爪踏着铁夹的缝隙往前挪动。眼看就要成功了，它尖尖的鼻子马上就要沾上水碗了。可就在这时，砰的一声，夹子的机关被触动了，冰凉的铁夹牢牢地扣住了它的前爪。

在那最后的一刻，它差不多听见了骨头折断的咔嚓声。

夹子声很快引来了一群人。他们举着火把跑来，连连说："逮住了，逮住了，可恶的东西。"他们提着夹子，连它一块儿提起来。

可怜的"阿雅"不省人事，小小的鼻梁抽动着。就在一家人七嘴八舌议论怎么处置它的时候，它慢慢睁开了眼睛。它的智慧在最后一刻帮了它的忙：故意没有把眼睛睁大，而且用力屏住了呼吸。这户人家里最小的那个小人儿伸手抱住了它，说：

"我要玩，我要玩，我要它。"

年龄最大的那个老太太劝说着，他们就扳开了夹子，把它取下来。可是他们还紧紧地握着它的前爪。那个小家伙把它抱在了怀里，对着它的嘴吹气，想让它转活过来。它心里多么感激啊，可是折断的前爪钻心地疼，它用力忍着才没有呼喊出来。

小家伙摆弄了一会儿，见它没有转活，就把它抛到了一边。这会儿那个年老的人取来一根绳索，说趁着它还没有转活过来把它绑了吧，免得再跑掉。另两个人在一边议论说不如干脆的好，于是去找刀子——就在那一刻，"阿雅"奋力站了起来，在他们还没有来得及发出惊呼的当口，就用剩下的完好的一对后爪使劲蹬了一下，腾地蹿了起来。他们连连惊呼，它就在这呼叫声里一口气蹿上院墙，一拐一拐地洒着血滴跑开了。

它一口气跑进了森林，永远告别了为人类服务的历史。

这就是外祖母的故事。

1994 年

酒　窖

1

经过不知多少代的开垦和经营，我们这里已经成了世界上最大的葡萄园之一。这片一望无际的绿园显然包含了一个地方的荣誉和尊严。我有时想，这么多的葡萄难道都酿成了酒？秋天，一辆辆马车汽车都载满了葡萄，驶向了榨汁厂。原野上，那贮存葡萄汁的一个个大金属罐子在阳光下闪闪发亮，像巨人般耸立。

这一片大葡萄园，赖以存在的基础就是当地那个葡萄酒酿造公司。这个公司已经有几百年的历史了，它拥有全国最大的地下酒窖。我从得知了这个酒窖之后，就一直想亲眼看一看。有一天，我甚至梦见自己走入了一个很大的地下洞穴，洞穴里排满了一个个椭圆形的大柞木桶；头上滴着水珠，地下是坚硬的泥土，一个个盛了葡萄汁的柞木桶被枕木垫起来。我沿着洞穴走着，不知走了多远，随着灯光越来越暗淡，寒冷和潮湿也阵阵袭来……我知道这是一处地下酒窖，美酒就是在这儿悄悄地、隐秘地贮藏着，发生一些微妙的变化。甘甜的葡萄汁在这里贮藏许多许多年之后，再变成那些诱人的酒浆，贴上精致的商标，被轮船或火车运向四面八方。那么大一片葡萄园就应该配有这样一处地下酒窖，它们在地上地下互相呼应和衬托：一个在阳光的照射下生机盎然，一个在地下隐秘的角落里默默酝酿……

那个梦境其实是有根据的，我好像在哪儿见过这样的酒窖。想着想着，终于记起是在东北的长白山下。那儿的一个小城也是著名的葡萄酒产地。那一次去长白山，途中好客的主人邀请我们参观当地名胜，其中一项就是地下酒窖。就是那样的一处地下洞穴，里面摆满了硕大的木桶；地下通道是旋转的、弯曲的，主人说如果拉直了算，有十公里长呢。葡萄汁都是野葡萄榨成的，长白山周围大大小小的丘陵和山坳都长满了野葡萄，是一个天然的葡萄园。

那一天，主人还领我们参观了酿造车间。在一个接待室，我们品尝了各种酒。这些酒有的紫红，有的棕黄，有的是深黑色。我们每种都喝了很少一点，脸上开始发烧。我们还看到了挂在墙上的题词——从元帅到总理，都留下了赞美的词句。这些墨迹都经主人精心装裱，装在玻璃框中，悬在醒目处。

那次参观留下了如此难忘的印象，它植入了梦中。

当年我们在山上行走，不时要撩开浓密的藤蔓，看到黑紫的葡萄。人们就是把这些散布在漫山遍野的颗粒采集起来，一点一点汇聚到巨大的木桶中，藏入地下酒窖。

我们这片茫茫的海滩平原既有无边的葡萄园，就该有更大的酒窖。这个酒窖的准确位置到底在哪儿，我当时并不知道。我曾发现过一些很小的、零散分布在民间的一些小酒窖……那一年，我流浪到南山时，曾经遇到一个奇怪的老人，他就把几只木桶藏在红薯窖里，里面装的竟是甜甜的葡萄汁。他有自己独特的酿酒方法，据说那些葡萄汁有的甚至是他的老爷爷藏下的。这一家酿酒的历史也许值得好好追溯——他的老爷爷就在赫赫有名的那个酿酒公司做过职员，后来由于很不体面的一件事被赶出来了。他大概一回到家里就捣鼓起了那个事情。

山里老人用自酿的葡萄酒招待客人，毫不吝啬。我记得那种酒多少有点艾草味儿，而且十分强烈。它在当地十分有名。

类似的私人酒窖我还可以举出很多。但我不得不承认，我所见过的最大的酒窖，还是当年在长白山下的那个。

由于酒窖所在地之不同，它们装的葡萄汁也不同，酿出的酒也千差万别。长白山下那个小城的葡萄酒有一种药味。记得那次酒厂主人带着自豪的口吻，告诉我们这里是全国最大的葡萄酒基地时，我心里曾响起一个反抗的声音，一句话差点脱口而出：最大的葡萄园、最大的葡萄酒基地，应该在我们的那片平原上……但我容忍了他的话并客气地、感激地喝了他的酒。

后来我才知道，我当时并没有把事情搞得更确切，他的本意，是指拥有全国最大的野葡萄酒基地。

那个小城的夜晚让我难忘。那天晚上，我一个人走上了街头。记得街巷上灯光很暗，我踉踉跄跄地往前走，有些凉的初秋的风吹着胸脯。在一个路灯下，我看到了一个熟悉的面孔，心扑通跳了一下。我害怕地把脸转向一边。一会儿，我侧过身子重新去看，一颗心才慢慢跳得平缓下来。

那不是她。只是那个侧影极其相似。

我松了一口气，可是额头已经渗出了一层汗珠。尽管这样，我却再也没有平静下来。

第二天还是参观。我极力压抑着心里的一点什么，可是很不成功。我的思绪再也不能收拢。那个下午我说话很少，同行的朋友交谈着什么，我也没太注意。好不容易把一个下午度过了，我们每个人都得到了一小瓶很精致的酒。

很早以前，我在一片葡萄园里发现了她。我觉得她滚烫的额头、发辫和眼睛，浑身上下都散发着葡萄的气味。当我看到她在那儿欢快地跳跃，跟周围的人讲话，总是不知怎样才好。我们的学校也在一片葡萄园里，我的确是在葡萄树下发现了她。上课的时候，无论有多少人，我总能感到她的存在。她的那双有点深陷的眼睛多么明亮，它也许要照耀我的一生。我那时想得多么简单，甚至认为这会是命中注定的一种结局，而且世界上的任何力量都难以改变这个结局。

后来我离开了学校和葡萄园，去了很远的一座城市。可是那双明亮的眼睛仍然在照耀着我。有一天，我乘市内公共汽车去郊区，在拥挤的乘客中一转脸，突然又发现了那双眼睛。我的心咚咚跳，双手颤抖，茫然若失地抓着车上的横梁，几次都抓空了。当我再一次回头看去的时候，发现她正若无其事地盯着车窗外。错了，不是她。

自那一天开始，一座偌大的城市化为了一片藤蔓，我需要不断地撩开一些披挂才能往前。

在长白山之夜，我也许根本就没有想过她。因为我完全被一路上的新奇所吸引，被崭新的事物唤起兴趣。可就在那个夜晚我蓦然回首——她又站在了路灯下……那个晚上我一个人走了很远，但没有迷路。

回到住处觉得有点头疼，并不知道那是一次感冒的前兆。第二天早晨开始发烧，我吃了一点药，坚持上路。半路上病得很厉害，有人听见我迷迷糊糊地说起了梦话，说了酒窖和葡萄园，还有一个陌生的名字……

长白山下的小城之夜距今已经三十几年了，这期间经历了多少事情，既平平淡淡又惊心动魄。关于与她的那个“结局”，实在是非常遥远了。

那不是我一个人的错误，类似的遗失可以属于生活中的每一个人。当我想起这一点的时候，才多少有些原谅，原谅生活和命运。我不知道该责备什么，正像我不知道该感谢什么一样。我没法忘记的只是葡萄园中的那双眼睛，明亮的眸子。

我偶尔回到那片葡萄园，可是如何寻觅昨天的足迹？葡萄园中那条坑坑洼洼的石子路还在，它还在。一次次归来，是因为梦中的酒窖对我产生了诱惑——与此同时，她也出现在梦中了。

我们好像一起走在葡萄园里。当我们俩很近地在一片熏风里迈着不紧不慢的步子，一言不发地往前走的时候，当我们的手不得不紧紧地握在一起，依偎在那儿的时候，无法抗拒的辛酸也袭上心头。她的质地很厚的、做工特别讲究的暗黄色长裙挨在了我的身上。我在冰凉的葡萄架石桩上抵紧了后背，吻了她长长的眼睫毛、她有些消瘦的面颊……谁也没有询问彼此的过去。我们带着过来人的宽宥和温厚互相抚摸着，平静而又热烈。我们都闭着眼睛，在黑夜里感受着那种奇怪的磁力，那种无所不在的引力和准确无误的抵达。它到底是怎样发生的？这世上究竟有没有一种我们所无法理解的东西在永远左右着你我他？它能够测知我们到底走向哪里、我们最终的归宿？这种感觉，这种超乎理性和逻辑的陌生之物，环绕着我们，不愿离去。它似乎真的存在，在那儿指引我们。

她像一个很好的母亲那样微笑着，我像一个很好的父亲那样沉默着。我们在那个夜晚都恰好是五十周岁生日的前后。我们当时用自己成熟的步伐丈量了大片的葡萄园。最后，也许是不经意间，她问了一句：

“你参观过酒窖吗?”

“什么酒窖?”

“就是我们这儿的葡萄酒城，那个大公司的酒窖呀，还有什么酒窖?”

我摇摇头。

2

小时候在葡萄园里劳动，跟随母亲在绿色的世界里进进出出。当时的葡萄园还是一小块一小块的，后来才连成了一大片一大片。葡萄园之外就是没有人工痕迹的荒原，我不敢一个人深入内部，总是走一会儿就折回。我常常拿着拣到的鸟蛋和蘑菇、一些奇奇怪怪的花朵归来。母亲在葡萄园里劳动，像别人一样熟练，做得又快又好，两只手慢慢磨出了老茧。葡萄园的人都同情她，因为在他们眼里，来自远城的母亲是不该做这种粗活的。

在我眼里没有比母亲更漂亮的人了，而且她永远年轻。

多少年之后，当我离开了母亲，不得不独自远行时，只靠藏在深处的怀念安慰自己。这样有十几年。

有一天，我一个人徒步走回了那片荒原。那是一个傍晚，秋天的气息弥漫了大地。天气不太冷，狗的叫声在远处淡下去。我轻手轻脚往前，像怕惊动了母亲。这么多年了，这里的一切竟没有多少变化。我沿着小时候熟悉的路径往前。终于看到了我们的篱笆。推开了柴门，走向院子当心……母亲没有发现她的儿子。她坐在东间屋里，安详地坐在昏暗处，什么也没有做，两手合在一起。她比记忆中的要矮小和瘦削，头发差不多全白了。我站了足足有四五分钟，一声不吭。泪水在鼻子两侧流动。

“……”

母亲想站得直一些，但我看出她的两腿有些抖。我扶住了母亲。我把脸伏在她的肩上。

母亲没有问什么，需要询问的太多了。她一声不吭地把手按在我的后背上。

母亲原来这么瘦小。

从那时以后，我走得再远，也要频频回返，要站在母亲的视野里。

母亲越来越衰老了。她的眼睛再也看不清书上的字了，却能够用平淡的口吻谈论周围的一切。她的话很少，然而总是让我难以忘记，给我永远的警策。她常常问我过得怎么样，我告诉她：我像她一样不停地劳作和奔波，也不停地阅读。我能够在最绝望的日子里寻找下去。说过这些话之后，我的脸上一阵羞愧，轻轻地背过身去。我不敢迎视母亲的目光。

当我走出家门，重新开始了遥远的行程时，脑际又一次飘过葡萄园里那淡淡的清香，想起了第一次看见的那个姑娘、那片连同她一块儿毁掉了的废墟、我的惆怅和张望。在数不清的日子里，我从未忘记日落黄昏下那片破碎的砖石瓦砾。荒野上像幻景一样出现的那片青色屋顶，总是在遥远的天际闪动。我甚至想起了苦行的玄奘，想起了他向西的奔波以及那些脍炙人口的故事。

不久之后，我来到了莱茵河畔的乌珀塔尔，在欧洲这片出现了众多思想巨人的土地上，竟然有人在这里做了一件耐人寻味的事情。

那一天，我们得到消息，乌珀塔尔将有一个有趣的仪式——一个叫“自由思想者协会”的组织将要接纳一批新会员。于是，我们一大清早就好奇地赶去了。尽管我们走得很早，但到乌珀塔尔已经是当地时间上午九点，我们走进会场时，会议已经开始了。台上装饰了鲜花和旗帜，有人讲话，接着是乐队奏乐、给新会员献花。合唱队唱起了歌，并再次向新会员祝贺。祝贺者讲话的大意是：你们从现在起成了自由思想者了，成了独立的人，但不要忘记自己的责任，等等。

介绍者说，“自由思想者协会”现在已经发展到四万多人。“入会的条件是什么呢?”我问他们。对方告诉：加入这个协会的唯一条件，就是放弃任何信仰，年龄要在十四岁以上。协会成员以工人和职员为主，还有少量知识分子。

一位长者对新入会的会员——一个小男孩说：“要理解父母，他们对你们的管束都是以爱为前提的，明白吗?”

那个漂亮的男孩严肃地倾听，庄严地点头。

从“自由思想者协会”入会仪式上出来，我们又到巴门参观恩格斯纪念馆。在他的家乡，他受到了格外的尊重。纪念馆是恩格斯祖父的旧居改成的。我在留名簿上签名时，一个欧洲人用手指着说：“东方人的字，就像一朵一朵的小花。”

纪念馆的人指引我们参观了一个地下酒窖。看来恩格斯的祖父是一个喜欢喝酒的人。这个酒窖很大，当我踩着石头阶梯走下去的时候，一股湿气扑面而来。我想起了长白山下的小城，那个巨大的酒窖。这儿也有一些很大的柞木桶，当然比长白山下的酒窖规模要差很多，但的确是一个名副其实的酒窖。通向酒窖的一个地下小厅是喝酒的场所，那儿摆着一个很长的木桌，挂了一排排的粗瓷酒杯。主人介绍说，当年很多朋友到这儿串门，恩格斯的祖父就和大家坐在这个桌旁喝酒的。

我们都觉得有趣，都坐在长条木桌旁。

从纪念馆出来不远，就是恩格斯的出生地，可惜那座建筑已经毁于第二次世界大战了。原址上立了一块石牌，上面刻了这样一行字：

> 这里曾经诞生了这座城市的伟大儿子，科学社会主义的创始人之一。

离开乌珀塔尔，我们驱车沿着莱茵河回到波恩。一路沉浸在回忆中，想象那座酒窖里谈笑风生的老人和他的后代、他们与东方的关系。想起长白山下的酒窖和那个当时还没有发现的地方——全国最大的葡萄酒窖之侧，那儿的一片大葡萄园。

列宁曾经用悲切的口吻谈到了恩格斯的去世，引用了涅克拉索夫纪念杜勃罗留波夫的诗句——“一盏多么明亮的智慧之灯熄灭了，一颗多么伟大的心停止跳动了”，接着列宁写道：“一八九五年新历八月五日（七月二十四日）弗里德里希·恩格斯在伦敦与世长辞了”。

列宁说自己和马克思保留了黑格尔关于永恒的发展过程的

思想，抛弃了那种偏执的唯心主义观点。他们转向实际生活之后看到，不能用精神的发展来解释自然界的发展；恰恰相反，要从自然界、从物质中找到对精神的解释。

另一个人出生在特利尔，这是卡尔·马克思。小心翼翼地踏上黄色橡木地板，从第一展室直看到第二十三展室。

卡尔·马克思于一八八三年三月十四日在伦敦逝世。

特利尔的马克思故居经过一年多的翻修和整建，于一九八三年三月重新开放。接待室里是一些陈旧的家具。遗憾的是，马克思家的用具原件没有保存下来。这些家具是从特利尔其他市民之家买来的。这儿有马克思的父亲从事律师职业时的办公室。不远处有一口水井，那儿有厨房。第十一展室是卡尔·马克思诞生的房间。马克思和恩格斯的生平展览部分就从这里开始。

第二十一展室介绍了马克思的共产主义理论，从在《共产党宣言》中的首次阐述，到一九一七年马克思主义、列宁主义和民主社会主义的发展历史。马克思和恩格斯的共同著作《共产党宣言》，占据了展室的主要部分。我看到了这本著作的第一版、早期译文和其他重要版本。一个展室陈列了马克思的主要著作《资本论》——一个玻璃柜里摆着《资本论》第一卷，十分珍贵的平装本。这里还有马克思和恩格斯签名赠给友人的书籍、他们的手稿和书信，马克思赠给父亲的一本诗集的手抄本、他搜集的一本民歌。

在莱茵河畔的日子，正是一个初秋。几乎所有的城市都有美丽的野栗子树，有血橡树。野栗子树开一串白花，血橡树叶子暗红如血。有的野栗子树开一串红花，那更美丽。

从莱茵河畔回来，第一件事就是回去看望母亲。母亲似乎已经等待了很久。当我远远看到了母亲的白发在风中拂动时，一颗心剧烈地跳动起来。母亲接过我扑满尘土的黄色挎包，问：

“你看到了什么?”

我说：“我看到了他们。”

我跟母亲描述了很多，特别是那两个人。“我走到了他们的出生地，用手摸过他们房间的墙壁。”

母亲没有作声，默默地倾听。

“我还看到了一个酒窖。那是他爷爷的。”

母亲抬起头来看着我：“那么说，那个老人也是爱喝酒的人了?”

我点点头：“也是个好客的老人，他有一个很大的长条桌，客人一去，他就跟他们喝起酒来。”

母亲笑了。

在这个晚上，我一个人在西间屋里，听到母亲休息了，就轻轻地开了灯。睡不着，翻找起母亲堆在一角的书。取了一本赫鲁晓夫的《秘密报告》。读着他谴责斯大林的那些话……多少无辜的人被杀。赫鲁晓夫一一列举了他们的名字，一个很长很长的名单。开国元勋，声威显赫的将军，被列宁称为“党内最可爱的人”……都死在了斯大林时代。

合上了书，一阵窒息。做了一个又一个噩梦，不断从梦中惊醒。这个晚上我很想走到母亲身边，想让母亲像我小时候那样，让我依偎一会儿。我站在母亲门外，听着里面均匀的呼吸，站了一会儿又离开。

那个夜晚我回忆着过去的那个泥屋，回忆着泥屋四周一望无际的荒野，特别是回忆起了父亲。他早已不在了，是他用一双大手养活了我们全家，把所有的力量都用尽了，然后倒下，死去。我们生活过的地方几乎没有留下一点痕迹。我们迁离了那里，小泥屋没有了。

天蒙蒙亮的时候，我再也不愿待在屋子里了，走出去，在灰暗的天色里踱步。四周还是一片沉睡，没有一点声音。我往前走，慢慢走到了郊外。郊外是一片葡萄园，我在葡萄园的石柱前驻足。葡萄已经全部收过了，架子上的葡萄叶被冰凉的风吹落，剩下的变得枯黄，很快就要脱落。似乎听到了芦青河的流水声，可这里离河毕竟远了一点。一些葡萄没有来得及被园子的主人摘下，这时就干结在架子上。这儿的葡萄太多了，葡萄榨汁厂也收不下这么多的葡萄，许多成熟的葡萄常常被遗忘。我取下一串干瘪的葡萄放在嘴里咀嚼，一丝甘甜和苦涩同时留在了舌尖上。我相信这些葡萄同样可以酿酒。

3

另一本书记叙了一个真实的故事：东方的一位胜者在建国初期到了苏联，去见斯大林。斯大林一见面就拉着对方的手，说："伟大，你真伟大！"一个深夜，客人被斯大林安排在一个长条桌的两边，喝起了葡萄酒。只有斯大林一个人喝了红葡萄酒和白葡萄酒（掺在一块儿）。客人当时觉得奇怪，悄悄问一个翻译："为什么只有斯大林一个人喝掺起来的酒？"翻译不明白，想问一下斯大林，客人把他制止了。那一天，他们喝了很多葡萄酒。

我自然而然地注意了斯大林的著作，甚至粗粗地翻过了所有的译本。有一篇文章叫《不要忘记东方》，其中写道："帝国主义者一向把东方看作自己幸福的基础，东方各国的不可计量的资源、自然幅员，难道不是世界各国帝国主义者的纠纷的苹果吗？这其实也就说明为什么帝国主义者在欧洲作战和谈论西方的时候，从来没有不想到中国、印度、波斯、埃及和摩洛哥，因为问题其实是在东方。”他接着写道：

“但是，帝国主义者所需要的不仅仅是东方的幅员，他们还需要东方殖民地和半殖民地特多的听话的人力，他们需要东方各民族的随和的、廉价的劳动力；此外，他们需要东方各国的听话的年轻小伙子，从其中征募所谓有色军队，立即运回他们去对付自己的革命工人，正因为如此，他们把东方各国称为自己的取之不尽的后备力量。”

文章这样结束：“因为必须彻底领会这个真理：谁要社会主义胜利，谁就不能忘记东方。”

这是一个夜晚，我合上他的著作，久久揣摩其中的含义，那个陌生的、冷峻的面容浮现在我的面前。我不知道是恐惧还是别的什么，站起来，蹑手蹑脚地从想象中的塑像走开，没有留下一点声音。他的目光看着东方，他的声音至今还让我感到惊讶。我记得在我生活过的这个城市里，在她的心脏部位，那里矗立了一个花岗岩石雕。我曾经怀着无比的敬仰走近了它——那是一个大学广场，冬青树墙被修剪得整整齐齐，我急于找到通向那个雕塑的甬道，后来就费力地翻过冬青树墙。我小心地抚摸一下那坚硬的花岗岩，发觉像冰一样凉，铁一样硬。

那一夜，我翻出所有的书，把它们摆满了床头。这么多的书怎么可以在一个夜晚读完呢。我只是拂去了书上的灰尘。我不止一次地搬动这些书了，只为了不让它们陌生。是的，它们毕竟是我们人类当中一些非常能干的人写下来的，是他们的声音。我只需抚摸一下这些书页，手指触到这些坚硬的外壳，就能与之接通。它们的颜色，气味，都沾上了一方泥土的气息，磨擦也是枉然。

这一年春天，我应朋友之邀，来到了生活过多年的那个城市。我在那里度完了自己的大学。每逢走到这里，我就有一阵按捺不住的冲动。在这熟悉的建筑旁，在这一条条弯曲的马路上，我掷下了一段最好的年华。我觉得自己很可笑：明明不会饮酒也要豪饮，结果一次次沉醉不醒，戕害了身心，留下了笑柄。我记得一个脸色苍白、身材娇小的姑娘喝过酒，喘息着和我们一块儿讨论东方西方、一些至大的人物和问题，没有血色的嘴唇很快地闪动，被一些概念弄得惊慌失措。那时候，我们大家一块儿讨论，那么认真，小伙子被她玩弄的那些概念给整得晕头转向，没有一个想起去吻她一下。她喝了酒变得有些可爱了，两颊通红，也愿意笑了。

有人提出去参观“葡萄酒城”，那个最大的酿酒公司。我怀着一点神秘感在他人陪伴下走了进去。我来得太晚了，我在葡萄园里生活了这么多年，流下了那么多汗水，却是第一次走到这个葡萄的归宿之地。主人先请我们到了一个接待室，在这里，我们第一次看到了一件了不起的复制品——那是很久以前伟大的革命先行者孙中山的题词——他喝过了葡萄酒，写下了四个大字："品重醴泉"。

我们端起主人递来的葡萄酒，开始品尝。

"当年的孙中山也到过地下酒窖吗?"

"他肯定到过。"

我们开始看酒窖。迈下一些台阶，一下就闻到了浓重的葡萄汁的香气，它掺杂在湿气和腐木味道中间。这里果然是一个偌大的场面，明亮的灯光下，一排又一排巨大的橡木桶卧在面前。在这个地下的酒之长城里，我不知怎么走才好，只想兴奋地奔跑，像童年那样在一个个橡木桶间捉捉迷藏。有时我蹲下来，像寻找一种流水的声音，似乎期待着酒的河流在前面奔涌。头上，一滴水从水泥顶板的缝隙里渗下，衣服上落下了斑痕。长白山下、莱茵河畔，所有的酒窖——大地上这么多的葡萄园，这么多的酒。只要活着就要酿造，不再停止；只要活着就要饮用，不再停止。是的，不可避免地沉醉一次。那一片一片的葡萄园，无边无际，足以让人感到惊讶——当年我们驱车在莱茵河畔疾驰的时候，有人曾指着高速公路两旁大片绿色的原野，问那是什么？我只稍稍瞥去一眼就答："葡萄园。"车子往前疾驰，又出现了大片绿野，有人又问那是什么？我仍然不假思索地回答："葡萄园。"一位叫查理的先生笑了，说："这次您可说错了，那是啤酒花。"

这一天，结束参观地下酒窖之后，主人用最好的酒款待了我们。他搬出了四五种在国际博览会上得过金奖的酒给我们喝。禁不住好酒的诱惑，我们开怀畅饮。由于没有节制，我们真的有些醉了。这些酒太让人愉快和兴奋。我们高声歌唱，一时像孩子一样乐不可支。我们走到了街上，在一片繁星下挥舞双手歌唱起来。我们互相叫着名字，互相取笑，有时还要热烈地辩论。总之，这个夜晚过得愉快极了。我们之间有那么多话要说，好像永远不知疲倦，再沉重的话题在我们嘴里也没了分量。

这个夜晚我们一直狂欢到凌晨三点。

第二天一早，我被人唤醒了。那时候我睡得很沉，因为我实在疲惫了。可是砰砰的敲门声不管不顾，一直把我们大家都吵醒了。

敲门的人是找我的。他把我引到一边，悄悄说出的是一个噩耗……

原来就在我们大家冲动地呼喊和狂欢的那个时刻，我的母亲却像往常那样，合上书，躺下……她再也没有醒来，就此结束了坎坷漫长的生活。

1990 年 4 月写于龙口

2009 年 2 月 24 日改写于济南

草楼铺之歌

两年前，芦青河边的果园每年都要丢失好多果子。主要原因是园中有条通海大道，无数人早早晚晚就踏着这路去买鱼，去赶海，去洗澡……果园里每年都派几名身强力壮的小伙子护园，但最后苹果还是“在劫难逃”。有一天，果园领导领来了一个笑眯眯的老头儿，向人们介绍说：“以后，他就负责看园子。”

人们都认识这个叫“二老盘”的人，并且都知道他是个极有意思的人：爱唱戏，一高兴就唱起来，那曲调和词儿常常是随口编来，想到哪里就唱到哪里。可他能看好园子吗？

二老盘也知道人们不大信得过他。他只不吱声，当时让人帮忙抬来四棵高大出奇的杨木竖在果园正中，然后在顶端搭起了一个草铺子。他说这叫“草楼铺”——看园子的人就应该住在草楼铺上。最后他让领导给配个助手，领导说：“我们有果园民兵，你挑最强悍的。”他摆摆手：“看园子是轻松活儿，最弱的就中。”领导想了想，说出了“常奇”两个字，大家立刻哄的一声笑了。

常奇十八九岁，长得十分瘦弱，脸色黄黄的，身材也极为单薄，侧着看去就像一扇破败的门板。更有趣的是那双眼睛：看起东西来，那有些歪斜的左眼总要执拗地瞥到一边去。当人们嬉闹着将他从人堆里推搡出来时，他就那样呆呆地站着，像做下什么错事似的低头掐弄着手指，只偶尔抬头瞅一眼二老盘，那左眼却总要歪到高高的草楼铺上。大家又笑了起来。一个叫“老憨”的青年这时不知从哪儿拣来一个绿色的大豆虫，一下放在了他蓬乱无光的头发上。常奇的肩膀本能地往后缩一下，然后伸手把豆虫拂掉了，也不吱声。

二老盘把那只粗大的手掌按在他瘦瘦的肩头上，说了句：“上楼吧，小伙子！”两人便“吱嘎吱嘎”地踏响了木梯，登上草楼铺。

一圈儿人围在下面看着，就像在等待一件即将发生的神奇事情，久久不愿散去。但见他们在上面也只是稳稳地坐着，最后只好失望地离去了。

常奇在果园做了几年活，还是第一次登这么高。他望到果园的边缘了。他看到那条通海的大路原来是从园子南边的一个角落里伸延出来，又在园子中间——那片山楂树那儿拧了几下身子，穿出最北边的几排梨树远去，奔向了大海……二老盘也看了一会儿，然后就动手铺一块草垫子，嘴里咕哝说：“这叫‘站在草楼铺，放眼全果园’！抬头一望，老大一块园子就像铺在胸口上一样，是吧！是吧！”他说着就唱起来：“好一派北园——风光——”可是常奇好像什么也没有听到，只是弯着腰帮忙铺草垫子……

渐渐的，那些总想从果园里占点便宜的人，知道他们遇到怎样的敌手了：有人若无其事地在月色朦胧的路上走着，走着，阵阵梨香扑鼻，他忍不住猛一伸手去抓路旁的枝丫——可就在这时，那一串梨子突然显得耀眼夺目，原来从草楼铺上射过来一道强烈的手电光束，同时便听到二老盘的高声吆喝：“伙计，我给你照着亮儿，别让树枝捅了脸！”有人偷偷地钻到林子深处，先坐在树下喘息一会儿，然后从裤腰里拖出一条细长的布袋——这会儿，一边的树杈上会突然蹦下一个人来，正是常奇，有些畏惧地站在那儿，默不作声，只是那双略显歪斜的眼睛翻动着，不时地向他瞅一下，再瞅一下……

总之，在他们登上草楼铺一年多的时间里，果园再也没有遭受大的损失，同时威名大振，远远近近都知道河边果园有一个草楼铺了。

但也有些小的损失。这是因为二老盘过分地喜欢和相信读书人。离果园不远是乡村小学，有个姓郭的老师常来草楼铺上玩耍，少不了吃些果子。郭老师是县广播站的通讯员，大家从喇叭里听到他的名字，都知道他是个“写书”的人，了不得哩！二老盘对读书人从来都是无比敬畏的，他见郭老师进了园子，老远地就喊：“瞎呀！赶紧上草楼铺呀！你不知道上边有多么风凉……”

郭老师上了草楼铺。他戴着一副近视眼镜，看人的时候总要先把脖子仰起来，然后再向着要看的方向拧过去。二老盘觉得被这样看一下也是光荣的。他嚷着：“常奇，常奇！摘果子去！摘果子去！”

常奇不作声，身子一扭，趴在铺沿上，一出溜就下了梯子。他真是爬得娴熟了。不一会儿，他就抱来了果子，于是郭老师拣个最鲜最大的吃起来。二老盘出于礼貌，也陪着吃一个，并对常奇说：“吃！”常奇瘦削的小手在宽大的袖口里摆动一下，然后异常谨慎地伸出来，摸在一个最小的苹果上……

有一次，郭老师看到柱子上挂了一把二胡，问：“会拉吗?”二老盘不好意思地笑笑：“哪里！我不会，我喜欢这东西。”郭老师于是取过来，调了弦拉起来。

常奇抬起了眼睛，直盯着两根震颤的弦。

二老盘笑眯眯地站起来，头随着曲调一点一点，然后竟放开嗓子唱起来：“……说起我二老盘哎，不忘八〇年。就是这一年，我进了大果园。搭起了草楼铺，我说话就算数……”

常奇注视的是两根琴弦，但略显歪斜的左眼却像是盯住了二老盘。二老盘于是唱道：“小常奇你莫看上了瘾，下楼看有没有做贼的人……”

常奇正听得入迷，突然觉出末两句唱词是针对他的，于是赶紧下了草楼铺。

奇怪的是，郭老师和二老盘竟也能合到一个节拍上。唱罢，郭老师笑了，二老盘也笑了。二老盘在一边打量着，特别注意观察郭老师的那个脑袋——他想，这脑袋也真是奇特，能写书！他试探着问：“郭老师，你咋就能写那么多……拿去广播呢?”

“哦哦，”郭老师用手扶了扶眼镜，“这主要是配合形势的……抓准‘主题思想’……总之，讲不清楚的。”他很客气地笑了笑。

郭老师是草楼铺上的常客了，二老盘总是欢迎他，他也总是吃掉一些果子。

一年之后，果园被几十个有胆气的人联合起来包产了。二老盘扯着常奇的手去辞职，可人家立即阻拦说，他们包下果园，是连草楼铺、连二老盘和常奇一块儿包下了的，今后两个人的工钱就在果园里出，让他们回草楼铺去。

二老盘于是扯上常奇的手，重新回到了草楼铺。

常奇干什么都跟在二老盘的身后，不声不响的。二老盘问他什么，他要不只点点头，要不就只是摇一摇头罢了。二老盘打量着他，不解地说："奇怪！我在你这个年纪，爱说爱笑，高兴了就蹦几下。你这孩子……倒是好孩子，就是……唉唉，也许有什么病吧?"说着把他的胳膊拉起来，挽起袖子用手捏了捏，失望地说一声，"这胳膊太细了，这不是男子汉!"

但有一次上草楼铺，常奇登在前面，二老盘看着常奇肉鼓鼓的小腿一屈一伸，就伸手轻轻砍了它一下。奇怪的是它就像没有知觉一样，依然一伸一屈地往上登去……二老盘愣住了。上了铺子，一把拽过常奇的腿脚，用手按一按，发现腿上全是结结实实的肌肉。他笑了，接着用力捶了常奇一下，喊道："嗯，对，这就是男子汉的筋骨！你硬是练就的，草楼铺，大树，翻上来爬下去，这就生了一腿硬硬的肉……"二老盘高兴极了，从口袋里摸出烟锅点上，吸了几口，又磕掉。又摸了摸常奇又细又软的胳膊，说：

“上身还不行——不是男子汉：那是没有练成。等我闲下来教你‘功夫’吧……”

常奇一直默默地坐在那儿，这时眼睛一亮说：“你会……‘功夫’?”

“看着!”二老盘从草楼铺上站起来，将烟锅插在腰上，然后两手在胸前架起来，左腿使劲地弓起……

“这就是吗?”

“就是！武松也有过这一招。”二老盘说完收回姿势，重新坐下来吸烟了。

常奇把身子倚在柱子上，轻轻地将眼睛眯起来。他在想心事。没有人知道，他的心事最重呢。他常常一个人找个僻静角落坐下来，让暖融融的阳光照耀着，开始想他的心事了。

常奇的爸爸是个哑巴，有一年打派仗，被一方拉去作证，由于没有比画清楚而引起了混乱。两军对阵时把他给伤了，不久就死了。常奇刚刚五岁，母亲一个人把他拉扯大了。他从小体弱多病，也读不好书，就索性早早来果园里做活了。在果园里，他一说话别人就笑，于是就常常闭着嘴巴。有人开心了就过来弹他几下脑壳，而且还说：“西瓜熟了，西瓜熟了。”他在心中积攒着愤怒，有一次终于伸手抵挡那两根伸向脑壳的手指了，结果是被对方揪住衣领，只轻轻一拎就提离地面，大家哄笑了一场。

常奇这会儿想的是：我学会了“功夫”，绝对不欺负人的，我只用它护身！

这天郭老师又来了。二老盘带着深深的忧虑，指着常奇问他：“你说他为什么长得这么弱呢?”

郭老师看着常奇，摇摇头：“在果园里工作，维生素倒不会缺的。也许……你以后多吃些肉吧，比如用猪腿烧汤喝。”

二老盘坚信不疑地重复一遍他的话：“你以后用猪腿烧汤喝!”

常奇点点头。

果园里吹着徐徐的南风。夏末的夜里，那风都是香的。蝈蝈、土促织、绿壳儿……叫得十分欢畅。它们有它们的世界，它们有它们的歌。月亮被云朵擦拭得更亮了，星星像些瞌睡的眼睛，一颗一颗暗淡下来，渐渐变得稀疏……

二老盘和常奇静静地仰躺着，倾听夜的声音。二老盘翻展了一下身子说：“和你在一块儿少好多意思——你不爱说话，我不说你也不说，这是一种毛病!”

常奇也像二老盘那样翻展了一下身子，就这样代替了说话。

二老盘又说："会讲故事也好，你也不会讲故事。"停了会儿，他突然坐起来，像是想起了什么重要的事情，问道："你会笑吧？我怎么从来没听见你笑？你笑笑我听！"

常奇往铺柱那儿移动了一下身子，没有吱声。

"你笑，就这样——"二老盘夸张地张大了嘴巴，"哈、哈、哈、哈！"

"哈、哈、哈、哈……"常奇照着样子学，但声音微弱。

"哈哈哈哈……"二老盘不禁大笑起来，声音在林子里传出好远，震荡着夜间的空气，直到他笑够了时，又伸手去拨弄挂在柱子上的一个小袖珍收音机。收音机嘶嘶哑哑不成调，一会儿干脆不出声了，他用手拍打两下，竟又重新响起来。二老盘兴致勃勃地道："也怪，收音机这东西天天听，我就闹不明白它怎么能说，能唱！你知道吧，常奇？"

常奇嗫嚅着："有电台……"

"什么是'电台'呢？"

"不知道……也许一个大水泥台子，上面有铁，有电……"常奇费力地解释着。"收音机里的声音，都是从台子上射过来的。"

"怎么就能射过来呢？"

常奇反问：“你见了灯塔，眼一眯，它就怎么样呢?”

二老盘用力地回忆着，然后说：“那光‘唰’一下，射过来了，射进了我眼里……”

常奇说：“对，电台就是那样，不过射来的‘光’你看不见，也不是射进眼里，是射进这个匣匣里……”

二老盘一下把常奇拉起来，嚷道：“你把聪明装在心里呢——你只是不说！哎呀！以后就这样，这样就是个男子汉啦!”

从他们登上草楼铺以来，这个夜晚是他们交谈最多的一次了。

天亮以后，二老盘出去买来几只猪蹄。他在草楼铺下边烧了一小锅汤，看着常奇喝下，说：“你身上就缺这个东西!”

这天晚上，二老盘还想和常奇谈谈“电台”的问题，但总也没有成功，原因是通海大路上的人太多了，那“吱嘎嘎”的大车声，“丁零零”的自行车铃声，还有吆吆喝喝的呼喊，使他们不能安稳下来。他们老得用六节电池的手电筒往下照射。二老盘喊一声：“探照灯!”常奇就赶忙伏在铺上，按一下电钮儿。二老盘说：“也怪：怎么夜间赶海的人就一天多似一天哩?”

常奇摇摇头：“是贩鱼的……到南山，一次挣七十块钱……”

二老盘咬咬嘴唇：“发财的路子，苦路子，到南山一百五十里，天亮要赶到……苦路子！”

停了一会儿，常奇说：“邻居家的老憨，果园解雇了他，就专干这个。挣了钱，买来一个电视、一个录音机。他家的声音老传过来。妈妈说，‘你若强壮，你也挣来哩’……”

二老盘不作声了。他们从高高的铺子往下望着。这条路如今倒陌生起来了。人像穿梭一样多，常有轻骑车跑过，马达突突地响着，前头昂着一只雪亮的眼睛，像风那样一吹而过……

二老盘看着，神往地说：“这真是男子汉做的活儿！唉唉，可惜我现在老了，一夜蹬车子走不了一百五十里，再说扔下园子我也不放心……不过这真是男子汉做的活儿！”

常奇把一条布单拉到头上，像要睡觉的样子。

二老盘推他一下：“你敢不敢跑他一趟南山？”

常奇的头在布单里摇着：“……我会被挤死、踩死。”

二老盘捏捏他露出布单的那只纤细的胳膊，不作声了。

天亮后，二老盘又烧好了一小锅猪蹄汤。常奇喝过之后，二老盘问他：“强壮些了没有？”常奇像过去那样抹抹嘴巴，说：“嗯。”

近几天二老盘总是显出很高兴的样子。他常站在高高的草楼铺上唱歌，胡乱编一些奇怪的曲调和词儿……几天之后的一个傍晚，他突然出了园子，半晌才回来，还推了一个样子很笨重的粗架子自行车来。他对常奇说：“别看它模样不强，可能装三百斤货！我年轻时用的，如今归你了……”

“我……不要。”常奇盯着自行车，往后退开一步说。

二老盘像是没有听见，只是说：“天傍黑，你装上鱼，跑一趟南山。”

“老盘叔！我……我不哩，我不会做买卖，我怕……”常奇差不多在哀求了。

二老盘气愤地看着他，突然上前把车子一脚踢倒，说：“你白吃了猪蹄！你成不了个真男子汉！你再不用登这草楼铺……”

常奇惊惧地看看二老盘，坐在沙土上，无声地哭泣着。最后，他终于站起来，扶起车子，抬起头来说：“我跑一趟!”

天要黑了，一阵阵渔号子从海边传过来。常奇要走了，二老盘从铺柱子上解下一根布溜儿，结结实实地给常奇把腰扎起来，又用麻绳给他拴了裤脚，说：“这就叫‘武装’!”接着最后嘱咐一声：“走过园子时，你拉响铃子——我的铃子我听得出……”

常奇走了。二老盘在草楼铺上等着。

一个多钟头之后，那喧嚣的路上果然传来了他熟悉的铃声——那是“嘎啦啦啦”的一声长鸣！二老盘一个高儿从铺子上蹦起来，高声吆喝着：

“装了多少？”

“七十。我跟老憨哥一起走……”

常奇将铃儿拉得很响，这声音在喧闹的路上显得十分特别。

二老盘笑了。他迎着吹来的南风站着，把搭着的衣衫从肩膀上拉下来，举在手上唱道：

天黑路不清，
上坡下坎你慢慢蹬。
买卖人，鬼精明，
小常奇你可要——看准秤星！……

他把衣衫举着，像一面旗帜在风中抖动……直到那铃声越响越远，再也听不见的时候，他才把手臂放下来。

小常奇走了，进了南山，南山——从草楼铺上看去，是天边上那一长溜儿黑黑的影子。二老盘年轻时进过南山，他知道那一长溜儿黑影，实际上是由一座又一座高高的大山叠成的，道路就在这山间拐来拐去，上上下下的，有的紧挨着深不见底的山涧……二老盘在草楼铺上替常奇忧虑起来。

常奇两天没有回来。这段时间郭老师来了一次，样子显得很疲惫，对果子也不像过去那样感兴趣了。二老盘问他怎么了？他说正写一篇广播稿子，难的是没有“主题思想”……

第三天上，该是常奇回来的时候了。二老盘很早就烧好了一锅猪蹄汤。直到天快要黑的时候，常奇才推着车子来到果园。他见到草楼铺，立刻就扔下车子，跌跌撞撞地爬了上去，任二老盘怎么喊也不应声。他很快就在铺子上睡着了……二老盘坐在他身边看着，他那细细的胳膊从宽大的袖口里显露出来，上边粘着凝固了的血痕！二老盘惊讶地给他解开衣裳，发现了十几处跌伤……二老盘难过地自语说：“天黑路不清，上坡下坎你要慢慢蹬……”

常奇在草楼铺上一声没哼，睡了一夜。

醒来时，他看到身边的二老盘，一下子哭了起来。二老盘大喝一声：

“不准哭！”

常奇不敢再哭。他从衣兜里摸出了七毛五分钱递到二老盘手里。

“挣来的钱吗？”

常奇点点头。

二老盘把钱放进他的手里说："全都交给你妈妈，一分也不能缺！"

常奇说："老盘叔，我，再不进南山了……"

二老盘把头转向一边，吸着烟锅说："看看再说吧……"

一连几天过去了，常奇每天都喝二老盘烧的汤。他身上的伤完全好了。一天傍晚，二老盘又从铺柱上扯下那条布溜儿，要帮着常奇扎腰。常奇惊恐地大喊一声：

"我不进南山！不进南山！……"

二老盘喝道："南山没有虎！你是男子汉！"

他说完便缠好布溜儿，推推搡搡地将常奇带到草楼铺下，说一声："出发！"

常奇一动不动，瘦小的身躯硬硬地挺着。他望着二老盘，一双眼睛圆圆地睁着，那目光不知是愤怒，还是惊恐，只是圆圆地睁着，晶亮晶亮的。二老盘还是第一次看到这样一双眼睛，不知怎么想到了黑夜中的两点磷火，不由得吸了一口冷气，往后退开一步。

常奇望着他，突然射过来两道仇恨的目光，声音沉沉地呼喊了一声什么，接着狠狠一跺脚，推起那个异常笨重的车子，向着大路跑去了……

二老盘愣愣地站在那儿。

一个星期又一个星期过去了，常奇一直没有回来。二老盘有些焦急，回村问过他的妈妈，老人说："他走时来家一次，说不让我挂念，他在外日子要多些……"

二老盘在路口上拦问过几次，但都说没有见过常奇。

几个月过去了，这是多么难过的几个月呀！一天黄昏，二老盘正在草楼铺上歇息，突然听到果林深处有人大声呼喊他的名字。二老盘一愣：这声音又熟悉又陌生啊！是常奇吗？不，常奇没有这么高的嗓子。他急急忙忙坐起来，立刻就看清了——常奇！他差不多是直接蹦下草楼铺的，跑上前去，老远就张开了手臂……

两个人都很激动，大口地喘息着，最后一块儿登上了草楼铺。常奇刚坐下，马上就掏出了一个崭新的袖珍收音机，又掏出一个样式新颖的打火机……二老盘把这些东西统统推开，只着急地说："我快急死哩！我真怕你不回来啦！快说说，这几个月你到哪去了？"

常奇神色淡淡地应了一句："我还是卖鱼。在南山……"

"我怎么就没有拦住过你呢？"

常奇抹抹鼻子说："我半夜启程，改抄一条近路。"

二老盘没有说话，只兴奋地盯着他。常奇的脸显得更瘦小了，那皮肤几乎是紧绷在骨骼上，嘴唇稍有些歪。仔细端详，才发现嘴角上方新结了一个疤痕。眼睛，多么奇怪的眼睛啊，眯成一条缝，从缝隙里放出两道陌生的光，那光似乎表明他再不能够驯顺，也永远不打算跟谁妥协。不知怎么，这目光使整个瘦弱的身躯都透出一股野性。二老盘在心里说："了得！这孩子也许跟山坳中的虎狼打过一架……"他声音颤微地问：

"常奇，如今山里还有野物吗?"

常奇依然眯着眼睛，不解地瞥了他一下。

二老盘越发小心起来，补问道："我是说……有没有虎狼……"

常奇摇摇头，躺在了铺子上。

"说说吧，为什么这多天不回草楼铺!"二老盘见他像过去一样蜷曲在铺子上，这才转过神，大声问道。

"在山里，我不知跌了多少跤，也被同行们揍过，身上挂满了伤，可兜兜里还是空的。我想，我不能就这样见老盘叔！……"常奇盯着铺顶说。

二老盘听到这里，突然俯身抱起了常奇，喊道："这是'男子汉'！……"

常奇轻轻地用手拨开他的胳膊，坐起身来。二老盘觉得那手腕有股钢劲儿，攥住一看，只见皮肤上斑痕累累，握一把，硬实实的！他兴奋地拍打了一下说："这也是'男子汉'！……"

常奇告诉他："我一直和老憨在一起。他真有拼劲，车子上绑着二百五十斤鱼，能一口气蹬一百五十里。我在路上央求他：歇歇吧，歇歇吧！他听也不听。我就咬牙跟上去。到了山里，我再也没有力气了，躺在树荫下歇一会儿，老憨一下就跑没了影儿，他怕我争他的买卖……"

"老憨心硬！"二老盘插一句。

"是心硬！他只记得发财了。"常奇两手抱起头来，靠在了铺柱上，说："我不止一次看他在秤杆上做手脚，欺骗山民。你不知道山民有多么诚实，他们看见秤杆高高的就笑……有一次我实在看不下去，就在他身后用手对山民指了一下——也巧，正赶上派出所的民警路过这儿，罚了他的款，罚得也真狠哪！……"

"咝……"二老盘不知怎么，听到这儿用力吸了一口气。

"……老憨在路上追到我，两眼血红血红的，对我说：小常奇，我一不揍你，二不让你赔钱，只在今天告诉你，你若是再出来卖鱼，让我碰到，我就折断你那根贱气的手指！……"

二老盘轻轻地喘着气。他知道这个老憨，也许真会折断常奇手指的！

两个人都不说话了。秋风吹到草楼铺上，发出沙沙的响声。啊，秋风真有些凉了。芦青河呜呜噜噜地流着。远远近近都是一片低沉的、神秘的呜呜，这是秋天原野上的声音。常奇靠着铺柱坐着，二老盘闷闷地吸着烟，两人都像在倾听这秋夜的声音。停了一会儿，常奇突然掀了身上包裹的布单子，说：

“老盘叔，您教我‘功夫’吧！”

“这……”二老盘犹豫了一下。

“我学得会的！”

二老盘吸着烟锅，不声不响地吸着。他磕了烟灰，往铺下走着，说：“我到园里瞅瞅去，瞅瞅去……”过了一会儿，他重新上了铺子，手里拿着三两个被风吹落的果子。他坐下来，望了一眼常奇，压着嗓子说：“在路口那儿的大石榴树下，我看到一个黑乎乎的影子……像熊一样……”

常奇怕冷似的重新将布单围到了身上。

二老盘细声细气地说：“真的，像熊一样……它蹲在那儿，见了我，一动不动……”

停了一会儿，像有什么在催促他一样，二老盘又不声不响地下了草楼铺。他回来的时候，手里还是握了些果子。他将果子轻轻地放到一个角落里，然后拿起了烟锅，小声说道：“我又看到了那个黑影，粗粗的身子，像熊……”

常奇自语般地应声：“那是老憨。我知道，他要等我推着车子走上路口时，狠狠教训我一顿呢！”

二老盘惊恐地磕了烟锅，直直地盯着常奇，问：“真的吗？我赶跑他！”

“你赶不跑。你还不知道他的脾性。他做得出来。”常奇阻止说。

二老盘不作声了。

天亮以后，二老盘用一根麻绳将自己的腰捆了，将常奇领到一棵大李子树下，教起了“功夫”。他像过去那样将胳膊在胸前架起来，然后把腿使劲弓起。他解释道：“你猛一放开胳膊时，打倒的是两边的人，你往前一踢时，打倒的是前边的人——这样能抵挡三方的歹徒，只是不要让人从后面赶上来……”常奇说：“我对付的只有老憨一个。”二老盘立刻将胳膊拉到身侧，双拳紧握，说：“那就这样！……不过，握拳时不能把拇指立在指缝里，那是伤人的一招……”

常奇一样一样记在心里。

十天之后的一个傍晚，常奇有些待不住，推上车子就要走出园子。二老盘上前拽住了车后座儿，说：“你还是不去了吧！你家也不短那几个钱，怕要出事的……”常奇执拗地说：“我也不为那几个钱。我是想，这么宽一条路，怎么能让一个老憨堵死！”

二老盘拽车后座的手并未松开，嘴里重复着刚才的话：“我看你还是不去了吧！”

常奇两眼望着林木深处，坚定地说：“要去！再说，我也跟你学了‘功夫’……”

“恐怕不顶事的呀！”二老盘这样说着，却慢慢地松了手……他一个人蹑手蹑脚地走近那棵大石榴树，凝神瞅了瞅，并没见那个黑影。他想也许老憨的拗劲早过去了，心里轻松了不少……最后，他陪着常奇走出了园子。在路口上，他嘱咐常奇说：

“也只得由你去了。小常奇，卖了鱼，快快转来吧！”

一句话出口，二老盘倒觉得眼睛涩涩的。他赶紧转过身去，一边说：“上车吧，上车吧……”

常奇走了。

二老盘再也无心唱歌，整日闷闷地待在草楼铺上。

有一次郭老师来了，他一个人抓起二胡拉了一段，然后皱着眉头问：“小常奇呢？”二老盘说：“贩鱼去了。”郭老师长叹一声，说：“唉唉，这年头怎么了得，连小常奇也知道贩鱼……”二老盘听了，气上心头，恼恨地顶一句：“小常奇怎么就不能贩鱼，你当那还是‘伟人’才能做的事情!”一句话出口，他又觉口气太硬了些，忙笑嘻嘻地补说一句，“郭老师，你，找到‘主题思想’那东西了吗？……”

郭老师摇摇头，没有说话。

七天过去了。二老盘渐渐不安起来。一个夜里，他梦见老憨一只手抓起小常奇，“啪”地一下扔进了深不见底的山涧里……醒来后他难受极了，真后悔不该让常奇走掉。第八天，常奇还没有归来，他心头升起一种不祥的预感，再也坐不住了，终于让人代看了一会儿园子，到龙口镇买来了一包刀创药。

第十天，常奇回来了。

二老盘惊讶地盯着他，差不多都要认不出了！他浑身的衣服都撕成了条条，胡乱用一根葛藤束着。从撕裂的缝隙里，可以看到身上深深浅浅的疤痕。眼眶上有一个乌紫的印记，半边脸都好像浮肿了。人更瘦了，脖子显得又细又长，喉结突出着，使人能马上联想到一只脱了毛的鸡。但那神情却不像个被斗败的公鸡，倒像个刚刚厮杀完毕的雄鹰……二老盘的胡子颤了颤，问：

“赢了吗?”

“起码没有输。”

二老盘扯起他的手：“草楼铺上说!”

常奇半躺半卧地倚在了铺柱上，挡过了二老盘递来的刀创药，说：“……进山第二天，在山口上遇到了老憨。他放了车子就走过来。我说：‘讲理嘛!’他点点头，上前就折我的手指，我一挡，他照准我的眼打了一拳。这一拳打得太狠了，我立刻趴下了，他趁势扑上来，用脚狠狠踢我。踢到第十下的时候，我一下子跳起来，架起了拳头……”

“你用了‘功夫’吗?”二老盘瞪起眼睛问。

“没有……他又把我打倒了。我就抱住他，死也不放开，咬着牙，和他紧紧拧到了一起。我心里想：没有谁好欺负。我们滚、打、踢、咬，从路口的茅草窝滚到荆棘窠里，又滚到跟前的小松林里。我想，只要不让他离身，他的威风就使不出。他用腿狠命地顶我的肚子，我不止一次觉得肠子就要被压断了。我伸出十根手指，把手指抠进他的肉里去。我们拧在一起有一个钟头，谁都知道先软下来就完了。有一回，我看见他腮帮的肉在发抖，就想，再撑一会儿他就没力气了。谁想到他突然像牛一样吼了一声，接上把两个老大的拳头并到一起，‘嘭’的一声猛击在我脸上!我带着满脸血花，也不知吼了些什么，我吼得比他响，两手抱紧他，撕、踢，还动用了牙齿。半个钟头以后，老憨抱我的手松动了，滚到一边歇了一会儿，然后吐了口带血的唾沫，一歪一歪地连爬带走离开了……我想站起来，可怎么也动不了，像瘫了一样……”

二老盘一只手按在铺柱上，两眼向很远很远的地方望去，一句话也没有说，两行泪水顺着两颊滚落着……

这个夜晚，二老盘是紧靠着常奇睡去的，他不断用一双温热的大手抚慰着常奇瘦小的身体，几次流下泪来。天亮时分，他早一些醒来，就一动不动地在霞光里端详着常奇的睡态，看着那好看的圆脑壳。不一会儿，常奇也醒来了，一睁眼就说：“老盘叔，昨天忘了告诉你件大事：山里几个老主顾要与我联合，在当地开个鱼摊呢……”

二老盘惊讶地说：“那可是桩大事!”

“我想，也别太小气，要干，就索性开个店铺！下次去南山，我要商量定这桩大事。那要从政府开营业执照的……货源要足壮，老憨若不记仇，我准备把他也联上……”常奇望着远方说。

二老盘一愣，转脸盯着常奇的眼看了一会儿，伸出大手握住了他的肩膀：

“你真正长成了一个好人，长成了一个男子汉!”

几天后的一个傍晚，常奇跨上那个笨重结实的车子走了。海风从北边吹来，当他满载南去时，将会是顺风得意的……郭老师又登上了草楼铺，一个人闷闷不乐地拉着二胡。曲调凄凉压抑，在秋风里飘出好远。二老盘和他合不到一个拍子上，也就不唱。他问：“还没有找到那个‘东西’吗？”郭老师摇摇头问：“常奇又贩鱼去了吗？”二老盘点点头，“成了个好人！成了个男子汉——用这做你的那东西不行吗？”郭老师苦笑一下，摇摇头。

这时候，从喧闹的大路上传来一阵脆响的铃声，“嘎啦啦啦！嘎啦啦啦！……”

二老盘顾不上和郭老师说话，立刻站起来，高声唱道：

……

天黑路不清，

上坡下坎你慢慢蹬。

买卖人，鬼精明，

小常奇你可要——看准秤星！……

铃声断了一瞬，大概拉铃人正在倾听这草楼铺的歌声，但紧接着，铃声又响起来了，由远而近，又由近而远……

夜色茫茫，那远山在天边上显现出一溜儿黑影，那点点星辰使夜空变得更加神秘而空旷了。二老盘站在高高的草楼铺上，还在倾听那远去的铃声。他十分兴奋，这时突然把胳膊在胸前架起，将腿用力弓着，对低头冥思的郭老师说：“喂，这是‘功夫’！”

1983 年 4 月写于济南

中篇小说

葡萄园

初秋，一片灿烂的阳光照耀在葡萄园上。没有风，没有喧闹，只有一两个头包白巾的妇女弓着身子在葡萄架下做活。一辆马车驶进园里，车轮发出辘辘的声音。一个妇女抬起头来，从白巾中露出通红的脸庞。阳光耀得她眯起了眼睛……

1

在人们的记忆中，很多年以前园子当心就有这座小泥屋。小屋四周全是藤蔓粗黑的老葡萄树，它们纠扯着，极力想把枝条搭到屋顶上去。每年的春天，泥屋的主人都要重新涂抹一下屋顶。有一年雨水很大，淋塌了小屋的山墙。可是墙内有木架撑住，屋顶没有歪下来。

上年纪的人知道，原来这片葡萄园很小，它是属于泥屋主人的。那时候，他们就靠这些葡萄树过日子，又可怜又寒酸。四周是荒原，杂草丛生，一直延伸到大海边上。后来，葡萄园渐渐扩大，小泥屋仍在中心。大葡萄园是属于公社的，就连贴近小屋的那些葡萄树也不再是泥屋主人的了。泥屋里的人仍旧在园里做活，他们，还有这座小屋，都属于葡萄园了。

罗宁很小就来到了小泥屋里。这里有他的奶奶和叔叔。每年的春天，奶奶和叔叔领着他到园子边上，给两个坟头烧纸。

那是爷爷和婶母的坟。

罗宁六岁的时候该回城里上学了，他的爸爸妈妈都在城里。叔叔明槐一连几天都在给小侄子打点行装，准备送他进城。他们进城要乘坐轮船，从葡萄园到客运码头这段路要乘马车。可就在他们上路的前一天，罗宁的母亲来信了。信中说她和罗宁的爸爸要分别到两个农场去劳动，这两个农场相隔几十里，罗宁暂时不能回城了。

他那么想念爸爸妈妈，尽管葡萄园里这么有趣。

每到了夜晚，园子里的风就变得凉爽了。太阳晒了一天，使葡萄园散发出一种温热的、熏人的香味儿。叔叔明槐在隔壁睡下了，罗宁和奶奶一直听着窗户外面不时传来的噗噗的声音。奶奶说那是睡不着的鸟儿。罗宁的枕头边上有一只叫小圆的花猫，它有一张十分漂亮的脸，总是用前爪捂住鼻子熟睡。窗户外边的老葡萄树下，睡着他们的一条黑狗，它叫“老当子”。老当子常常把屋里的人都吵醒，因为夜间园里常常有人走动。有一天晚上，老当子哼哼地叫着，罗宁探头从窗上一看，见从月光里缓缓跑出了一只刺猬。

就是在这样的夜晚里，奶奶给他讲了很多园里的故事。有一次，老人讲到了二儿媳——罗宁死去的婶母，就再也睡不着了。罗宁从奶奶嘴里模模糊糊知道了婶母的样子，知道了她是园里最美丽的女人。

她是在一个秋天——满园的葡萄都变甜了的时候嫁到小泥屋来的。那一年，芦青河涨水，漫过了小木桥，明槐用一个小船才把她接回来。

从此葡萄园里有了一个手脚勤快的女人。她绑葡萄蔓、剪枝、摘葡萄，做什么都比别人利落。她像别的女人一样头扎白巾，脸上总是笑吟吟的。从那时明槐就在园里赶车，每天从外面运进筐笼，载走葡萄。当园里响起辘辘的车子声，满园的女人都不由得去看明槐的女人——她丢下手里的活儿，抬起头寻找自己的男人。灿烂的阳光耀得她眯起了眼睛。女人们笑着喊她的名字："安兰——！"

园里的头儿老黑刀总是突然从葡萄架下钻出来。他有时把做活的女人吓一跳，大家就骂他，往他身上扔东西。老黑刀爱说女人听不得的一些话，笑着在地上滚，两手抵挡着女人们抛出的东西。只有安兰低下头去，不停地做自己的事情。这时候，老黑刀就从地上蹦起来，大声吆喝道：

"看看人家明槐媳妇，嘿嘿，嘿嘿……"

老黑刀见了明槐总是板着面孔，讲话时伸出一根手指，像是遇到了很严重的事情。

中午是葡萄园里最热的时刻，大家就走出园子，到海里洗澡去了。女人们硬拉上安兰，说："不要紧不要紧！"……她们只在离岸不远的水里玩，互相用水撩着，弯下身子去捡踩到的海贝。

老黑刀也到海上去。他常常叫上赶车的一个老头儿，说："老鲁，走，载上网玩玩去！"他们载着网具到海上去了，顺便可以召集一些洗澡的人拉鱼。老黑刀如果拉鱼拉腻了，就一个人游到深水里。

他通体发黑，在水里扑腾着，勇猛极了。他不断地用身体将碧绿的水面劈为两半，真像一把黑刀。他还会潜水，一口气可以扎到几十米远。有一次，他在水中捉到一条长长的凉鱼，就在水中把它捏死了，像腰带一样挂在脖子上，从水中钻出来。老鲁见了老黑刀潜水，总是伸出拇指叫一声："嗬矣！"

女人们看老黑刀开始潜水，大多都上岸穿衣服了。因为有几次老黑刀潜过来，用水喷她们的脸。只有少数几个不怕老黑刀，她们会联合起来捏他的鼻子，伸直食指，像锥子一样捅他的身体……

安兰来到葡萄园的第二年上，身体就瘦下来。人们都说她不如从前好看了。这时候进入了混乱时期，园里的风声也紧起来。老黑刀越来越严厉，他跟明槐说话时面孔板得更紧了，伸出一根手指，很吓人的样子。有一次，他问老奶奶说："你们家过去有多少棵葡萄树?"奶奶摇头说不记得了。他"哼"一声说："不记得了——了得。我叔叔早告诉我了，哼，了得!"

他的叔叔就是当地一个革委主任。老黑刀每天里都要说到他叔叔。

老黑刀把小泥屋里的三口看成了最危险的人，没事了就背着手在屋子四周转，用一只眼睛去斜小屋的窗户。他对在园里做活的人说："小心屋里的人！小心他们点儿倒好！"

又住了不久，老黑刀就经常将明槐叫到一个地方去训话、开会。

明槐回到园里，再也打不起精神。老奶奶问儿子外面的事情，儿子总是摇头。后来他对母亲说："咱们不该来海边上种葡萄树！"

老奶奶不知这是为什么。她只是咕哝："那也是穷得没有办法……我们逃荒逃到这块荒滩上，先给人家做活，后来搭个小窝，种了葡萄——再说如今的大园子就是从咱的葡萄树开了头呀……"

明槐还是摇着头："咱不该来海边上种葡萄树！"

一家人不定什么时候就给喊走了。安兰回来时两眼红肿，问她话，她也不说。有一天，赶车的老鲁来了，悄悄地跟明槐说了些什么，明槐抓起鞭子就跑出了屋去。

老黑刀正在屠一只山鸡，一边的土枪散发出一股火药味儿。安兰哭着坐在一边，见了男人和老鲁进来了，一下子站起来。老黑刀头也不抬，说："不用凶，凶什么？这算对你们客气了。我叔叔给上面捎一封信，连你哥哥也得被城里赶回来，哼！"

明槐的哥哥——罗宁的爸爸正在城里工作。明槐听了身子一抖，咬咬牙走开了。老鲁刚要走被老黑刀喊住了。老黑刀骂道："你是贫农吗？你这个叛徒！……"

安兰越来越瘦，很快病倒了。住了半年，就死了。

安葬安兰的日子里，明槐一声不吭。晚上，明槐常常喝醉，怀抱着一杆长鞭摇摇晃晃地走到园子深处，用力地抡起了鞭子。

鞭声炸响在葡萄树下，一声连一声。不一会儿，远远的地方也响起了鞭子声——那是老鲁在抡鞭子。两处的声音交汇到一起，久久地震荡着。

小泥屋永久地寂寞了。老奶奶的头发完全白了，心也枯萎了。儿媳离开了小屋，再也不能回来了，这一切仿佛只是一场噩梦——老人几次半夜里醒来，说安兰回来了，要起身去为她开房门。每到这时候明槐就坐起来，一颗心咚咚跳着，趴在窗户上看着母亲走出屋子，在葡萄树下徘徊。老人两手颤抖地在树枝间摩挲着，咕咕哝哝。老当子站起来，大睁着眼睛去看老奶奶。

这样的夜晚，儿子和母亲，还有窗外的老当子，就再也睡不着了。

小罗宁就是在这样的日子里来到小泥屋的。

小泥屋里有了一个生气勃勃的童稚的声音。

老奶奶给他讲故事。

明槐给他讲故事。

小圆跟他玩耍。

老当子伸出胖乎乎的前爪跟他“握手”。

小泥屋慢慢地苏醒了，有了声音，有了颜色，有了实实在在的生活的气息。小罗宁手持铁铲，上身穿一件小海魂衫，下身是一条有竖条杠的蓝裤，神气地出现在泥屋前边的葡萄树下。他要铲土，再挖一个了不起的坑，或者是修一条半尺高的城防。他休息的时候就与老当子交谈。他对小泥屋的第一个严正的批评就是：老当子的名字太难听了！但奶奶告诉他：这是小泥屋的老主人、他的爷爷给它取的名字，如今是谁也不明白、谁也不能更改的了。罗宁撇撇嘴，表示不以为然。不过他仍管它叫“老当子”。

老黑刀从小泥屋门前走过，见到罗宁就瞪起眼睛，说一声：“唔?!”

罗宁一下下铲土，像是什么也没有发现。

老黑刀有些恼怒了。他不记得有哪个小孩儿不怕他这粗粗的一声。他走上前一步喝道：“你听不见吗？聋?”

罗宁抬头看他一眼说：“我不喜欢你。”

“嘿嘿，奶奶的！你他妈的小狗东西……”老黑刀骂着，打量着面前这个陌生的、面庞白皙的少年，觉得奇怪到不能理解。他本来想伸手揪住小孩子，一抡，把小东西抡出老远。不过他想了想，还是作罢。他从来没有见过这样的小孩子。他又骂了一句更粗野的话，就挪动脚步离开了。

罗宁将铁铲扛到肩上，冲着老黑刀的背影又喊一声：“我不喜欢你——真的，一点也不喜欢！”说完又看一眼，就回到泥屋去了。

他关了门。他自己知道他有多么害怕那个黑黑的汉子。他对黑汉骂的脏话也感到惊讶，感到不能理解。他的心咚咚地跳着。

晚上，他对奶奶讲了那个黑汉，讲了黑汉在骂一些很奇怪的话。奶奶半晌没有吱声。后来老人搂紧了他，让他再不要跟那个黑汉说话。他没有再问什么。他从此知道了奶奶也怕那个黑汉。

最愉快的事情就是听奶奶讲故事了。可是奶奶说到婶母就不作声了。罗宁偏要问这一切，奶奶偏不跟他讲。她只是告诉他：婶母死了。婶母长得好。婶母没有了。

罗宁多么希望见到婶母。他当然更想知道关于那个美丽的婶母的一切，知道那一切的细节。可奶奶就是不讲。

一个月光明媚的晚上，老当子突然叫了起来。它叫着，直到把奶奶吵醒。奶奶坐起来，接着向窗外看去。看了一会儿，奶奶又把脸使劲地贴到窗棂上——不知过了多长时间，老人才重新躺下。

后来，有好多的夜晚，奶奶都是这样看上半天。

罗宁有一次看到奶奶夜间伏在窗前，就爬起来偎在她的身边。窗外什么也没有。灰蒙蒙的夜色中，只隐隐约约地看到葡萄藤蔓在轻轻地活动。露滴洒下来，发出很细微的声音。有什么小虫叫一声，又叫一声……奶奶用手搂着罗宁说："我看你婶母……"

罗宁差点惊叫出来！

"我在看她……我那天好月光的时候听见老当子叫，起来一看，她——就是你婶母，从葡萄树下走出来，直走到明槐窗下去了。他们说了会儿话，她就走了。我想喊一句，又怕惊动了她，她再不来了……一点不错，是她，身形儿，模样，一丝儿没变……"

奶奶说着，激动得嘴角颤抖了。

可罗宁明明什么也没有看到。

老奶奶说："我就看见那么一回。她再不来了。人真是有魂灵的，她是想家了……"

罗宁想喊一声什么，可他紧紧闭上了嘴巴。他知道这绝对是不可能的。他想奶奶一定是看花了眼。

第二个夜晚，老当子又叫起来。罗宁正在熟睡，突然奶奶伸手把他拖醒了。老人激动得说不清一句话，对在罗宁耳朵上说：“孩子，你、你婶母又来了……她，你看她又到你叔叔窗下说话去了……”

罗宁伏到了窗前。

窗外依旧是一片模糊的夜色。罗宁刚要重新躺下，突然从明槐窗下的黑影里走出一个人来。奶奶揪了一下罗宁的手。罗宁屏住了呼吸看着。

星光下，一个女人缓缓地走去，身影儿在葡萄树下一闪就不见了。

罗宁紧紧地伏在了奶奶的肩头上。他又高兴又害怕。他躺下来，回想着她的形象：细高个子，削肩膀。看不清脸，但他认为她漂亮极了。

2

小圆觉得中午的太阳真好。它从树荫下走出来，眯着眼睛看了看空中那个白亮的火球，然后就卧在热乎乎的沙土上。它扭动着身体，感到一阵从未有过的舒适。温热的沙土使它闪亮的皮毛更加柔软，它炙过了后背，又翻转身子去炙肚腹。作为一只花猫，它懂得自己有多么健壮和漂亮。它比一般的猫要长，腿脚粗而有力，全身都由黑白两色交织起来：黑的地方如墨，白的地方似雪。它只在干净的沙土上躺卧，所以看上去一尘不染。它还长着一对明亮的灰蓝色的眼睛。

太阳晒得小圆周身发热。它幸福地滚动着，直到有些疲惫了，才站起来。它望了望身后的一棵葡萄树，兴奋地抿了抿舌头，一纵身子跳了上去。葡萄叶儿垂在它的四周，把一个美丽的躯体全部遮掩了。它就从枝叶的间隙里向四下观望。

不远处就是那个暖乎乎的家——小泥屋。窗下，老当子在阳光下打盹。它的脖子下垂着一条锁链，链扣儿都磨得闪闪发亮了。小圆每一次从高处看到老当子，都对那条锁链感到满意。

原来的老当子骄傲得很，没有锁链，可以满园里奔跑。这是一条见多识广、通晓世故，对园里一草一木都熟悉的狗。它是由罗宁的爷爷养大的。小圆记得自己当时很小，除了老奶奶偶尔抱一抱，几乎没有任何人注意到还有一只猫。所有的人都在谈论老当子：它追逐一个偷葡萄的人；它发现了深夜袭扰的贼；它咬死了一只野兔……

小圆记得自己当时逮住了一只田鼠，并且把这个猎获物摆在了窗台上展览。后来只有明槐一个人看到了，他嫌脏似的用一根秫秸把田鼠挑起来扔了。这是小圆最懊丧的记忆。

老爷爷除了种葡萄，给葡萄树剪枝、施肥，再就是到荒滩上打猎。他有一杆土枪，乌黑笨重，脏里脏气。每一次打猎老当子都神气无比，尾巴高高地翘着在老人身前身后奔跑。鹰落在树上，兔子卧在草中，山鸡在瞧不见的地方嘶哑地喊叫。老当子所能做的事情就是把一只无比丑陋的、罕见的长嘴对在泥土上嗅着，然后转身对主人咕哝几句什么。当猎物出现时，它则伏下身子，专心地等待枪声。枪响了，它倏地跳起；在硝烟中把垂死的猎物逮住。

小圆曾经跟着打猎的人到过荒原上。尽管它走不远，但终于还是弄明白了打猎到底是怎么一回事，也瞧见了老当子的表演。

猎枪是了不起的，而老当子不过是一个愿意凑热闹的东西，唯一的本事就是献殷勤。小圆没法遮掩它对老当子的藐视，半路遇见了，斜也不斜它一眼。

老当子很想跟小圆玩一会儿。有一次，它在园子里遇到了小圆，就笑着走过去。小圆抬头看了看，气愤地“呜”了一声——因为它正在解溲呢，老当子怎么能如此不知羞臊。老当子又走了几步才发现小圆在干什么，猛地收回微笑，立在了原地。待了片刻，老当子回身走了。小圆自己跳上了葡萄树，默默地看着离去的老当子，难过得哭了。它认为自己受到了侮辱……

小圆在葡萄树上看着老当子打盹。锁链耀得它睁不开眼。它在想：这条锁链到底是什么时候戴上的?

它已经记不清楚了。它只是知道从那时起，老当子就给拴在了屋前的葡萄树下。

那是一个秋天，就和现在的秋天一模一样，满园的风是香的，葡萄黑紫闪亮。小圆用它尖尖的小牙齿咬碎了一颗葡萄，吸吮掉里面的汤汁。它小心地用通红的小舌头舔着溅到嘴巴上的甜水……每天小圆都是自己在葡萄架上玩，很少回到泥屋去。它发现在这个秋天里，人们的脾气变坏了。小泥屋里的主人哭丧着脸，老要唉声叹气。有一次，它爬到明槐的膝头上，被明槐一下子掀开老远。两个老人都愁眉不展，常常半夜里还低声交谈着什么。

园子里的人都在一夜间戴上了鲜红的袖章，动不动就举起拳头呼喊什么。老黑刀让所有人都排成一行，他在队伍前边走来走去。他呼喊一句，所有人都要重复一遍。后来他们做成了一面红旗，老黑刀让一个年轻的妇女举着，站在队伍的一端。

葡萄熟透了，可是人们都排成了队伍，没有一个人可以伏到架子上做活。小圆藏在葡萄叶间，亲眼见到一群群灰喜鹊来偷啄葡萄。这些贼在园里畅行无阻，尖声大叫，吃起葡萄来挑挑拣拣，把肮脏的粪便留在葡萄叶上。它们已经不是来偷吃了，而是胡乱啄着玩，一颗啄一个洞，然后就看着葡萄粒儿流泪，高兴得大笑。这种笑声特别刺耳，小圆常常要掩上耳朵。

葡萄被啄过，慢慢就要烂掉。葡萄园的香气中掺杂着一些酸霉味儿……小圆决心逮住一个灰喜鹊。有一次，它小心翼翼地顺着一根粗藤往前移动，巧妙地利用了葡萄叶片的遮挡，离一个灰喜鹊只有二尺左右了。它的心扑扑跳动，全身都在颤抖。它从来没有这样近地观察一个大鸟。它看清了灰喜鹊的眼睛，甚至是睫毛。它觉得那一身灰衣服质料不错，可惜颜色令人厌恶。就在灰喜鹊啄碎了又一颗葡萄，高兴得大笑起来时，小圆迅捷地扑了上去。

它咬住了灰喜鹊的翅膀。灰喜鹊尖声大叫，一边用尖嘴啄它的眼睛。小圆紧紧地闭上双眼，真怕眼睛像葡萄那样被啄上一个洞。灰喜鹊扑动着，仿佛要把它带入空中。小圆用小巴掌敲打着灰喜鹊的脑袋，一边将身体移动到对方的脊背上。它想这一次可逮住了一个偷吃葡萄的贼。灰喜鹊在小圆的身子底下不顾一切地挣扎着，尾巴上的一串长翎像扇子一样猛烈展开，把小圆翻了下来。但它的嘴巴还紧紧地咬住翅膀……灰喜鹊扑打着、尖叫着，渐渐呼唤来一群同伴，在它们的头上惊恐地翻飞、呼喊。小圆有些害怕了！它这会儿想起了泥屋的主人们，也想到了老当子……灰喜鹊挣扎着，终于留下一根灰色的羽毛，飞得不见了踪影。

小圆鼻子上落下了一个小血口子。它叼着这根羽毛回到了泥屋。

全家人围着它，默默地坐在炕上。安兰用手去理它的脊背，又取来一块红薯给它吃。全家人都在等着爷爷回来——他一大早就被老黑刀那伙人叫走了。

天乌黑乌黑了，爷爷才回来。大家松了一口气。爷爷蹲在屋子角落里吸烟，不住地咳。他自语似的说：“我种了葡萄，三棵，后来只活一棵；来年，我又种了三棵，活了两棵……我种这几棵葡萄不容易，葡萄熟了舍不得吃，拿去换粮食。我是逃荒来的，我不是地主……我种了葡萄，种了个小葡萄园，用它换粮食……”

夜里，小圆躺在枕头边上，听着两位老人交谈。它终于听明白了：老黑刀领着一伙人围斗老爷爷，说老人就是过去的“园主”，是个阶级敌人。一伙人大都黑着脸，只有几个妇女嘻嘻哈哈。有人把老爷爷推推搡搡，老爷爷站不住，老黑刀就厉声喝一句：“站稳立场！”……

天亮了，老爷爷从枕头边上捡到了那根灰色的羽毛，像是突然想起了什么。他召唤一声老当子，掮上猎枪就走出了泥屋。

小圆原以为老爷爷又要去打猎了，但走到园子深处立刻明白了：老人是领上老当子来驱赶灰喜鹊的。

灰喜鹊似乎比以往任何时候都多。它们一会儿从这个架子上飞起来，一会儿又喳喳叫着在半空里回旋：像一片乌云，像一股肮脏的烟。小圆恨不得也飞到空中，去和它们搏斗——它这时觉得鼻子上的小口子又钻心地疼起来。

老当子愤怒地吼叫，声音威严。小圆不知怎么，这一瞬间觉得老当子是一个男子汉了。

老爷爷仰头望着翻飞的鸟鹊，一脸深皱痛苦地活动着。他望了一会儿，放开喉咙呼喊起来："啊呼——哟——嗬哉——！"

灰喜鹊惊慌地聚到了一起，落在一棵杨树上，一声不吭了。

"啊呼——哟——嗬哉——！"

老爷爷呼喊着，一边摘下肩上的枪，往杨树那儿举着，威吓着它们。

杨树上仍然没有声音。园子里死一样沉寂。

老当子瞅着那棵杨树，嘴里发出低沉的"呜呜"声，脊背弓起，毛也炸了起来。

小圆一声不吭地踞在葡萄架上，一切都看得十分清楚。它知道老当子不会爬树。它不知道老爷爷会不会用右手的食指去扳动那个弯铁片——如果扳动，就有一声霹雳。

灰喜鹊一直待在杨树上，不再啄食葡萄，也不愿离开园子。它们分明是要挨过这个时刻，重新来糟蹋葡萄。

又待了一会儿，小圆看到老爷爷右手那根黑黑的食指向土枪的扳机伸去。它捂上了耳朵，但还是感到了一阵强烈的震动。枪口吐着暗红色的火焰，刺鼻的硝烟味儿弥漫开来。小圆看到老爷爷的枪口抬得很高，明白他是故意吓唬它们的——灰喜鹊“呼”的一声从杨树上飞起来，飞得很高，飘到芦青河的对岸去了。

老当子箭一般跑向杨树，但没有多会儿，它又回来了。

小圆嘲笑地看着空手而归的老当子。

老爷爷在园里走着，伤心地看着在架子上变坏了的葡萄。他伸手摘下几个颗粒尝了尝，又赶紧吐了……小圆知道被啄过的葡萄是什么味道。它沿着葡萄藤往前奔跑着，架下的老爷爷和老当子都没有发现它。它在高处观察着老当子的傻相，觉得十分有趣。老当子走起路来昂首挺胸，胸脯很高，一双眼睛东张西望，黑色的长嘴一甩一甩的。有时候老当子停下来，低头去嗅嗅地上的什么东西，蚂蚁顺着鼻子爬上脸颊，它就用力地摇头，嘴里喷着气，发出“费！费！”的声音。

突然，老当子定在了原地。小圆爬到架子的最高处，看到了站在一个葡萄架后面的老黑刀。黑汉正把下嘴唇咬在牙齿里，弓着腰从葡萄枝叶间望着老爷爷。停了一会儿，他故意咳起来。

老爷爷站住了。

老黑刀走出来，大背着手打量老爷爷。

小圆看到老当子急忙溜到了老爷爷身后。

老黑刀伸出手说：“我看看你的枪。”

老爷爷迟疑了一下，只得从肩上摘下来，递了过去。

老黑刀拉了拉枪栓，哼哼地笑。他自言自语地说：“什么古怪东西。哼哼，是个老货儿了。老货儿使用老货儿。”这样咕哝了一会儿，他把枪掮起来，说一句：“武器没收了！”

老爷爷慌慌地喊了一声“啊?!”向前追了一步。

老黑刀伸出一根食指，用力地点着老人的胸脯说：“反革命也允许有武器吗?”

老爷爷叫了一声什么，跌坐在地上。接下来，他一直这样坐着。太阳在空中移动，树荫儿慢慢离开了老爷爷和一声不吭的老当子。老爷爷咕哝着，小圆听清了，他在说：“我的枪！……”

老爷爷从此没有了枪，也不再打猎，老当子也不必跟在他的身边奔跑了。

小圆在园里玩耍，多次见到老黑刀和几个人在葡萄架下放枪取乐。有一次，一只美丽的乌蓝鸟飞来了，老黑刀瞄准它放了一枪。乌蓝鸟的羽毛全被硝烟炙成黑色，很多地方露出了皮肉，淌着血死在泥土上。小圆惊得说不出一句话，呆呆地瞅着跌下去的乌蓝……

就在乌蓝鸟被打死后不久，有一次老爷爷领着老当子走到园子里，老黑刀躲在葡萄树后面向老当子瞄准了。

老爷爷几乎和小圆同时发觉了那个黑色的枪口。老爷爷大叫一声，抱住了自己的狗……

从此，老当子就被老人拴上了锁链，缚到了泥屋前面。

这个秋天的末尾，当一串串葡萄干在架子上蒙了一层白霜的时候，老爷爷就长眠不醒了。小圆见泥屋里的人都在泣哭，就跟着哭起来。老爷爷仰躺在炕上，紧紧闭着眼睛，睡得好香。

小圆从此再也没有见到老爷爷。

它看到老当子一直拴在泥屋前面。

明槐代替老爷爷去开会了，代替老爷爷回答“过去有多少葡萄树”之类的问题。

小圆不记得老当子被拴了多久。它只是记得那以后架子上的葡萄又紫了三次，眼下的葡萄是第四次变紫了……

它呆呆地踞在架子上，俯视着老当子，回忆着往事，已经说不清心中的滋味儿。它这会儿想起老当子该到园里跑一跑，一个多可怜、多寂寞的狗啊！它还想跳下架子去跟它玩一会儿，但一想起它的凶恶样子，只好作罢。小圆想无论是谁，只要拴在泥屋前面两三年，都会变得像老当子一样暴躁。

小圆缓步离开了葡萄架，向一边走去。

沙土到处都一样温热。小圆的前爪给沙土印了一串串美丽的图案……它在这个秋天的温暖的阳光下，突然感到了一阵难忍的惆怅。有谁可以交谈呢？有谁可以结伴而行呢？

一只螳螂从一片树荫下走出来，伸长了脖子，目光迷蒙地望着小圆。

小圆走近了它，看着它一身碧绿的衣衫、手中的两把长刀、那个美丽的三角形脑袋。螳螂摇了摇头，似乎也不怎么愉快。小圆很想借它的两把长刀玩一玩，但螳螂却总是摇头。

原来它的两把长刀是长在了手上的——小圆不禁惊呼起来，它闹不明白这是怎么了？

螳螂告诉它：园子里的坏东西太多了，它要时刻提防，刀不离手，夜间也不敢松开一刻，天长日久，两把刀也就长在了手上……小圆听了长长地叹气，它们又交谈了一会儿，就各自走开了。

小圆在葡萄园里奔跑着。

不远处传来喝牲口的声音，小圆知道那是明槐或者老鲁的大车来了。它害怕大马，于是就远远地躲开了。

后来，小圆又攀上了高高的葡萄架。它有些渴了，就吃了两颗葡萄。当它低头擦嘴巴的时候，突然发现了架子下有一个小男孩。

小男孩穿了绿色的短裤，白色的衬衫，十分精神。他转过脸来，小圆看清了是小罗宁！它立刻高兴起来，很想扑到他的怀里。但它又发现罗宁锁着眉头，也就犹豫了。它想，罗宁怎么了呢？他要干什么呢？

3

老鲁和明槐的大车分担了整个葡萄园的运输任务。冬春里，两辆大车要从外边运进园里各种肥料和葡萄秧；夏天运农药、运包装果品用的蒲草；等等。秋天里赶车人是最繁忙的，要不停地运葡萄，跑码头和酒厂送货。他们常常早出晚归，摇动鞭子的手满是老茧。马车离葡萄园老远，园子里做活的人就从马的喷气声和赶车人的吆喝声中听出是自己的车回来了。如果是夜晚，则可以清晰地听见一串串马蹄声。

园里做活的人中妇女很多。她们的白头巾在绿叶间闪动，十分醒目。她们每人身边都放着一个筐笼，里面放着刚刚摘下的、有着一层白粉的葡萄。几乎所有包在白巾里的脸庞都是红润的，那一双双眼睛就像葡萄。她们的眉毛都很长，一直伸到头巾里去。大家摘着葡萄，如果凑到一块儿就说笑起来。她们不少人前几年还戴过红袖章，大多是跟上老黑刀热闹热闹。现在不戴袖章了，喜欢热闹的脾气还没有改。她们特别喜欢跟赶车的老鲁开开玩笑，也有的喜欢跟老黑刀闹。不过大多数人后来对老黑刀有些惧怕，不敢跟他随便搭腔了。

大车辘辘驶进园里，女人们哈哈地笑。她们不做活了，坐在笼筐上，吃着葡萄，呼喊着老鲁的名字。有的说："老鲁，你给我捎回什么来了?"有的嚷："老鲁，过来，俺准备了这么大一串葡萄给你……"一边的人大笑。

明槐的名字没有人喊。他不喜欢开玩笑，因为他是小泥屋里的人——如今在所有人眼里，小泥屋都多少有些神秘和可怕了。当女人们卖力地喊着老鲁时，明槐总是一声不吭地往下卸东西。天太热了，他只穿一条短裤、一个背心。太阳照在他裸露的肩头上，肩头黑乎乎闪着油亮。

老鲁从车上跳下来，一晃一晃地走到女人们中间，接过一串葡萄就吃起来。等到老鲁的肚子有些鼓的时候，他的话就多起来了。女人们恼怒地迎击着，先动嘴，后动手，老鲁常常刚想挪步就被按到了葡萄架下。女人们捶打着老鲁，揪他的耳朵，他放开嗓门叫唤着。女人们松手之后，他抖落了一身沙子站起来，说："又给我松了松筋骨，嘿嘿，真舒服！……"

有一个姑娘总是离开打闹的女人们远一些，不吭声地坐着。有人在远处喊一声："曼曼——"她就低着头答应一声："哎——"并不离开。

曼曼刚刚十九岁，可是个子很高。她很爱自己的学校。后来因为学校里乱了，再不能上学，她感到十分痛苦。她的叔父就是老黑刀，见她一直郁郁不快，就说："跟我到葡萄园去吧，那地方我说了算！"……曼曼刚来到葡萄架下，似乎总是低着头。当她抬起头来的时候，所有见到她的妇女都惊讶地喊一声："哎呀！"

曼曼太漂亮了。曼曼的眼睛才像葡萄，而且永远像早晨的葡萄。她的前额稍有些鼓，光光的引诱别人用手去弹击。真的有一天一个妇女伸手去弹了一下，使曼曼十分愤怒。她就一直用那双水灵灵的眼睛看着对方，使对方慌促地搓起了手掌……曼曼走到哪里，哪里就安静，葡萄的香味似乎也浓了。

她低着头做活，有一次抬起头来，正好看到了一个像她一样沉默的男人。

这个人就是明槐。他当时正坐在一匹白马的身侧，两手放在膝头上，注视着面前的一片沙土。他一动不动。

白马静静地站着，头颅微低。它身上没有一丝别的颜色，是一匹真正的白马。此刻它的一双秀丽的眼睛正望着前方的一片绿色，浓密的睫毛不时活动一下。

明槐两条长腿支在地上，双脚已经陷进了沙土里。

曼曼在想：这个男人如果骑上这匹白马呢？……

她胡乱想象起来。白马长嘶一声，男人跨上了马背。白马奔驰着，出了葡萄园，来到了辽阔的原野上。绿草无垠，在风中滚动的绿色波浪犹如一片海洋。白马踏着波浪前进。男人的长腿夹紧了马腹，身躯挺起，海风吹乱了他的头发。有一绺头发遮住了他的眼睛。更远更远的地方，仿佛是荒滩的尽头，正传来了咿咿呀呀的歌唱。那歌声又熟悉、又陌生，白马迎着歌声而去……

明槐从白马身旁站了起来。他牵着马去饮水了。

这会儿，老黑刀不知从哪儿钻出来了，看了一眼跟女人们打闹的老鲁，又转身厉声喊住了明槐。他走到明槐身边，伸出一根手指，面色冷峻。明槐看着老黑刀，神情木木的……老黑刀挥了挥手，明槐才往前走去。

老黑刀转回身子，脸上立刻有了笑意。他往摘葡萄的那些妇女一边走去，老远就呼喊道："老鲁，你这个'叛徒'！跑这儿胡掺和什么？惹火了我给你一枪！"

老鲁再不敢犹豫，跳到他的车上干活去了。

老黑刀过去跟老鲁还算过得去，常常招呼他用大车拉上网具到海上玩。后来，老黑刀发现老鲁经常去小泥屋，就厌恶起他来，常常跟他喊"叛徒"了。老黑刀有一次对园里的女人讲起老鲁来，冷着脸说："早晚还不收拾他？"

女人们见老黑刀走过来大多不吱声了。少数几个女人捏起一个葡萄粒，照准老黑刀的眼睛就猛一用力，使葡萄汁射到老黑刀的眼里。老黑刀用手抵挡着，嚷道："反正看不见了，反正看不见了……"摸摸索索赶上去，搂紧那些捉弄他的女人，一个一个重重地摔在地上，又用脚踢一下……旁边观望的人都大笑起来。

被老黑刀摔倒的女人躺在温热的沙土上再也不起来。她们让热气熨着身子，舒服得嘴里发出"呋呋"的声音。老黑刀坐在筐笼上，吃着葡萄，得意地看着四周。停了一会儿他命令躺倒的人都起来做活，女人们偏偏嬉笑着不服从。老黑刀说："打闹归打闹，'抓革命促生产'可不能耽误！"

这时候，葡萄架子间传过来马的喷气声。

曼曼向远处望了一眼。

老黑刀卷了烟，吸一口说：“这几天要加紧些运筐笼，添两个人跟车做帮手。谁愿去？”

女人们一齐喊：“我去！”——她们在园里有些腻了，都想跟车出去兜兜风。

老黑刀不置可否。

女人们又嚷起来，争着去。这会儿，明槐牵着白马从葡萄架下转出来，老黑刀看着白马愣住了神。他笑了，说：“嘿！”他拍打着膝盖，“真好马，嘿嘿，我原先没在意，咱园子里还有这么棒一匹马！嘿，想不到在我领导下还有这么好一匹马！”

老黑刀站了起来，摇摇晃晃走向明槐。他伸手抚摸着白马，嘴里咕哝说：“你是个好马。你要拉革命车。你他妈的可不要只低头拉车，不抬头看路——你知道赶车的是什么人？你他妈的！……”他咕哝着，一边伸手从明槐手里接过缰绳，径自牵上往前走去。他走到那群女人身边时，喊一句：“看我骑大马去！”

女人们兴奋地互相看了看，高兴地站了起来。

老鲁“哼”了一声，看一眼明槐，跳下车来。他骂着：“这个浑东西，想怎么就怎么，还配当什么领导！”说着扯一扯明槐的手，往前走去了。

曼曼一声不吭地摘着葡萄，嘈杂声远去了，她想了想，也站了起来。

一伙儿人走出了葡萄园。

大海滩无比坦荡。一眼望去，绿草地没有边缘。回头看大葡萄园吧，它是草地上的一处绿色的建筑，是凸起于地表的一些小山峦，是大荒滩上的美丽城堡。好像大海滩上到处都是漫不经心地生出来的，而只有这茂盛地纠扯在架子上的葡萄藤是人工雕琢成的。大自然的其他生命会从这葡萄园开始去理解人类、理解人类创造的嗜好和能力，以及有关于这些的一切特征吗？葡萄园当然是了不起的，它是按照人们的愿望，把自然界中这些够得上是漂亮的、像童话般神奇的一种植物集结到一起，使其在同一种氛围里生长、成熟，让所有生物都大开眼界，叹为观止。创造这个葡萄园的人也常常因为自己的创造而兴奋，不过这一切往往只在最初的日子里才能表现出来，日子久了，创造者会倦怠，甚至会厌恶，会嫉妒，然后就自己动手去毁坏那些曾经使他们欣喜若狂的创造物本身。这当然是一种病态。怎样始终保持创造的热情、怎样维护一种原有的鉴别力和欣赏力，使自己对待葡萄园能像对待某种艺术品一样敏感，一直是千百年来的一大难题。人们惨淡经营，探索不止，结果又是怎样呢？大概世界上总有一个最好的办法。

人们恍惚记得一切的葡萄园都是从第一棵葡萄开始的。为了种植葡萄，就拓荒，生硬地排除其他草木。那时候葡萄活过来真不容易。葡萄树在荒原上显得何等弱小，何等孤独！那时候人们有一种保护创造物的强烈愿望，那时候葡萄园与未加雕琢的荒原对比强烈。这种对比会产生一种激情，长时间地激励着拓荒者。而拓荒者往往在一块土地上只会产生一批，他们的后代不会是拓荒者。因而他们的后代没有激情，那样的激情。他们的后代缺乏一种在大自然的强烈对比中所产生的那样一种震颤。于是，人们生存繁衍下去，虽有拓荒者的血统，却失去了拓荒者的情感。某些对于生存来说极为重要的一些感知器官正在退化。这一切如果是真实的，是一种现实，那么葡萄园最终会消失。承认这一切是不愉快的，是残酷的，但不承认也会发生。

那么，要寻找一种挽救葡萄园的最好办法，还是走出葡萄园，走到平等的大自然之中，去寻找热情，寻找对比，寻找不知何时遗失了的那么一种激情。这不，人们走出葡萄园了，放眼望去，草地、杂树林子，直望到天边，感到和看到的只是一种旷远和辽阔，是渺茫无尽的一片空间。回头看看葡萄园吧！它太工整、太有限、太脆弱、太可爱，又似乎太不值一提了。哦哦，我们的葡萄园，我们用血汗和泪水浇灌的葡萄园，我们令人痴迷又令人癫狂的葡萄园，你为什么这么小，又这么苍老？多少人在你的身边争斗吵闹，折损了你的茎叶，把你整得血迹斑斑。你结出了甘甜的果子，你的果实美丽如处女的眼睛，或者说处女的眼睛美丽如同你的果实——而人们又是怎样对待这些果实的呢？他们眼看着它被糟蹋，在架子上慢慢烂掉。每天清晨你都在泣哭，泪水落在沙土上。你在哭自身的命运，还是在哭与你相处的人类？

大家走出葡萄园了。一个黑汉手牵着一匹白马。

人们回头看看自己的葡萄园，又转过脸看看白马。后来大家终于不眨眼地去看白马了。

黑汉往白马身上爬着，白马光滑的脊背使他一阵阵难堪，后来他往手上吐了口唾沫，粗野地骂了一句，更起劲地往上一蹦，两手抓紧了马鬃。

他原来只是一个愚蠢的汉子。人们的目光聚在愚蠢的东西上，而没有去尽情地展望原野，这太可惜了。这等于没有走出葡萄园，这结果只会是一场闹剧。

老黑刀抓住马鬃上了白马背，很多女人都兴奋起来了。有的喊："老黑刀——！老黑刀你打马跑啊！"

老黑刀得意地揪紧缰绳，做远眺状，然后嬉笑着去看大家。

人群中站得稍远一些的那个姑娘就是曼曼。她低下了头，为一个愚蠢的叔父感到害羞。她捏弄着自己的手指甲，直听到哒哒的马蹄声，这才抬起头来。

老黑刀坐在光滑的马背上，身子小心地左右晃了几晃，然后骄傲地伸直两手，做飞翔状。白马颠颠地跑起来，老黑刀赶紧伏到马的身上。当马跑得稍慢时，他又立刻抬手做出射击状，嘴里喊着："忘了带枪来了，忘了！嘿嘿，好哇，我是骑兵啊——"

女人们大笑着，互相看着，有人看到了曼曼，就说："你叔父是骑兵。"

曼曼又低下了头。

明槐与老鲁一直站在旁边。明槐知道老黑刀的枪就是父亲前几年被夺走的那支。他默默地看着，见老黑刀用力地抓挠白马的鬃毛，心中不由得一阵恼恨和痛楚……白马跑着，一直向前跑去，老黑刀却用力扯紧了马缰，使它转弯，转回来。

老黑刀在人群前边跳下马来，擦着汗，大口地喘息，问："怎么样？这叫'马术'。"

女人们满意地拍打着巴掌，嚷着："再来一遍，再来呀！"也有的嚷："不怎么样，就差没让白马甩下来踩死了！"

老黑刀将马缰递到别人的手里，伸手拍了一个女人的后脑一下，问："你敢骑大马吗?"他喊完又转身打量着大家，问："谁敢骑大马?"

没人吱声。

老黑刀又问明槐："你敢不敢?——来来来，你骑骑我看?"

明槐犹豫了一瞬，然后慢慢地走到牵马的人跟前，接过了马缰。所有的人一声不吭——大家都见到明槐默默地抚摸着马背，轻轻地拍打着它。他将白马往前牵了十几步，然后一跃上马。

马在原地转了几步，扬起长尾，向前方奔驰而去。

女人们紧紧盯住前面的马，张着嘴巴。老黑刀也傻愣愣地站在那儿。

曼曼只看见绿色的草浪间，一团洁白的东西在快乐地跃动，它跃动着，越来越远，越来越远，渐渐成了一个白点。阳光在草地上蒸发出的热气升腾起来，那匹白马和马背上的人都在透明的薄气之后颤动，像是要一块儿飞升起来。

大家都屏住了呼吸。老鲁像是突然记起了什么，放开粗浑的喉咙呼叫道："明槐——"

白马远去了。在绿草漫漫的海滩上，在荒原的那一端，印上了白马的蹄印。

又过了一会儿，那个白点在绿浪间出现了。人们不禁欢呼起来。曼曼高兴得跳起来，嘴里激动得叫出声音：“啊！啊……”她的脸色那么红，鼻尖上渗出了汗珠。

老黑刀对人群骂道：“胡咋呼什么？他妈的还跑了他不成？都给我回园里做活去！”

没有一个肯提前离开这儿。大家都看着明槐骑马奔驰过来……明槐的脸庞被阳光照得发亮，浑身披上了一种光彩。他脸上没有欢笑，只有一位骑手的庄严。他的马近了，慢了，马蹄哒哒。明槐跳下马来。

女人们中间发出几声尖叫。老黑刀喝一声：“怎么了?!”喝过之后又冲着明槐叫道：“你想骑到哪里去？你还能骑到哪里去？你他妈的想干什么?!”

明槐不作声，牵着马向葡萄园走去。

“谁耽误了‘抓革命促生产’，我就饶不了谁！”

老黑刀走在人群的后面，恶声恶气地吆喝着。

大家又回到各自做活的地方去了……老鲁继续卸车，明槐忙着将马套到车上。女人们搬着葡萄筐笼，小声地笑着。

老黑刀看看马车，又记起了让人跟车的事，就大声问：“你们谁来?”

很多人站起来嚷着要去。老黑刀正要说什么，曼曼从一边走过来了，大声说：“我也去。”

老黑刀就从人群中又指定了一个胖胖的妇女，和曼曼一起随车。没选上的女人们唉声叹气地坐下来，骂老黑刀不公。老黑刀说：“天底下哪有那么多公平！你们如果是我老婆，我都让你们出去快活快活！”……

曼曼和胖女人一人随一个车，上路了。

曼曼随的车由明槐驾。他们一路上没有说多少话。明槐吆喝着牲口，偶尔挥动一下鞭子。

半路上，明槐的车已经拉下了老鲁一截儿。曼曼说了一句：“明槐，我问你个事情好吗？”明槐点了点头。曼曼就问道：

“在园子里——就是你去饮白马那会儿，我叔父叫住了你，样子怪吓人的，他说你什么了？”

明槐摇动着鞭子，没有吱声。

“明槐……”曼曼叫着。

明槐低着头，半晌才扬起来。他说：“我去看父亲和安兰的坟了……我怎么能不去？有一次让你叔父看见了。他告诉我，这是‘反革命阴魂不散’，要我好好等着吧。他大概要开我的斗争会……”

曼曼一句话也没有说。一路上，她总是默默的。

4

罗宁两年前抛掉了他的铁铲。他常常望着屋前粗粗的葡萄藤出神。夜间从窗上望出去，葡萄树的枝条纠扯在一起，像一片山峦，透着无比的神秘。婶母在夜间走出来，就是先要穿过这些葡萄藤的。

罗宁记得老奶奶发现婶母走到明槐叔窗下时，那副惊喜的眼神。他觉得这太奇怪了，这是不可能的。可是后来他自己也分明看到了一个朦朦胧胧的影子。那个影子漂亮极了。

他还记得老当子嗅着那个影子，摇动着尾巴，躺到窗下去睡觉了。奶奶也说：如果不是婶母，老当子决不会这样的。

罗宁平常听得最多的就是老奶奶的故事。现在他不那么想听了。他的心头被一个秘密压得紧紧的，总感到沉甸甸的。他于是常常不顾奶奶的管束，一个人跑到葡萄园里，在一片片绿荫下徘徊。他似乎在寻找秘密。

第一批葡萄快要收完了，园子里开始安静。除了啄食葡萄的灰喜鹊之外，其他的鸟雀都可以算作葡萄园的客人。今年的灰喜鹊也许算错了日子，至今还没有成群地涌进园里。罗宁听奶奶说过，往年的秋天里，园里的人要费好多工夫去驱赶灰喜鹊。她不能做别的活儿了，她的年纪大，又不愿闲着，就给园里赶走灰喜鹊吧。那些日子里，她就在葡萄架下奔忙着，拍打着手掌，呼喊着，看着一群群嘴馋的东西从这个架子落到那个架子上……

罗宁很想去看一看爷爷和婶母的坟。

过去的春天里，奶奶都要领上他去两个坟头烧纸。那时他心头有掩饰不住的高兴，他老想，那儿有花，有青草，有马兰，好玩极了。在坟头前边，奶奶和叔叔用一根树条划个半圆，然后在里面点燃了黄纸。奶奶和叔叔跪了，让小孙儿也跪下——罗宁觉得这一切都那么好玩……后来园子里有人不准他们随便去坟边了。奶奶和明槐都在半夜里去，像做贼一样偷偷摸摸。

坟地在葡萄园的边缘地带。那里有花，有青草，有马兰。罗宁一个人向那儿走去。有什么在头顶上弄出了声音，他抬头一看，见是小圆伏在架子上。它的尾巴紧紧贴在身侧，一双眼睛那么专注地盯着他。罗宁想招呼它一块儿走，但想了想也就作罢了。

早晨刚刚过去，朝霞还没有退尽。彩色的阳光从葡萄架的空隙洒下来，把他的身上脸上都照花了。罗宁每一次仰起脸看这阳光、这紫色的葡萄穗，心中都涌起一股说不出的滋味儿。他真想大声呼叫，想跳跃，想在地上滚动，想猛力攀到架顶，去看整个的葡萄园……园里如今是太沉寂了，那些能吵闹的妇女们如果不凑在一起做活，园里就是这样静静的了。她们很少能看到罗宁走出来，如果看到了，就喊：“喂，小男孩儿！过来——”罗宁当然不想走过去。她们就把他抱过去，抱在怀里。她们抚摸他，小心地看他露在外面的皮肤，嘴里发出“啧啧”的声音——罗宁这时候总想到母亲，想到母亲身上特有的那种温热和柔软……罗宁终于忍耐不住了，他一边走，一边迎着阳光大声呼叫：“啊——啊哟——啊哈哉——！”

这种叫法是他跟奶奶学的；而奶奶，又是跟老爷爷学的。

园子里发出了微弱的回声。罗宁高兴得笑了。

脚下有一片潮湿的沙土，因为这儿总被四面的架子遮住。湿沙土上，长满了一些阔叶儿青菜和开花的草。有一种大叶子菜叫“猪耳朵”，也是猪最爱吃的一种菜。那一簇淡蓝色的小花，颜色那么浓，一枝枝紧紧地挨在一起，像土地上点燃的一些硫黄——罗宁有一次夜间看过配制农药水液的人点了一块儿硫黄玩，它就发出了蓝色的光束……他蹲在湿沙土上看着，真想把那棵花挖走。一只翅上有黑点的黄蝴蝶飞过来，罗宁就离开了那簇花。蝴蝶落在了蓝花上。

他往前走去，一路上又遇到了好几棵这样的花。

蜜蜂在园里飞来飞去，落到葡萄叶上，又很快飞走。蜻蜓不慌不忙地、平稳地飞着，飞到罗宁跟前，罗宁就迎着它的翅膀吹了一口气。在没人经过的一些角落里，蜘蛛牵上了网子，一个个花脚红斑的蜘蛛在网上活动着，像是用脚爪去拨动一些丝弦。青蛙猛地从草窠里蹦出来，这儿一个，那儿一个，像是从地底射出的一支支箭。它们经过的地方都惊动起一些蚂蚱，蚂蚱又蹦、又飞，在阳光里显得浑身通亮。一个无比勇猛的大绿蚂蚱不巧撞在罗宁的身上，他就逮住了它。它在手中挣扎，用多刺的两条长腿去蹬罗宁的手指，把手指扎出了血。罗宁觉得它太不友好，也就用力地往上抛了一下，像抛一块石头：它在半空里展开了翅膀，真像一只小鸟啊！而真正的小鸟却在更高的空中飞来飞去，发出“滴溜——滴溜——”的叫声。小鸟每叫一声，身体就往前猛地推进一次。另一些前不久还像小鸟一样欢叫、一样飞动的蝉，如今却死在了葡萄架上。它们看去如同活的一般，眼睛闪着一层光亮，双翼依然透明。罗宁试着摘下几个蝉来，见它们的爪子都伸开来，明白了它们直到生命的最后一刻还是牢牢地抓紧了藤子。

快到葡萄园边了。罗宁看到了墓地上稀稀落落的几棵杨树。他的心跳起来。

罗宁伏在葡萄架上，望着架子的那一边。他突然发现前边有什么在活动，碰着了葡萄叶子。他很想转身跑开，但身子却执拗地靠在架子上。一会儿，一个姑娘走出来——是曼曼！罗宁认识她，刚要喊她一声，但看到她手里捧着的东西，就闭上了嘴巴。

曼曼手中捧了一棵闪着蓝光的花。她走到坟边，蹲下来，小心地把花栽上了。

罗宁这才注意到，爷爷和婶母的坟前，已经有好多这样的花了。

曼曼站起来，久久地望着什么，身子一动不动。

罗宁叫了她一声，从葡萄架下钻过去。曼曼吓了一跳，见是罗宁，这才镇定下来。两个人都坐在了沙土上，看着坟前一个个蓝色的花簇……

“这都是你栽的吗?”罗宁问。

曼曼点点头，又摇摇头。

她不高兴，心事重重的样子，这点罗宁一眼就看出来了。他们就这么坐着，谁也没有说什么。停了一会儿，罗宁问：“这是什么花?”

“灯盏花。”

“这种花样子真怪啊。”

曼曼点点头说：“傍晚，别的花都看不见了，只有这种花在黑乎乎的地方一闪一闪的……它有点像火苗儿，一闪一闪……”

罗宁惊奇地大睁着眼睛：“真的吗?”

“真的。”

“为什么?”

曼曼摇头：“这谁知道。有人说这种花是人的魂灵变的。好人死了，他的魂灵就变成这种花，在园子里闪闪烁烁的……”

“园里好多灯盏花——我路上见到了。”

“它们都是好人。”

罗宁长长地吐了一口气，盯着眼前刚刚栽上的花，紧紧地皱着眉头。他自言自语地说：“那么爷爷，还有婶母，他们也变成了这样的花了吗？曼曼?”

曼曼的眼睛闪着晶莹的亮光。她把罗宁抱在了怀里，把头靠在他的脸颊上。

罗宁一动不动，他感到曼曼的胸脯在跳动。曼曼抚摸着他的头发，仔细地抚弄着弄皱了的衣服，轻声说着：“你见过婶母吗？你没有。她长得好，刚来葡萄园那会儿，人们看她看得都忘了做活儿。她像我这么高，可比我好看多了。我记得第一次见她，她穿了一件毛线衣服，紫嘟嘟的颜色，紧领儿……她用手理我的头发，说我的头发真滑啊。那时候我初中还没毕业，放假的时候就来园里做活。大家渴了的时候，就随你婶母到家里喝水。她从柜子里拿她做的手工活给我们看。她剪的窗花真好，贴了两个窗户，剩下的就分给我们大家。如今大概还有人家里放着她剪的花……”

曼曼说着说着声音变涩了。

罗宁偎在她的身上，真想大哭一场。他想把婶母夜间去找叔叔的事告诉曼曼，但想了想还是忍住了。

曼曼又问：“你知道婶母是怎么死的吗?”

罗宁说：“病死的。”

“病死的!”曼曼恨恨地重复了一遍，抬头望着远处，没有吱声。这时的葡萄园里没有一点声音，远远近近都是那么安静。做活的人们呢？她们的歌唱和喧闹呢？老鲁和明槐的大车呢？……葡萄树藤蔓纠扯，叶子浓密，一层层望也望不透。在这葡萄的绿海之中，在这令人难以忍受的沉默之中，又到底蕴藏了多少故事?

曼曼紧紧地搂抱着罗宁。罗宁抬起头来，看到的是曼曼那双又大又亮的眼睛。这双眼睛正在看着他，使他想起了母亲的眼睛。母亲的眼睛像曼曼的一样温柔，一样灼热。他看着那长长的睫毛，心中有一股热乎乎的水流在缓缓流动。曼曼的目光从罗宁脸上移开，重新望着远处了。她的声音低得快要听不见了，像是在叮嘱她自己什么一样。

“她是病死的……可她受了欺负，死得冤枉……”

罗宁从她怀中挣脱了，惊叫道：“婶母?”

曼曼嘴唇哆嗦着，突然伸手抱住了罗宁，不停地亲吻他的脸颊、他的眼睛，泪水沾了他一脸。罗宁的心剧烈地跳动起来，他喘息着，大声说：

“婶母活过来了！她半夜里——我和奶奶都看到了，她半夜里就到叔叔的窗下去了，奶奶说他们有好多话要说。他们说，说个不停，老当子也知道，不过它不喊，它认识婶母！……”

曼曼一把推开了罗宁，站起来，盯着他。

“这是真的！你去问奶奶！老当子也看见了……”

曼曼的牙齿咬住了下唇，不停地颤抖。她这样站了好长时间才坐下来，说：“这不可能——你和奶奶一定是看花了眼。人死去了就不会活，也不会说话了……”

罗宁有些委屈地嚷道：“这是真的，我亲眼看见的!”

曼曼摇着头：“也许你真看见了，不过那也不会是真的……”

罗宁难过得哭了起来。他擤着鼻涕，蹲在了地上。

曼曼说道：“人死了就不能活过来，也不能说话了。那些好人死了，就变成了灯盏花。它们一闪一闪的，就等于说话了。我把灯盏花移栽到坟前，就是怕老爷爷和婶母孤单得慌。”

罗宁这才明白了坟前为什么有这么多的蓝色的花。不过他心中还是感到委屈极了。他一声不吭。他真想大喊着告诉曼曼：“你要不信就去问叔叔吧！叔叔心里才清清楚楚呢！”他只是这么想，却没有说出来。

两个人沉默了一会儿，曼曼说话了。也许是要故意将话题引开吧，她问：“你想不想爸爸妈妈？他们在哪？”

罗宁也不太清楚他们的事情。他只是从叔叔和奶奶的嘴里知道一点他们的情况。爸爸和妈妈近来也不怎么捎信了。奶奶说他们已经顾不上小泥屋了。有一次，叔叔读了城里的来信，跟奶奶说了几句什么，奶奶就擦起了眼睛。罗宁告诉曼曼：爸爸和妈妈已经不在城里了，他们分别在两个农场劳动。他们离得很远。

曼曼再不作声了。

罗宁又说：“叔叔和奶奶都说，他们不定什么时候就来园里把我接走了。”

曼曼的眼睛望望四周，问：“你喜欢我们的大葡萄园吗？”

“喜欢。可我不喜欢老黑刀。”

“你喜欢奶奶——喜欢叔叔吗？”

“喜欢！”

曼曼的眼睛又渗出了泪水。她又抱起了罗宁，重新亲吻着他的脸颊和眼睛……

5

灰喜鹊又涌到葡萄园里来了。它们往年来得更早一些，如今迟到了，就不顾廉耻地大喊大叫，拼命地糟蹋起葡萄来。园子里有五六个人要专门去驱赶灰喜鹊。园子里再也没有宁静了，到处都是一声声长喊，此起彼伏。女人喊，男人也喊。男人和女人远远地对喊，开着玩笑。老黑刀背着那杆土枪在园里晃着，高兴了就放上一枪。

有一次，老黑刀打到了四五只灰喜鹊，就在地上点火烧起来。烧熟的鸟肉只有小红薯那么大，黑溜溜的。老黑刀一边吃一边说："他妈的！谁想到这东西去了毛才这么小。没吃头，嘿嘿，贱气东西……"

小泥屋的老奶奶也出来驱赶灰喜鹊了。她出来赶鸟也不挣工钱。只是她一听到满园的呼叫声就坐不住，就要走出来。她在园里奔忙着，有时老要跌倒。她的衣服沾满了沙土，白头发被风吹乱了。她呼喊的声音和腔调与所有人都不同："啊呼——哟——嗬哉——！"老奶奶的喊法与去世的男人一模一样。

灰喜鹊总是离开老奶奶很远很远。它们更畏惧这熟悉的声音。

小罗宁就跟在奶奶的身后。他也像奶奶那样喊。奶奶站在树荫里喘息的时候，就高兴地摸着他的头，说：“你爷爷听见他的小孙子这么喊就好了……”她说着，一句话没完就不吱声了。

有一天，他们在园里遇上了老黑刀。老黑刀背着枪，见到老奶奶和罗宁，就嬉笑着摘下枪来，向他们瞄着。

老奶奶扯紧罗宁的手，小声说：“不用怕，他是吓吓人……他是个畜生。”

老黑刀半晌才收了枪，说：“我看花了眼，我以为是只老狐狸——领只小狐狸……”

老奶奶说：“我也看花了眼，我以为眼前是一只狼……”

罗宁恨恨地盯着老黑刀。

这天晚上，老奶奶和罗宁怎么也睡不着。老人不停地叹气。后来她想起什么，坐起来往窗外望着。外面什么也没有。罗宁紧挨着奶奶，一声不吭。老奶奶捶打着腿，说：“明天我不去赶灰喜鹊了……我看不得那杆枪。那是你爷爷的枪，跟了他一辈子，后来被老黑刀硬是抢走了。我看不得那支枪。”

罗宁咬着牙关。

“你爷爷没了那支枪，就像失了魂灵。他夜里说梦话也咕哝：‘我的枪！我的枪！’说着就伸手在炕上乱摸。他半夜里醒来，再也不睡，坐在炕角上吸烟，吸到天亮。这支枪是他亲手做的，那时候他还年轻。从有了枪，跟枪就没有分开过。当年这海滩上还荒无人烟，没有枪就没法过活。海滩上有野物，还有零星土匪，他们来了就得放枪……”

罗宁插了一句：“打中过土匪吗？”

“没有。你爷爷是放枪吓唬他们。他们来了，你爷爷就抬高枪口放一枪，等于告诉他们这座小泥屋里有枪也就罢了。那年头当土匪的也不容易，白天黑夜在外面窜，遇到什么吃什么，他们差不多都是穷人。不过他们都不是正经人，恶事做多了。这些人到头来没有一个能得好死，都得落在官府手里、村头儿手里，给砍了头、点了天灯……”

“什么是‘点天灯’？”

“就是那么样了……你长大了才能知道这些。你爷爷反正从来没打死过土匪。有一天夜里刮大风，天阴，你爷爷听到动静，披上衣服出来——他看见一个大白布包袱，用一把刀插在土墙上，就知道是来了土匪。他回身取了枪，吆喝说：‘朋友，出来吧，进屋喝碗茶。’谁知道这话音刚落，从黑影里飞出一把刀来，差点伤着你爷爷的脖子。你爷爷火了，冲着黑影就打了一枪……”

罗宁紧张地搂紧了奶奶，问：“打中了吗?”

“打中了。点上灯去看了看，是个不满二十岁的男人。散弹打在腿上，血不住地流。你爷爷叹着气，把那个人背进家里，让我给他裹伤……那个人后来在小泥屋住了三四十天，养好了伤才离开。再后来那个人就把你爷爷和我当成了恩人，在外面偷抢了东西，路过这里就从院墙上扔进一包，你爷爷随手再从墙上扔出去。他对墙外的人喊：‘你还不务正业啊？你是逼着我再打枪啊?’墙外的人不吭声。你爷爷让他进来喝水，也没有声音。后来我和你爷爷都出去看了，见他坐在那里，两手捂着头哭，鼻涕眼泪的落了一堆……”

说到这里，老奶奶想起了什么，用衣襟去擦眼睛。罗宁也不作声，他在用力地想象着老奶奶讲述的情景。他似乎嗅到了火药的气味，听到了那个年轻土匪的呻吟声。老奶奶接上说：

“咱们家是外乡人，在这片大海滩上落脚可真不容易。那时候到处流浪，挑着一担子破破烂烂的东西，找个地方住下来。哪里也没有这样的地方，走啊走啊，看见了海，知道是来到天边上了。海滩也是有主人的，你爷爷去哀求人家，给人家看管海滩，这才落了脚。我们搭了泥屋，闲下来就种葡萄。没有吃的东西，就用葡萄去换粮食。那时候葡萄不像如今这么值钱，一筐子才能换来一捧玉米。你爷爷到河西岸的村子里，挑着筐子，串街走巷这么喊呀，直喊到天黑才转回来。我在家里等着粮食做饭，等得两眼发花。就是那几年有了你爸爸，你爸爸从小就跟上你爷爷栽葡萄树了。”

“爸爸后来怎么住在城里?”

“他十几岁上当兵了。先是在县大队，后又到什么纵队，再以后上了大学，毕业不几年就在城里成了家……他们爷儿俩种葡萄，屋前屋后，种得那个欢。葡萄树要种也容易：剪一根枝条插到沙土里，慢慢就长成蔓子，就结葡萄了……这地方风大，天冷，冬天时葡萄树不知冻死了多少，他们再从头干。小葡萄园子就是这么栽成的，你爸爸知道这有多难。除了栽葡萄树，闲下来你爷爷就到海滩上打猎。那时候杂树林子多，人在里面常常走迷了路。里面什么野物都有：狐狸、狼、山狸子猫、獾、兔子、山鸡……”

罗宁一听到打猎就来了兴致。他从炕上站起来，又被奶奶按下来坐了。窗外，老当子不安地活动着，嘴里小声地哼了几句。老奶奶听到老当子醒了，急忙伏在窗上望着。罗宁知道老奶奶想看什么，一颗心也不知不觉地加快了跳动。老当子转了一下身子，又呼呼地睡下了。

老奶奶坐到炕上，叹息了一声。罗宁问道：“那时候老当子也跟着打猎呀?”

老人摇头:“那时候还没有老当子。它是小葡萄园归公以后才有的。你爷爷打猎打上了瘾,老往外跑,慢慢的你爸也有了瘾。两个人在沙滩上跑着,回来不光捎一些野兔、狸子,还带回一肚子稀奇古怪故事。到后来我也闹不清这里面哪些是真的,哪些是他们编的。有一回你爷爷说,他们打猎走到了一片密林子里,遇到一条胳膊粗的大蛇,那蛇因为太大,头上也就长了鸡冠子,也会像鸡一样咯咯地叫。他说那一天万不该照准大蛇放一枪,结果惹怒了蛇王。往回走的时候,条条小路都让蛇拦住了,横一条,竖一条,并不咬人,光是躺在路上。他们实在没地方下脚了,就踏着蛇往前跑,跑回了家来。”

罗宁惊讶地张大了嘴巴,看着奶奶。

“还有一回,你爷爷回到泥屋就扔了枪,一动不动地仰躺在炕上。我看他脸色像窗纸一样白,以为他病了。后来他爬起来,喝了一碗水,说从今以后再也不打猎了。我问他到底是怎么了?遇到什么了?他就是不说。我问你爸,你爸呆呆地摇头,说闹不明白,父亲跑,他也跑,两个人就这么跑回了家来。那一天,我真害怕了。这样直停了好几天,你爷爷才到葡萄树下做活。他慢慢讲出了事情的经过:那天他们去海滩打猎,多半天了,只打一只山鸡;后来他们走到一片柳条棵子里，碰巧打了一只狐狸。两个人心里高兴，就往林子最密的地方走。半头晌，他们来到了橡树窠子里，你爷爷知道这地方野物多，小心地提着枪往前走。走了不一会儿，身后有什么叫了两声，开始他以为是你爸发出的声音，就没在意，后来又听到几声，就回过了头去。老天爷！你爷爷看到了什么啊，他说离他们三十来步远的地方，有个东西像只老狼一样，站起来，只用后腿走路，前爪还使劲甩着，笑嘻嘻地往前走……”

小罗宁又站起来，大声问：“真的吗？我不信！”

老奶奶又把他按到炕上坐了，说：“我也不信。我也问你爸是不是这样？你爸说他当时吓慌了，看父亲两手抖着往回跑，就跟着跑起来。就是这样。反正那以后你爷爷再不敢去打猎了，老老实实在葡萄树下做活了。这样一直停了好多年，直到有了老当子，你爷爷才又试着去打猎了，不过还是不敢往远处走，光是在近些的杂树林子里转悠。你爷爷出去打猎，不光是时间长了忘了过去的那件事，要紧是让些野物气的。那些野物扒出葡萄秧子，嚼烂了刚长成小拇指粗的嫩芽。有一天，屋里不知怎么蹿进一只山狸子猫，满屋里跳，最后把盆盆罐罐打烂，窗户纸撕得稀烂，逃得没了影。你爷爷气得直骂，把他的土枪背起来，说了声：‘人善有人欺！’就出去打猎了……”

“老当子胆大吗？它敢咬猎物吗？”

“老当子是个好人。它从来不咬那些老实的东西。它是个好人，脾气也好。”

罗宁不解地望着奶奶，他不明白老人怎么对一条狗叫“好人”？但他听下去，也就明白了老奶奶把什么都叫成了“人”——罗宁反而觉得这样十分有趣，也更加亲切、更加好理解了。

老奶奶说下去：“老当子守夜，葡萄熟了的时候它最辛苦，一夜一夜不睡。有一种小野獾爱吃小香瓜，也爱吃葡萄，那是个馋人。老当子夜里有多半时候要和它斗心眼。你看窗外那棵大葡萄树了吧？粗藤子比你的腿还粗。它是园子里最大的一个人，辈分最高，园里的葡萄都是剪了它的枝蔓生成的，是它的儿子、孙子……它是个老人了，年纪比我小不了多少。我和它，园子里就俺这两个老人了。它的脾性我知道，我的心它也知道。我常坐在它跟前，和它说话。人老了就絮絮叨叨的，这个老人也一样。它说脚背疼，被什么东西磨坏了，我一看，见老当子的锁链子系在葡萄根上，磨出了黑乎乎的一道痕子。我赶紧给它解下来……我有什么话全说给这个老人听，它听了一声不吭，陪着我难过。”

“我的话它也听得懂吗？”罗宁好奇地问了一句。他从窗上往外看，见到的就是老葡萄树那密密的枝叶。他记起那个夜晚里，那个影子，就是婶母，从它的身后走出来，直走到叔叔的窗下去了。老葡萄树什么都明白，它什么都清楚？它会在交谈中告诉奶奶吧？

“老当子是个好人，给拴起来了，要不老黑刀就会杀了它。你爷爷被叫去开会，批斗一场下来，他就老上几岁。他们说你爷爷是个‘园主’，是个阶级敌人。说满海滩上，就这么一个‘园主’，要抓阶级斗争就得抓小泥屋里的人。他们抓了你爷爷，用拳头打他，用皮条子抽他。这些谁都不知道，你爷爷一声不吭。夜里，他脱了衣裳，我才看见身上这一条一条伤痕。我不住地问老葡萄树：你也算个见证人了，小泥屋的人做过什么恶事？我们不就是种了几棵葡萄吗？我们不也是穷人吗？为什么有人非要这么折磨我们？他们的心真是铁打的吗？……老葡萄树跟着我落泪，泪珠一滴滴落到我脸上。它是园里年纪最大的人了，老人才知道老人的心事。有时候，我夜里坐在一个蒲团上，也跟天上的星星说话。北斗也是个老人了，地上没有什么能赶得上它的年纪大。它直眼瞅着人间，世上的事情都装在心里了。它站在那里一动不动，直眼瞅着。葡萄园里的事它什么都看见了，清清楚楚。可我还是要跟它说话。谁叫它是一个老人，我也是一个老人……”

“一个老人！”罗宁自语着，在心里琢磨这几个字的意思。

他这会儿似乎听到了一种特别的声音，一种不同于风鸣树响、不同于海潮的声音。他用心地听了一会儿，终于听出那是远处的河水奔流声。他自语道："芦青河……"

老奶奶接上孙子的话说道："那也是一个人。我是说芦青河也是一个人。它是个好人，就是脾气太暴了些……你妈来信那天，它哭了一天，它的心多软！那一整天我都听见它呜噜呜噜地哭……"

罗宁昂着头颅，在黑影里盯着奶奶的眼睛。他问："信？什么信？妈妈告诉她和爸爸去农场了——那封信吗？"

奶奶点点头，把孙子抱在了怀里："去农场了，你叔叔偏说那是个劳改场，是犯人去的地方……我儿子！好端端的怎么成了犯人？我不信，可有人从外边来，也说那个农场是个受罪地方，干活的人吃不饱，还有人看押着。你妈妈那个农场好些，离你爸老远，两个人连面也见不上……"

老人哽咽了，紧紧地搂住了孙子。

罗宁无声地哭着。他似乎什么都明白了。爸爸不能接他回城，原来是去了劳改农场。劳改农场又是什么？妈妈的农场与爸爸的农场有什么不同？他没有见过，他不知道。一种悲哀，一种童年无法接受的沉重压抑着他，使他哭了起来。他擦着眼睛，不知怎么眼前闪过了一些蓝色的小光点，他想到了灯盏花。他真想告诉奶奶、爸爸和妈妈，告诉他们：爷爷和婶母，还有更多的好人，都变成了灯盏花，在园子里闪烁着、交谈着。他叫了一声奶奶。

老奶奶没有听到。她只是一个人说着："……老葡萄树是个好人，天上、地下，这么多好人。你们都听一个老婆婆说吧！男人死了，儿媳死了，大儿子在外面受罪。这全怨俺种了几棵葡萄，在沙滩上种了这么几棵东西。大儿子两口子原来过得好好的，我知道是坏人往他单位上去了黑信。大儿子再不得安生了，也跟着泥屋里的人受罪了。我如今才明白，我们种的不是葡萄，不是；我们种下的是几辈子的冤屈呀！……"

罗宁又听到了芦青河的奔流声：呜噜、呜噜。

"老葡萄树，你是个好人。你老了，这个园子里的葡萄树都是你的子子孙孙……"

6

白马身上流汗了。明槐吆喝一声，车子停下了。

两辆车都停在了树荫下，明槐和老鲁在车旁坐下来。老鲁吸着烟，打量着白马说："好。"明槐一声不吭地掐着一个草梗玩，不解地抬头看了看老鲁。

老鲁磕打着烟锅："一匹好马。半年以前还说不上好，这会儿行了。我赶了一辈子车，还是第一遭儿遇上这样的好马。”

明槐望着白马，两眼渐渐射出了明亮的光彩。白马是匹母马，可是神情刚毅。只有那对秀丽的眼睛、眼上密密的睫毛，显示了女性的深深的温柔。它昂首望着远方，四腿直立，脖颈上雪白的鬃毛被风吹向一边。它的高挺的胸脯，结实的臀部，还有披散下来的长尾，都透着一种神奇和俊美。它站在那儿，安然沉静，思绪也许飘向了很远很远。旷野的风，一望无边的荒原上的风，正在它的胸间鼓荡。美妙的遥远的记忆，还有那一次在荒原上崭新的奔驰，都一起涌来。它激动地踏动了一下前蹄。至今为止，它贞洁而纯白，周身没有一丝杂毛。当这银子似的高大身躯从碧绿的葡萄园中穿过，那白绿两色的映衬对比是何等鲜明！松软的泥土印着它深深的蹄痕，泥土也证明它是长大了。它渴望着什么，它要扬起长鬃奔驰。它藏起了自己的热情，这一切也许只有一个年轻的汉子知道。

这个汉子此刻不眨眼地望着多年与他做伴的白马。

老鲁吸完了烟，目光从白马身上收回来。他一转脸见明槐目不转睛地看着白马，就感到奇怪地“哼”了一声。停了一会儿，他伸手拍打了一下明槐的膝盖。

老鲁对转过脸来的明槐咕哝了一句：“跟车的两个女人不来了，一下子车上空荡荡的……”

明槐搓搓手掌，没有吱声。

“这个老黑刀，冷一阵热一阵——刚让她们跟了两天车，又变了卦，让她们回园里做活。车上空荡荡的。”

明槐瞥了老鲁一眼：“车上装满了筐笼，怎么空荡荡的！”

老鲁哼了一声：“心里空荡荡的。”

明槐看了一眼白马，低头看着自己的脚。

“曼曼在你车上的时候，你的车就跑得快。你的车拉下我半里路。”老鲁笑吟吟地说。

明槐的脸红到了脖根。他不安地站起来，又坐下了。后来，他的脸色又像平常那样木木的了。他把手里的草梗一截一截掐断，狠狠地抛到了路旁的泥沟里。他抬头看着远处，大口地呼吸着。

这是一条连接着葡萄园和酒厂、码头的沙土公路。两辆大车每天就奔跑在这条路上，去运送葡萄，去筐笼铺子里载筐笼。白色的沙土路面在绿树间弯弯曲曲，直通向一片瓦蓝的天空里。远处有车子驰过，腾起一股雾似的白烟。赶车人“噢哟、噢哟”地吆喝着，还有“哒哒”的马蹄声，都清晰地传过来。路旁是白杨树，油绿油绿的叶子，光滑的蛋青色的树皮。路旁的田野全是初秋的颜色，一种深绿色。大片的田野上没有人，没有声音，只有默默生长着的庄稼和草窠、各种绿色的野生植物。一层淡淡的透明的雾气在旷野上浮着，使空气变得润湿了。青草和各种植物的野性的气味越来越浓，直涌进人的肺腑。这种气味能滋润那些外出劳作的男人，使他们永远有着力量和生气。

老鲁重新燃上一锅烟，说："老黑刀这个孬货，还能有那么好一个侄女！嘿嘿，想不到。曼曼是个好闺女，好得太出眼了。"他说着瞥一眼明槐，声音低下来咕哝了一句："太像了，差不多一模一样！"

明槐的两手抖了一下。他知道老鲁说曼曼太像安兰了！明槐的心急急地跳起来，他又去看白马了。

明槐永远也忘不掉安兰，这一辈子都把她装在心里了。安兰活着的时候十分喜欢曼曼，常把她带到泥屋里玩。她教她剪纸花，用钩针织一种奇巧的线衣。她们在园里做活也差不多总在一起。后来老黑刀训斥了侄女，说她"阶级阵线不清"，怎么能和小泥屋里的人来往呢？安兰再也不叫曼曼来家里玩了，平常也躲着她，安兰知道自己是小泥屋里的人哪！夜里，两口子躺在炕上，安兰一遍遍地追问家里的人过去到底做下什么罪孽了？明槐只得向她叙述一家人的历史。这一家人实在是清白得很。他们是被贫穷逼迫到海边上来的，用两个老人的话说，他们是"来到天边上了"。他们种了一小片葡萄园，吃尽了辛苦。这家人被叫成了“葡萄园主”，可这家人至今还住在一个小泥屋里。这是一家受人欺辱的外乡人……安兰伏在男人的胸脯上泣哭着，说她本来就不该追问，说她认定了小泥屋里的人全是好人，才铁了心嫁过来的。她哭着让明槐原谅她，原谅一个刚来到小泥屋不久的人……

安兰过世的日子里，曼曼病得汤水不进。从那以后她变得沉默寡语了，整天谁也听不见她说话。她刚来葡萄园里做活时，手不停嘴也不停，一支歌接一支歌地唱着。园里的女人们都跟曼曼叫“乌蓝子”（一种叫声非常悦耳的鸟）。“乌蓝子”哑了，谁都知道她是为什么。老黑刀沉着脸，在葡萄架下背着手走来走去，也顾不得跟女人们说笑了。他走近了曼曼，就站下来看一会儿。曼曼不理叔父，这使老黑刀特别恼怒。那些日子里老黑刀经常去县上开会，已经是有名的人物。谁都知道老黑刀沾了他叔父的光，那个主任与县上的领导都熟得很，老黑刀去县上，就常替叔父捎上一些葡萄和鱼。所有东西都是分成一个个小箱，上面写了“某某组长”“某某主任”“某某指挥”……曼曼不理睬老黑刀。有一次，曼曼盯住了他，说了一句：“我什么都知道！”她知道什么？她恨着自己的叔父吗？老黑刀气得浑身发抖，指着她说：“你，你给我滚出园子！”他接着又骂了几句粗鲁的话……可后来曼曼并未离开园子，她只是沉默地在葡萄架旁做着活……有一天下雨，她穿着蓑衣走到园子里，见到明槐就把他叫住了，一动不动地盯着他……

那一天下雨，那一天下雨……明槐至今想起来，心还在扑扑地跳！那一天下雨……

雨水顺着她的斗笠流到蓑衣上，又流到裤角上。一些水珠溅在她的眼睫毛上，溅在她粉红色的双颊上。透过雨帘，她的一双大眼在盯着他，使他不由得倒退了几步。他问：

“曼曼，有、有什么事吗?”

曼曼点点头。

“那你快说吧，别让你叔父看见。”明槐催促她。

曼曼四下里看了看，说：“安兰去世的前一个月跟我说了半天话。她有几句话让我捎给你——那时我还不明白，后来才知道当时她把什么都想到了。我后悔没有帮帮她，我什么都想不到……”

明槐难受地咬了咬牙关。他看着曼曼，费力地说：“你这会儿就把那几句话告诉我吗?”

“嗯。”

“你……说吧。”

曼曼的泪水一下子从眼眶里涌出来，与雨水交汇到了一起。她一直咬着嘴唇，看着明槐。停了片刻，她声音急促地说："安兰姐让我告诉你，她已经对不起小泥屋里的人了，对不起你……她先走一步了。不过，她说，她已经把照顾你下半辈子的事情托付给了另一个姑娘，她跟那个姑娘全部说好了……"

明槐惊讶地退开了一步。他声音粗浊地问了一句："她说的那个姑娘是谁?"

曼曼摇摇头："不知道。你自己看吧，到了日子，她会一块儿跟你去坟前烧纸，那个姑娘就是了……"

……

明槐活动了一下身子，揉了揉眼睛。他又抬头看了看白马。它此刻低着头，像是有些羞涩的样子。忽然它抬起头来，看了明槐一眼。他明明感到了白马那对明亮的眼睛里，有什么灼热的东西。他真想跑过去，依偎着白马，向它诉说胸中的一切。这个白马，这个白马！他与它相处得如同兄弟，亲密无间。雨天里，他脱下外衣披在它身上；坎坷的路上，他帮它往前拉车。当车驶了一段路程，他和白马都停下来歇息的时候，他就与它久久地在一起沉默着。深夜，有时他要到马棚里去照顾一下牲口，那时他就待在白马身旁，用手去抚摸它的柔软的嘴唇。他叫着白马，向它诉说着自己的事情、小泥屋里的事情……

明槐还记得那天的情景，一切都像是发生在昨天。

自从经过了那个雨天之后，他就再也没法使自己安静下来了。他每天几乎都要捏着手指算一下日子……终于到了给安兰烧周年的日子了！明槐激动得一整天不知该做些什么。他很早就来到安兰的坟前，悄悄地烧了纸，又小心地用沙土盖得没有痕迹。他后来就藏到了葡萄架后面，静静地等待，等待着那个时刻。

不知过了多长时间，四处仍然死一般沉寂。明槐的一颗心提到了嗓子眼，一直注视着前面。他不信这一切真会发生，不知道当那个姑娘走出来时，他会怎么样——走上前去，还是跑掉？他不知道。

一阵微风吹过来，四周立刻响起飒飒的声音。明槐四下里看了看，好像预感到这里即将要发生什么事情了……当他转过脸去，重新看前面的坟尖时，他差点儿尖叫出来——一个姑娘，不，她活生生就是安兰自己，站在了坟前，背向着他！……明槐跳出了葡萄架。

“安兰！”

他喊着。

她仍然背向着他。

“安兰！”

她缓缓地转过脸来——是曼曼。

曼曼向他点点头，动手烧纸……一缕蓝烟升起来，黄草纸化为嫣红的炭火，又顷刻间变为黑色的小碎片片。微风将纸灰往上旋着，曼曼急忙用沙土将烧纸的痕迹全部掩起来。

明槐呆呆地站在了那里，曼曼叫了他一声，他像没有听见。

曼曼羞涩地低着头，声音十分微小，但这一次明槐听清了："明槐哥，这是安兰姐托付给我的事情……我听她的，不，是我先答应下来的。明槐哥……"

明槐还是呆呆地站着。过了一会儿，他突然转过身去跑走了……曼曼在后面喊他，他转过几个葡萄架，就什么也听不见了……

白马昂起头来，重新遥望着前方。明槐的思绪从昨天挣脱出来，抬头看他的白马。他顺着它的目光看过来，望到的仍是一片绿色的原野、是一片透明的烟雾。

老鲁被烟呛着了，不停地咳着。他的脸涨得发红，使劲用手按着下巴，还在对明槐说着："你……吭吭，你真是个老实孩子，吭吭！我什么都看出来了，曼曼对你好，你不敢。怕个什么？吭吭！她叔父把你家整治成什么模样，曼曼你还不敢要？我要是你，你猜我，吭吭，怎么办？"

明槐迎着老鲁的目光，问：“怎么办?”

“她只要上了我的车，我就不让她下车啊！我快马加鞭，一溜烟儿跑到天边上去，去和她过日子去啦……”

老鲁说到这里站起来，兴奋地大笑，嫌热似的解开了衣怀。他笑了一会儿，又摇摇头说：“说是这么说，哪能呢！不过你俩好起来是理该着……泥屋里该有个曼曼才对……”

明槐不吱声了。

老鲁蹲下，用手戳戳他的胸脯说：“结结实实一条汉子，胆子小成这样，还是赶车跑路的人哩!”

“鲁叔……”明槐抬起头来。

“哼!”老鲁鼻子里响了一声，“那天我见你骑上白马在海滩上跑，我那个高兴！我心里想：英雄！明槐是个英雄！小子啊，你不看看你有多壮实，你他妈的两条长腿，地地道道一副硬汉骨架，你该添些胆气!”

老鲁不知怎么骂了起来，不知骂谁、骂些什么。

明槐的汗水从额头上流下来，紧紧咬着牙关。停了一会儿，他伸手抱住了老鲁黑乎乎的手臂，说：

“鲁叔！鲁叔！你骂吧，你骂我吧。我不是条硬汉子，我也不配跟着你跑车……我是在这个园子里，在小泥屋里长大的人啊。鲁叔，有谁仔细想过小泥屋里的人一辈一辈怎么过日子呢？没有。他们忙自己的日子，愁自己的，笑自己的，不去欺负小泥屋里的人就算不错了。这家人从老远的地方来到天边上，是又穷又可怜的外乡人。这家人流血流汗种了片小葡萄园，吃的苦头没有数。鲁叔你能够证明：没有这家人拼死拼活开垦这片荒滩、种出一片小葡萄园，能有如今这片大葡萄园吗？你说，你说说看！”

鲁叔有些惊讶地看着满脸淌汗的明槐，如实地回答道：“没有那片小葡萄园，就没有这片大的……没有。”

“那好，”明槐喘息着，急促地说下去，“那好，那该好好照顾一下小泥屋里的人了，他们全都有功，是最先种下葡萄的人。可后来呢？小泥屋里的人全成了罪人，罪名就是过去他们有过一片小葡萄园。一家人成了别人的玩物，高兴了，谁都可以训斥他们。老父亲的枪给夺走了，还要叫到会场上，低着头，一站就是半天。我妈妈常常流泪，问她话也不回答……老父亲过世第二年，妈妈才哭着告诉我，父亲活着的时候，脊梁上全是伤。原来他们打了他。你知道，老人一辈子也没做过一点坏事，辛辛苦苦活过来，到头来还要落在那些人手里。你不要以为这些全怨一个老黑刀，不是，不是一个老黑刀。我原来也想：老黑刀死了就好了，后来才明白这是梦想。我也被叫去开会了，先是在葡萄园，后来去村上开，去公社开，认识和不认识的人都呵斥我。我吓得手脚直抖。四周的人拿了枪，有钢枪，有红缨枪，我知道他们怕我跑了，或者是怕我照准他们来那么一下子。可谁不知道我们没有枪了？我跑，我会跑吗？我开完会，一个人往园里走，老要回头看。我就担心有人喊一声：‘看哪，他在这里！’然后‘嘎勾’一声把我打死在地上……鲁叔，你看看吧，我胆子小成了什么样子！”

老鲁阴沉着脸，皱着眉头，一声不吭。

明槐继续说下去：“……夜里，我从外面开会回来，妈妈还没有睡。我轻手轻脚往西间屋里走，就怕惊醒了她。她会问这问那，我怕她心里难受。她没过一天舒心日子，她真可怜。我悄悄躺下，可妈妈还是听见了动静，走进来，用手摸我的脸。她的手碰到我眼上，就沾了我的泪……安兰离开了泥屋我哭得没有了知觉，我也不想活下去了……很久以后我明白过来，我根本就不该把安兰接到这座小泥屋里！人家活蹦乱跳一个姑娘，小泥屋里盛不下。她这回走了，再也不回来了，什么都利利索索了！不过安兰死得太惨，她活的日子太短了，她才三十几岁。从那会儿我算明白了：小泥屋的苦难就该这家人自己挨，不能去牵连别人。自己挨吧，慢慢挨，总有挨到头的日子……”

老鲁愤愤地插嘴："曼曼是谁？她是老黑刀那一族的人！她该分一半苦难去，理该着！她这一族人作孽太多了！"

明槐摇着头："你不知道曼曼。你不该这么说曼曼。我现在分不清曼曼和安兰了，我觉得她们一样好，一样俊，心也一样。鲁叔，你不知道我心里想什么，一个人哪，一个男人哪！他爱上一个女人，让他怎么都行！都行！他到死那天也忘不掉这个女人……这个女人！鲁叔，你知道我在说谁吧？我说安兰，也说曼曼！我心里的一股火日日夜夜在烧着，烧得好旺，我全身都给烧成了红火炭！鲁叔！你是第一个听我心里话的人了，你明白了我的心。我天天盼着什么，又天天躲闪着什么。我怕啊，怕小泥屋又多上一个好人跟着受难，我还不配拉上一个好人跟我一块儿挨苦日子。我就是这么战战兢兢活过来的，我就是这样一个人了……"

老鲁咬着牙关，有泪水从眼眶里流了出来。

白马垂着头，像在一直倾听着。这会儿它突然扬起长尾，声音激烈地长嘶了一声。

老鲁和明槐都被白马惊了一下，他们不由得全站了起来。

7

中午的太阳炙着葡萄园，到处暖洋洋的。一切的小动物都躲到阴凉里歇息了。园子里的人都在这个时刻往海上跑了，去海水里痛快地洗一洗。罗宁走到园子里，除了见到小圆站在葡萄架的一根石柱上之外，没有见到任何做活的人。

他身上涌起一股冲动，他很想跑到大海上去。

透过一层层葡萄架，罗宁听到老当子在泥屋前面的空地上烦躁地咕哝着什么。这时架子上的小圆激动地跃到了最高处，向泥屋的方向观望着。

罗宁踌躇了一会儿，终于向海边上跑去。

从跑出园子的那一刻起，他就感到了海风在迎着他吹拂。这是一种绝对不同于葡萄园的奇异的风。它凉爽，带着一种腥咸和莫名其妙的什么别的气味，扑面而来。罗宁学着小圆和老当子的样子，蹙着鼻子嗅着海风，心里畅快极了。自从来葡萄园到现在，他只看到几次大海。老奶奶不让他一个人到那儿去，他觉得这真有点像老当子一样被拴起来了——拴老当子是因为有人用枪向它瞄准，而大海上总不会有谁向自己瞄准吧？

穿过一片极其有趣的绿色草地，就看见浩渺无边的大海了。罗宁“啊啊”叫着奔跑起来，一口气跑到了近水处那片洁白洁白的沙土上。一些人在水中玩着，有的玩得非常认真，原来是在捉鱼。他四下寻找着自己熟悉的人，终于看到了那些妇女。

她们都将裤脚挽起老高，站在浅水里。一个个白色的头巾在风中飘动着，像在召唤着罗宁。她们之中真的有人看到了他，正用手指点着。

罗宁跑了过去。

大家呼啦啦地围过来，愉快地给罗宁脱了衣服，又将衣服团起来，送到远一些的地方。罗宁在她们手上挣扎，她们就紧紧地抱着他，往深一点的水里送。“真白呀，小家伙！”大家笑着，抚摸着他，最后“扑通”一声把他扔进了水里。

水开始有些凉，渐渐就温和了。罗宁想远远地逃离她们。他潜进水中，故意睁眼看水下的东西。水下的沙子一粒粒清清楚楚，还有各种颜色的贝壳、韭菜似的水草。他愉快极了。他只想逃远一些去玩，因为他被剥得一丝不挂了，脸上有些发烧。

女人们眼看着罗宁跑掉了，七嘴八舌地嚷着什么。后来终于有人忍不住，就不顾衣衫打湿，在浅水里奔跑了；水深了，她们就游起来。

几个女人把罗宁围在水中，像网鱼一样将他裹住了。

罗宁红着脸嚷：“我不喜欢这样！”

几个女人笑着：“俺喜欢这样。”

罗宁真想哭一场才好。怎么办呢？她们好像根本就听不懂他的意思。罗宁往身上撩着水，故意撩得很高，落她们一身，发泄着心中的气恼。女人们却丝毫也不在乎，为罗宁搓洗着脊背和脖颈。罗宁一动不动地站在水中。有个女人撩着水说："这要是我的孩子多好，我只会生女孩子！"另一个女人说："干脆留着他给你闺女做女婿吧！挺好的一个小女婿子！"大家笑起来。罗宁的脸又发烧了。这会儿，有一个女人突然一动不动地僵住了，泪水缓缓地从脸上流下来。大家不吱声了。又停了一会儿，女人们就走散了。

罗宁盯着她们的背影，觉得奇怪极了。

他一个人在水中玩着，反而觉得孤寂了。他不明白那个流泪的女人——她哭起来没有声音，这更让人难过，心里老是沉甸甸的。他抬头看着海上的人：大家东一簇西一簇地凑在一块儿，女人们离男人老远老远。有的地方热闹得很，有人不知在嚷叫着什么，大概是逮住了大鱼吧。有一个熟悉的身影，正在稍远一点的沙滩上张望着什么，罗宁认出了她是曼曼。他向沙滩上走去。

曼曼刚从水中上来一会儿，裤子还湿漉漉的。她高兴地喊着罗宁，看着他到一边去穿了衣服……罗宁坐在了她的身边，心中开始高兴起来。

“你怎么上来了呢？”罗宁问她。

曼曼笑着说：“我累了。”

她的眉毛那么细，弯弯的，眉梢直插进白白的头巾里。罗宁觉得她比所有的女人都好看。他还记得那天在葡萄园里，她抱他的情景。一见到她，罗宁就有一种温暖和安逸的感觉，就像来到了阳光下，来到了母亲身旁。他想约曼曼一起到水中去游泳，又想和她一直坐在这白白的沙土上，或者手扯着手到绿草上奔跑。

曼曼看着海中的人，眉头皱了皱。

罗宁想起了那个流泪的女人，就问她是怎么回事？曼曼眼睛望着大海，说：“她想起自己的孩子了。她的孩子前几年死了，和你一样大。那天夜里她孩子跑出去玩，因为月亮挺好，大人也不怎么放在心上。谁知孩子刚跑出一会儿街上武斗开始了，也不知哪一派闯进了村子。武斗直打到后半夜，还放了枪，天亮了孩子也没回来。当母亲的哭哑了嗓子，到处去找。几天后在一个水井里找着了尸首……”

罗宁吸着冷气，问：“谁害他了？”

“不知道。那夜里太乱了。有人说是另一族人跟她家有世仇，趁乱把孩子推到了井里；也有人说是孩子乱中躲藏，一不小心掉进了井里……”

罗宁觉得身上的皮肤都绷紧了。他恍惚间又看见了葡萄架间伸出一支黑乎乎的枪口，向着自己瞄准。太可怕了。他不由得往曼曼身上靠了靠。

两个人一声不吭，直停了好长时间，曼曼才问了一句："你叔叔他们怎么没来海上?"罗宁摇摇头，说他大概出车了吧。曼曼的眼睛突然变亮了许多，看着罗宁，用手扳住了他的肩膀问：

"喜欢不喜欢看你叔叔骑大白马?"

罗宁站起来："当然喜欢了！他会骑吗?"

曼曼拍拍他的肩膀，让他坐下。她的眼睛望着绿色的海滩，伸手指点着："有一天，他就在这海滩上骑着白马，一会儿就跑没了影；后来他又出现了，先是一个白点，慢慢变大、变大，帅极了!"

"真的?"

"真的!"

"哎呀!"罗宁拍打了一下巴掌，恨不能这会儿就让叔叔把他抱到马背上。"我就没看到！我一定问叔叔去！让他以后带上我吧！……"

曼曼摇着头说："不会。他不会带上你。老黑刀不会让他骑白马了。"

罗宁的脸色肃穆了。他自语般的咕哝道："老黑刀!"

曼曼接下去又问老奶奶跟他讲了什么有趣的故事？问他这几天晚上看没看到那个婶母去找叔叔了？罗宁说没有，都没有。曼曼叹息着，望着远处的天色说：

"你再看不到婶母了。我说过，人死去就不能转活了。"

罗宁有些生气地看着曼曼，执拗地说："我看见过！我不会骗人！奶奶，还有老当子，都看见过！……"

曼曼盯住罗宁，好像被他的倔强激怒了似的，眼里慢慢渗出了泪花……罗宁有些害怕地站起来，说："真的，我没有说谎……"他一边说一边往一旁走去，不断地回头看她。

他沿着海岸无精打采地走着。

一簇簇的人围在一起，很热闹的样子。罗宁就像没有看到这一切，用脚踢着贝壳往前走去。他的脑海里出现了那些夜晚的情景，觉得真是奇怪极了。

前边不远处又有一帮子人在吵闹着什么。这儿大多是男人，也有个把女人。原来这儿是一处深水小港，平常只能停靠几只船。人群中有一个熟悉的粗嗓门，罗宁听出是老黑刀，就凑上前去。

这伙儿围在小港上的男人大多只穿一个短裤，露着黑红色的黑皮肤。他们中间那个摇动着手臂、不停喊叫的人，那个通体发黑的大汉，就是老黑刀。老黑刀大约要做跳水表演，两脚蹬在水泥台的边沿上，手臂不停地摇动。他回头瞅着大家，喊道：“看好——看好——”却总也没有跳进水中。

罗宁惊讶地看着这个黑乎乎的躯体：两腿根部有水桶粗，鼓胀着，绷紧的皮肤闪着光亮，有三两条紫色的筋脉隐隐约约活动着。一双脚短而圆，薄薄地铺展在地上，像从腿上长出来的两个大吸盘，它吸紧了水泥台，所以碾砣般的身子摇晃再三也没有倒下去。腰上堆满了皮肉，一层一层像套了几叠子黑面烙饼。当他弓腰时，皮肉伸开，闪出几道深深的、用刀儿划过似的白线。皮肤出油，阳光一照也就通黑油亮。

“看好——看好——”

黑汉又喊两声，大展四肢落进乌青的海水中了——他故意用强壮的身体去碰开水面，真像一把黑刀毫不留情地剁开了一大块翠玉，屑沫飞溅到空中；当断开的碧水重合时，又立刻发出轰隆轰隆的声音。黑汉像石头一样沉到了水底，水面是水泡、屑沫、冲撞的水头。大家探头看着，欢叫起来。不一会儿，一块黑黑的东西从水下漂上来，像漂了一块乌木板子。人们又一次叫起好来。这会儿浮上来的老黑刀用力踩水，使胸部在水线之上，拍打着胸口说：“革命人民又怕什么？……”

老黑刀踩着水，伸手将头发上的水花撸掉，又朝上面的人做着各种手势。人们笑着，一边回身寻找女人们，见她们都走去了。老黑刀一个个打量着，突然发现了人群中的罗宁，立刻眉开眼笑，身体往上一拱一拱的，嚷着："你这个小东西也来了吗？我上去咬咬你……"一边嚷一边往上攀。

罗宁飞一般跑开了。

他一口气跑到了绿草地上，坐下来，留恋着海滩上的人影。水蒸气在阳光下升腾着，一切影子都在后面颤抖不停。他看不清曼曼了，爬起来，往葡萄园里走去……

这个夜晚，他失眠了。

他后来睡着了，梦见了一条黑蛇，在葡萄园里拧动，拧动，将老当子的锁链拧紧，老当子惨叫一声倒下了。

罗宁吓出了一身冷汗。他望着窗外，看到了老当子刚刚醒来。

一个黑影从葡萄藤里走来，走到明槐的窗下去了。

罗宁看到老当子的尾巴摇动着。他一颗心快要蹦出来了。

老奶奶睡着了。窗外的老葡萄树在风中轻轻晃动……不一会儿，那个黑影往回走去，她的身后跟着明槐！

罗宁眼看着两个人走进了葡萄园里。他小心地摸下炕，开了门，先贴着墙壁站了一会儿，等呼吸变细了的时候，就弯下腰，钻到葡萄树下……他趴在老葡萄的粗藤上，四处张望。那两个人呢？他们在哪儿？——不远处的一棵葡萄树下有两个影子，那棵年轻的葡萄树被他们的肩头碰得摇晃起来。

罗宁尽可能地靠近了那棵葡萄树。他想，他想极了，想亲眼看一看婶母，看得清清楚楚！他要把这一切只告诉一个人，就是曼曼……

婶母的脸看不清。她遮在一簇葡萄叶的后面了。

明槐在说话，声音又低又涩："……我是个什么男人，我也说不清。我怕什么？我怕这座小泥屋了……真的，我怕它把你拘束坏了。小泥屋还装不下你……你不知道你是个什么人，你在我心上是个什么人。没有人再能比上你了，除了她再也没有。你在我心上，可你不能在小泥屋，就是这样，你不能……"

叔叔一个字一个字咬得又清晰又沉重。可是罗宁一句也听不懂。他几乎从来也没有听过这么晦涩难懂的话，什么意思？——"在我心上，可你不能在小泥屋"，奇怪的话！深夜里两个人跑到园里来说这种奇怪的话！

婶母叹息着，没有吱声。叔叔又说了："什么时候我也忘不了你，小泥屋里的人都忘不了你。你不用等我了，你还是走出葡萄园吧，我看出你待不下去。你陪着小泥屋里的人难过，我更不好受……你走吧，到哪儿都行，到你愿意去的地方。你把我忘了吧，我配不上你。你太好了，太好了！……”

她一直没有说话，这会儿用手去捂叔叔的嘴巴。叔叔把她的手移开，继续说着。她终于生气了，说：

“我恨你！”

叔叔一声不吭了。

罗宁心中一惊：是曼曼的声音！他差点儿喊一声曼曼，但他用力忍住了。“不是婶母，不是……”他心里默念着，一切一切的谜一下子又涌过来了。他不知是难过还是高兴，眼泪老要往外流淌。他恨不能马上跑走，去告诉奶奶，可他的两脚却死死地定在了土地上，一步也挪不开。

她又说：“……你让我走，你让我走出葡萄园，你让我一辈子老恨着你吗？”

是曼曼，是曼曼的声音！罗宁真想扑进她的怀里。“啊，曼曼，曼曼……”罗宁在心里呼唤着她，眼睛一眨不眨地看着他们。

叔叔嗓子颤颤地叫道：“曼曼，曼曼！你恨我吧，你不能在小泥屋里，只能在我心上。你在我心上，我这一辈子就什么都不怕了。黑夜里出车，走得再远我也不怕，因为你在我心上，和我一起……”

“明槐!”曼曼叫了一声，突然伸出手抱住了明槐。

罗宁不解地看着他们，不知怎么脸有些烫。

他们紧紧地抱在一起，再不说话。明槐伸手抚摸着曼曼的头发，像怕惊醒了她的甜睡似的，轻轻的。一会儿，明槐不活动了。两个人互相依偎着，葡萄园里真静啊。罗宁看着看着，脑海里有什么闪了一下。他记得好像在哪里见过这样的情景——在哪里呢？他想啊想啊，想得头疼，终于想起来了。他记起有一天跟叔叔的车出去玩，半路歇息的时候，叔叔牵上白马到水潭去，他走在叔叔的后面。回来的路上，他们穿过一片柳林。叔叔站住了，伸手抚摸着白马的鬃毛，白马幸福地昂起头来。叔叔与白马小声地诉说着什么，罗宁走过去，叔叔继续诉说：那个秋天，他和白马走进园子里，阳光灿烂，女人们低头做活，头包白巾的安兰抬头望着他们——白马哟，你还记得吗？白马摇着头……

明槐和曼曼久久地依偎着。

夜风吹起来了，一股浓郁的香味荡漾开来。满园里都是窃窃私语，满园里都是秋虫的鸣唱。一滴露水落在罗宁的眼窝里，又像泪水一样顺着脸颊流下。他用力地擦了一下脸。

8

老当子的神情有些异样，小圆早就看出来了。它的心特别细密，暗暗留意着，只是不动声色。小圆每一次进出小泥屋，都要漫不经心地瞥一眼老当子。

老当子已经被拴在窗下好几年了。它知道这是好心的主人把它囚禁起来了。一条狗突然告别了无边的原野，那种痛苦是任何别的生物都难以理解的。它自己明白，这样下去，再不用几年，四肢就会像木棍一样笨拙，牙齿也会退化。最后它变得不能撕咬，不能跳跃，只能倚在泥屋的墙壁上晒阳光，捱着可怜的时光。

它回忆着那段自由奔跑的日子，愉快地想着海的颜色。它甚至记得有一次晚霞使自己全身改变了衣装，人人都说它漂亮极了。荒滩上，老爷爷吆喝一声，它就奋力地跳跃、狂奔。它飞驰着，比得上奔马，在绿草中闪耀，有时简直像老爷爷亲手射出的一支箭。

那一切似乎永远地过去了。但它远远没有绝望，而且心中的欲念越来越强烈——跑向原野！跑向原野！

于是它一直在暗暗地做着一件事情，它要磨断锁链！这件事情真需要精力、需要耐性。深夜，屋里的人睡着了，它就磨起来；白天，主人不在的时候，它更是尽情地磨。窗下有一块青石，它认为这是再好也没有的磨石了。它能准确地让脖子下第六节铁环磨到石头上，而且只磨铁环的同一个位置。铁链总是发出“哗啦哗啦”的声音，谁也闹不清老当子在做什么。有时主人走过来，它可以装成迎接的样子，低下头，先让第六节铁环小心地落到地上，然后从一侧向前一蹿——那个铁环就可以准确地在青石上狠劲儿磨一下，并且谁也没有察觉。

它这样做了两年。它认真地注视着那节铁环的小凹痕，怎么也看不出它变深了没有。小凹痕倒是亮闪闪的，那是不停打磨的结果。如果这道凹痕再深上一个毫米，它就可以将这个铁环猛力挣断。然而这道痕子简直一丝也不愿再深下去了。老当子有时快要绝望了，它真想放弃这个工作，去向泥屋的主人哀求。但它心里明白这一切都是无用的，主人不会放开它，让它去迎接一颗罪恶的枪弹——但它知道那个枪口怎样去躲闪，子弹打不到它的身上；而且那点危险比起心中日益强烈的欲望来，真是不值一提。可是这一切想法都无法让主人明白；那么剩下来的路也只有一条了，就是磨断这条锁链！

跑向原野！跑向原野！

凹痕终于深一些了——这是它在一个早晨的第一束阳光里突然发现的！它兴奋地估计了一下，觉得已经完全有力量把它挣断。想到这里它的身躯不禁抖动了一下，一股热流从尾部冲流到周身去……小圆走过来了，老当子若无其事地摇了一下头颅，装出一副恹恹的样子。小圆精明的眼睛看着它，有几分得意地扭了一下黑黑的尾巴。老当子像是疲倦地躺下来，于是第六节带有凹痕的铁环被巧妙地压在了颌下。它哼哼着，用痛苦的呻吟来遮掩此时此刻无比的欢乐……小圆没有怎么逗留，又扭了几下，就奔向屋子了。

老当子这才松了一口气。它知道小圆的嫉妒是根深蒂固的。它永远没法信任它的品质。小圆那花哨的服装、小巧的鼻子，都多少给人一种油滑的感觉。

它等待着寻找一个更好的时机，来开始那奋力一挣。

讨厌的小圆正从窗户里往外张望。老当子恼恨地哼了一声。它看到小圆正在微笑，眼角闪着一丝狡黠。它有些慌促地背过身去，低头注视着那一节锁链……这个夜晚显得十分漫长，老当子焦躁不安地等待着红色的太阳。

太阳如果是新鲜的，就会让老当子全身变得美丽起来。它渴望着在霞光里开始这令人无比激动的新的一天。老当子把前爪使劲压在泥土上，让其漂亮地弯曲——每当它要向前猛地一蹿的时候，它就要这样把前爪压弯。它的头颅低着，激动地将下巴贴到前爪上。它马上就要蹦起来了，那时节“咔”的一声，第六节铁环就要断开。它忍耐着，忍耐着，因为太阳还没有出来，因为它要和一轮新鲜的太阳一起奔跑呵。

跑向原野！跑向原野！

夜色缓慢地消退。老当子知道，太阳正从遥远的东方走过来了。它再也无法抑制心中的兴奋，活动了一下身子，抖散被夜露打湿的毛，接着歌唱了一声。

小圆轻手轻脚地从屋里走出来了。它大概被老当子奇异的歌唱惊呆了，这会儿大睁着眼睛，一步一步走近了，目不转睛地看着。

天已经有些亮了，老当子可以看清小圆粉红色的小鼻梁。

小圆似乎是第一次离这么近打量对方。它发现老当子的两眼有些发红，眼角的皮毛也多少有些暗淡。它记得前不久老当子的皮毛还是油亮油亮的。老当子竟然在短短的时间里苍老了许多。小圆心中有些悲凉。它目光垂了垂，突然觉得垂在老当子颌下的铁环有些异样，定睛瞧了瞧，发现第六节铁环耀眼地闪亮！

老当子也不明白自己为什么在这一瞬间竟然没能背过身

去！一切都来不及，也不必要去掩饰了……它用平静的目光看着小圆。

小圆看清了那闪烁的铁环上有深深的一道凹痕。它吸了一口冷气，一抬头，看见了老当子深沉的目光。

小圆坐下来，抿了抿嘴角。

如果坐在眼前的是个告密者，那么用不了几秒钟，小泥屋里的主人就会来重新加固它的锁链。老当子的心不安地跳动着，等待着那个时刻。一瞬间它想起了那么多往事，都是不安和悔恨。它记起在过去的日子与小圆的一次次摩擦、充满敌意的挑衅。有一次，只为了一条小鱼，它把小圆推倒在地上，小圆则还了它一个耳光。它们那以后曾一连几十天互相不再理睬……如今上帝算给了小圆一个报复的机会了。

第一道霞光闪耀着，老当子仿佛听到了太阳的呼唤。

小圆看着老当子，向它深深地点了一下头。

老当子的眼睛湿润了。它站起来，望着越来越红的东方，又看一眼小圆，仿佛在用目光询问：你瞧，从来也没有这么漂亮的一个早晨吧！你瞧，你瞧啊！……泥屋的门打开了，明槐走出来，向这边望了望，拿起一边的长鞭走了。屋内，老奶奶活动着，脚步声十分清晰。老当子后来只看着小圆了——它看见小圆周身都在变红，变红……小圆正投来激励的目光。

啊，一轮崭新崭新的太阳！

老当子呐喊了一声，按低了前爪，脊毛竖起，然后猛地一挣，将第六节铁环挣飞了……它跳跃着跑进了葡萄园，呼喊着小圆，迎着太阳。

葡萄园激动了，泪水洒了它们一身。它们和大葡萄园一起哭着，不停地呼唤。所有的葡萄树都伸手去迎接老当子，它忘情地应答着，声音响彻在园子里。每一片叶子都闪着太阳的光彩，上面的水球晶莹透亮，在早晨的清风里微微颤动。那么多新长成的葡萄树，面孔陌生，神态可爱。老葡萄树指点着细小的葡萄藤，告诉老当子哪棵是它们的孙儿和孙女。小葡萄树顽皮地扭动着身子，嘟嘟哝哝的声音谁也听不清楚。

“我们想念你和老爷爷啊，看见你，也像看见了老爷爷……我们做梦都梦见他背着枪，在我们身边走，老咳嗽。”

一棵老葡萄树对停下来的老当子说着，不停地揉眼睛。它的话让老当子一阵阵难过。老爷爷不在了，他老人家的枪也被一个恶人抢走了……有的葡萄树为让老当子高兴，就唱起歌来了。满园的歌声，满园的浓香。小圆在老当子头顶的架子上飞快地奔跑，愉快地朝地下呼唤着。

老当子跑着，禁不住低头去辨认那杂乱的脚印。这是它很久以来养成的习惯。那些脚印，还有脚印上散发出来的气味，都清楚地告诉它谁从这儿走过，发生过什么事情。它顺着这些脚印提供的线索想象下去，就可以把当时的情景一幕幕地从头脑中闪过。这当然是非常有趣的。它又可以看见不久前发生在脚下的事情了：妇女们摘着葡萄，说着笑话。她们遇到被灰喜鹊糟蹋了的烂葡萄，就狠狠地抛到地下。有人口渴，大张着嘴巴，一手提起一串葡萄往嘴里填。正在这时老鲁过来了，他挥起手里的鞭子，一鞭子就把一个胖女人坐着的筐子抽倒了，胖女人跌倒在地上。大家没有心思做活，一齐拥上来，笑着打老鲁。老鲁抛了鞭子，在地上滚动着，一边躲闪一边大骂……有一处脚印散发出明槐的气味，老当子立刻确认明槐在这儿站过：他热汗漉漉，刚刚卸完了车，正在树荫下歇息。他什么也没有察觉。在离这儿几步远的葡萄架后面，老黑刀恶狠狠地盯了他两眼，走开了；明槐背后的葡萄架间，正蹲着一个包白头巾的姑娘，她一声不吭地注视着明槐。汗水从明槐黑红色的脊背上流下来，一个酱色的甲虫从容不迫地靠近滴落的汗珠，伸出吸管喝着。汗水太咸，甲虫又吸了一会儿，就皱皱眉头走开了。那个姑娘从葡萄叶空里看着明槐，忘记了做活……

小圆见老当子嗅着地上的脚印，知道它又陷入了那种沉思。小圆不愿去打扰它，就自己在架子上玩了。它想炫耀一下自己很久前跟灰喜鹊的那场勇敢搏斗，于是就忍不住呼喊了老当子一声，领它往前边走去。

太阳升到了葡萄架的上空，满园通亮。园子里各种小动物都欢呼起来，螳螂、小蝴蝶、小七星瓢虫、大蚂蚱、黄雀，一个个都从架子下出来了，指点着太阳，笑着，鼓着手掌。有的说今天的太阳比昨天的脸庞要红润，有的说她比昨天那个更加温柔了。老当子完全赞同它们的意见，觉得身上暖洋洋的，太阳正微笑着看着葡萄园，看着园里的一切。

美妙的早晨在一片浓绿的园子里，在这片飘动着蝴蝶的土地上。露水打湿了脚掌，葡萄碰到了鼻梁，小蚂蚱伸手给老当子挠痒痒。它感到了从未有过的愉悦，也为那长时间的囚禁深深地悲哀。那是一种绝对不能重复的生活，真是可怕极了。直到现在它的脖颈上还悬着短短的锁链，那是痛苦的标记。从踏上园子的第一步开始，它就决定永不再套锁链。如果泥屋里的主人硬要缚住它，它宁可死去。也许这种游荡是没有尽头的，也许只有短短的时间，也许旅程中充满了苦难。它吃什么？再没有主人给它食物了，完全靠自己的想法去填饱肚皮。它渴了喝水湾里的水，水湾干涸了就去找芦青河。它现在则可以尽情地吃满园的葡萄。它饿了，就要去野地里扒一些花生和红薯，没有庄稼的季节里，它只好去向田鼠借一点粮食。田鼠们的吝啬是有名的，那么，它只得踏着冰雪，冒着严寒，到大海边上去捡食冻死的鱼虾和贝蛤。反正它不想再回到小泥屋了，它永远也不要过囚禁生活。它要阳光，要风，要无边的原野。它一点儿也不恨小泥屋里的主人，它永远会挂记着他们的生活。它不回泥屋，是恨那条锁链，而锁链是生活强加给小泥屋、强加给它的……它从懂事的那天起就在保护大葡萄园了，熟悉园里的一花一草。它曾一步不离地跟随着一个持枪的老爷爷，在大草滩上尽情地游荡。它的勇武是出了名的，在危险和困苦中不曾退后一步。谁也没有理由让它离开葡萄园和原野！

老当子往前走着，不知怎么流出了泪水。前边奔跑的小圆也许不知道它今天的挣脱意味着什么吧？老当子想起了那个在泥屋里不停操劳的老奶奶，望着她的白发。它明白老人看到挣断的锁链会怎样：又惊又喜，深深地忧虑，久久地盼望。老当子会回来吗？她会这样问她的儿子和孙子。老当子在心中的回答是：会回来的，但它不会再让任何人给它套上那条锁链了，它只会远远地在泥屋前站一会儿，然后再默默地离去。你们问我要到哪里去吗？去我的原野，去寻找那个背枪的老人。你们告诉我老人不在了，他永远也寻不到了吗？不，我会寻得到，因为大海滩太辽阔了，我跑得太快了，我会问遍每一寸沙土、每一株树木。我会寻得到……

小圆在前边站住了。它就在面前这棵葡萄树上，跟讨厌的灰喜鹊进行过一场搏斗。那场较量是十分险恶的。到了最后，一大群灰喜鹊对它围攻，狠狠地啄它。

老当子在小圆的提示下，记起了很久前的那一天。就因为小圆叼回了一根灰色的长翎，老爷爷才领上它驱赶灰喜鹊。那一天，老当子永远也不会忘掉：老人失去了枪。这之后不久，老黑刀就用夺去的那支枪，向它瞄准了……老当子久久地伫立着，一声不吭。这样站了一会儿，老当子突然叫了一声，向另一个方向跑去。

小圆随着老当子跑着，跑着，直到见了满地闪烁不停的灯盏花，这才明白它们奔向了坟地……老当子在老爷爷的坟前站住了，站了一会儿，偏着身子躺下了。

风吹着一只只蝴蝶从坟头上飘过。不知什么野花瓣从高处的树棵上撒落下来。花瓣洒在了坟头上，落在了老当子的身上。四处都是飒飒的响声，千万片叶子在摇动着。

这里已是葡萄园的边缘。从架子的空隙里，已经可以望见那绿色的海滩了。小圆向海滩上张望着，它盯住那些杂树林子想：它就要与老当子分手了。

太阳升得更高了。

老当子在坟前卧着，一转脸，看到了平坦坦的草地。它的眼睛突然间变得雪亮了……它站起来，四只有力的腿脚颤了颤，然后又转脸去看坟头……

跑向原野！跑向原野！

太阳升得更高了。太阳将葡萄架的暗影投在地上，使葡萄园仍然有着一片片阴凉。一层层的葡萄藤蔓纠结交织，密不透风。有什么东西笨拙地从一道架子上爬下来，“扑哧”一声跌倒在地上。后来是喘息声，再后来什么声音也没有了。

老当子、小圆、无数的葡萄树和小动物，此刻都在注视着那个坟尖，几乎全都忽略了另外的声音。当小圆第一个将目光移开的时候，它一下子发现了那个黑洞洞的枪口！

小圆撕心裂肺地喊叫了一声……

与它的喊叫同时响起的，是枪声。

老当子跌倒了。它的腰部中了散弹，鲜血溅到了蓝色的灯盏花上……一个人在葡萄架后面嬉笑，是老黑刀的声音。

老当子费力地爬起来，头朝着那片原野，又走了两步。

小圆不顾一切地冲上前去，伸出了前爪……老当子的腰部又涌出血来，身子摇晃了一下，重重地倒下了。它的眼睛还在望着原野。

跑向原野！跑向原野！……

9

太阳就要落下去了。晚霞比早霞还要红，把葡萄园染成一片血色。

小泥屋里的老奶奶和她的孙儿一直等着老当子归来。暮色里，老人扯着孙儿的手走进园子，一声声呼唤起来。

园子里发出一阵阵回响。老奶奶喊一声，罗宁喊一声……

沙土都被霞光涂红了，小罗宁用手扒开一层，下面的沙子还是红的。他惊讶地去问奶奶，一抬头见奶奶的白头发也是红的。罗宁心里老要打战，他紧紧地依偎在奶奶身边。小圆一声连一声地呼喊，疾疾地跑过来，罗宁老远就望见了它身上是红的。它跑近了，罗宁伸手去摸它身上的红色，红色竟然沾到了手上！

罗宁尖叫起来。老奶奶加快了脚步，后来跑向了园子深处。小圆在前头领路。罗宁觉得四周的葡萄叶子下，都闪动着一个个黑洞洞的枪口。他的心揪紧了。

小圆跑到了那片坟地上。

老爷爷的坟前有凝结了的一片鲜红的血……老奶奶低头看了看，跪在了坟前。

罗宁先是呆在一边，后来小心地挪到跟前，抱住了奶奶。

“老当子啊！你早晚死在那支枪下啊……你受不住拘束，偏偏要跑出来，你到底还是躲不过那一枪呀，老当子！老当子！你是个好人哪，你的下场也和好人一样……老头子啊，你看见你的狗死在坟前了，它是让你领去了。从今以后你们两个又凑到了一块儿去了！……”老奶奶絮叨着，两只黑黑的手不住地拍打膝盖。

罗宁怎么也哭不出来，只是感到了惊恐。他看着奶奶，一动不动，突然“哇”的一声哭了起来……

天色渐渐暗了。沙土上的血看上去像墨一样黑。一老一少的脸快要对在了沙土上。

一个挺拔的壮年汉子缓缓地从夜色里走出来。他无声地站在坟边。站了一会儿，他弯腰去扶地上的老少。老人费力地仰脸看着壮年汉子，叫了一声：“明槐!”……汉子搀扶起母亲，拉着侄儿的手，声音低得快要听不见了：“走吧!”

老人一步也走不动。明槐于是蹲下来，背起了母亲。他们往小泥屋里走去了。

小泥屋里亮着一盏小小的灯，一个女人坐在灯前。三个人进了屋，看清了她是曼曼。明槐看也没看曼曼一眼，将母亲扶到炕上……曼曼往锅里添水，要动手做饭。

明槐蹲在门槛上，点燃了一支喇叭烟，使劲吸着。他一支烟还没有燃尽就站起来，看了看屋里，转过身去。

“你要去哪儿?”曼曼问他。

明槐小声说：“出去……一下。”

“吃了饭不行吗?”

明槐没有回答。他高高的身影在门外闪了一下，就不见了……

夜色真浓啊！明槐走在葡萄园里，不断被一条条藤蔓牵住。他的头颅嗡嗡地响着，不知怎么对自己到底要走向哪里也糊涂起来。往日在这园里他算是熟极了，闭着眼睛也能摸到他要去的地方。一条粗藤拦住了去路，他握紧它摇晃着，又去找它的末梢。藤子像胳膊，它的一端长了几个杈子，像巴掌。明槐跟藤子紧紧握了握手，往前走去了。

他辨不清方位，只是走着。黑影里，有什么东西嘎——嘎——地叫了两声，他立刻抬起眼睛去寻找。满天的星星，又小又亮，很神秘的样子。他觉得两条腿，还有胳膊，真是沉重得很。

不知走了多久，他看见远远的地方透出了一线灯光。那灯光有些发蓝。他从看到灯光的那一刹那起，立刻清醒了。他终于明白自己在奔向哪里，步子加快了许多倍。

一片房屋黑乎乎的。明槐摸过一个巷口的时候，听到了咀嚼声和喷气声，他立刻明白这是到了牲口棚。“白马……”他在心里咕哝了一句。那个洁白的身影在哪里呢？他心里一阵温热，抬头去寻找它了——它在棚子里，停止了咀嚼，“咴咴”地轻声呼唤起来。明槐走过去，抚摸了一下它的脖子，又拍了拍它的脑壳。

他迎着那个发蓝的灯火走去。那里有一幢红砖房子，有一盏电石灯。他摸到了黑门上，从门缝往里望着——电石灯闪跳着，灯旁是几把刀子。一口铁锅冒着白气，锅旁坐着老黑刀。那支枪竖在屋角，枪口不知为什么塞了一团棉花。枪的一旁有一团黑乎乎的东西，看不清。他用力辨认着，终于看出那是死去的老当子！

明槐敲着门。

“谁呀?”老黑刀沙哑的嗓门。

明槐继续敲。

“妈的……”老黑刀趿拉着鞋子过来了。

门开了，老黑刀“哼”了一声，接着往后退了几步。明槐跨进了屋子。他看到老黑刀身穿了一件灰布衫，下身却只穿一条短裤，好像故意露着粗壮的两腿。铁锅冒着气，屋里又热又闷。

老黑刀把手里的什么东西扔到了地上，喝道：“来干什么？”

明槐只是看着他，一双大拳在两腿上磨了两下。

“你他妈的给我滚……”老黑刀伸出了一根手指。

明槐迎着他走过去……

“你这个反动东西……你给我站住！立定！……”老黑刀插着腰，发出了一声霹雳似的口令。

明槐没有理他，蹲在了老当子的身边。他伸手去摸它的皮毛，两手立刻沾满了血……老当子的身上已经变凉了，可眼睛还是大睁着。它在看什么？看什么？明槐试图用手给它合上眼睛，但总也不能。

老黑刀狠狠地踢了明槐一脚。明槐没有躲闪，他两手哆嗦着抱起了老当子，鲜血沾了他一身、一脸……老黑刀照准他的胸部打了一拳，不停地叫骂。他让明槐扔下老当子，明槐像没有听见一样。老黑刀暴跳着，最后揪住了明槐的头发，发狠地拽着。

“我打死你这条落水狗!”老黑刀揪紧了明槐的头发，使他的脸向上仰起，然后照准鼻梁狠狠一拳。鼻血猛地淌了下来。

明槐将身子弓下，使厚厚的脊背抵挡着沉重的拳头。老黑刀越打火气越大，最后抡下了上衣。

明槐咬紧牙关，蹲在地上，身子球到了一块儿去……他的两条腿好长，膝盖抵住脑门，使老黑刀的脚总也踢不到头颅上去。这样停了一会儿，明槐突然抬起头来——老黑刀趁机去踢他的脸，他一扭脖子闪过了，站了起来。他稳稳地放下老当子，擦了一把脸上的血，去看老黑刀。

老黑刀又扬起拳头，但还没有落下，左腮上就吃了明槐一拳。

"啊?"老黑刀惊愕地大叫，腾地跳到了一边，伸手去电石灯边摸刀子。明槐踢飞了地上的两把刀子，接连两拳把老黑刀击倒了。老黑刀还没有爬起来，明槐就扑了过去。他压紧老黑刀的头，闲出手来就频频击打那个下颌骨。鲜血从老黑刀的牙缝里流出来，老黑刀用力地拧着脖子，把脸躲过拳头。明槐的左臂被老黑刀一歪头咬住了，他就拼命地卡那个凸起的喉头。老黑刀松了嘴巴，却紧接着将屁股猛力一撅，两条粗腿硬硬地抵住泥土，呀呀大叫着把明槐从身上掀了下来……两个人在屋里滚动着，从中间打到里间，瓷坛和瓦罐、玻璃，全都砸得稀烂。老黑刀的光身子被碎玻璃片割得一道道口子，就像毫无知觉一样。他把十根手指的力气全用到明槐的两肋间，像铁钩一样往缝隙里抓。明槐的拐肘狠劲撑开老黑刀的身子，极力想挣脱那两只利爪。他感到有两三根手指已经扎到了两肋深处，正撕开他的肌肉。明槐差点没有昏厥过去，他顶住对方的下巴翻着身子，一丝一丝地反过来，然后挪动双膝去压那两只胳膊。那要命的两只利爪终于被拉开了，明槐可以尽力地挥动两拳了。他不知道两拳滚落在哪里，只是一下一下击出去，只是看见一张被泥土和血迹蒙住了的黑脸在拳头下抽搐。他变换着姿势，骑在扭动不停的黑汉身上，狂怒地击打……后来他觉得黑汉一动不动了，这才站了起来。

明槐全身一点力气也没有了。他瞥了一眼老黑刀，见这个黑家伙的肚皮一鼓一鼓的，嘴角歪到一边去了……明槐扶着墙壁移动着身子，取到了那支枪。他伸手揪去了枪口上的棉花，然后紧紧地抱在怀里。枪管散发着浓浓的火药味儿，明槐一下下嗅着，觉得一颗心在有力地搏动。全身的伤口一齐疼了起来，他咬紧牙关，想往外走去，可一挪步子，就重重地摔倒了。

老黑刀两手抱住了明槐的脚，又滚动一下坐起来，狠狠地用膝盖点压明槐的小腿弯。明槐毫无提防，又一次被老黑刀压在了底下。老黑刀眯着眼睛，嘴里发出“嗯、嗯”的声音，伸手就去抓明槐的眼睛。明槐赶紧用右臂护脸，同时左手还击了一下。两个人重新滚在了一起，明槐更多地被压在下边。他终于明白了老黑刀上一次是停下来积蓄力量，并没有完全被打垮。老黑刀的手更狠了，每一次出手都不落空。后来两个人动用了牙齿，血水糊住了嘴巴，就喷到对方的脸上。明槐抵挡着，大口地喘息。他觉得缠在自己身上的，是一条头上生了鸡冠的巨蛇——老父亲曾经向这条巨蛇放过一枪。巨蛇的鳞片全在一霎时张开了，切割着他的皮肉。全身没有一处不淌血，鳞片同时把毒液渗进了伤口里。巨蛇把尾部拧在他的喉头上，他一阵窒息，两眼迸射出金星。蛇尾在收缩，大蛇发出了嬉笑。他用力地睁开眼睛，见老黑刀的两手正卡在他的脖子上。明槐想给这个黑脸一拳，他估计只需要准确的一拳，这个黑汉就得滚到一边去。可是他一点力气也没有了，胳膊怎么也抬不起来。他闭上眼睛，脑海里又出现了那条黑色的巨蛇，但同时出现了老父亲冒烟的枪口。他奋力挣脱着蛇尾，终于吸进一口新鲜的空气。他试着抬起胳膊，暗暗握紧拳头，眯着眼睛去打量击拳的位置……正在这时不远处传来了一声马的长嘶——是白马！明槐全身一震，高呼一声："白——马——"随着喊声挥起右拳，"噗"的一声砸在了老黑刀的左眼上。

老黑刀左眼爆了出来，一下子跌翻在地上。

明槐一跃跳了起来。他的两眼通红，"啊啊"大叫，冲向跌倒的老黑刀，一拳一拳痛快地打起来……老黑刀的嘴巴不停地流血，头歪向一边。明槐后来发现他不会呼吸了。明槐站了起来，把枪抓在了手里，又看了一眼老当子，跑出了屋子。

白马又叫了一声。

明槐趺趺撞撞地摸到了牲口棚里，直接奔向了白马。他来不及跟白马说什么，飞快地解了绳索，牵上就走。他和白马刚刚走出几步远，就有一个人从黑影里走出来。那个人喊："谁?"明槐听出是老鲁的声音，但没有吱声。老鲁赶了几步，凑近一些叫道："是明槐吗?"……明槐还是没有应声，艰难地跨上了马背。

夜已经深了。

一轮发白的月亮升起来了。白马走过的地方，露水落了一地……明槐直奔小泥屋去了。

屋里的人都没有睡。明槐拴了马，推门进屋。一家人一眼看到了明槐身上的血迹，都吓得喊起来。老奶奶叫着："我的孩儿！我的孩儿！……"明槐躲闪着老人，怕将血迹沾到她身上。

罗宁哭起来，扑到了曼曼的怀里。

曼曼一声不吭地看着明槐。明槐像是在说给泥屋："我走了。”又握住老人的手说：“我走了，妈妈……我得走了……”

“到底出了什么事啊，我的孩儿！我的孩儿！……”老人叫着。

曼曼流着泪水，推开了罗宁，到里屋找出了几件衣服包起来。

老人看着儿子，又急急地弓腰去包了一摞子干粮……老人包好，又解开；填进什么东西，又包好；然后又解开，加进去一些钱和粮票，再包好。老人的手抖个不停，当最后把包子打好走出来时，两手一点儿也不抖了。她定定地望着儿子。

屋外有什么声音，接着小圆尖着嗓子叫了一声。明槐端起枪来，小心地开了门……一个人从老葡萄藤下走出来，明槐看出是老鲁，就收了枪。

老鲁喘着，盯住明槐说：“快走！”

明槐点一下头，握住了老鲁的手说：“你知道了。我杀人了……”

老鲁叹一口气：“我过去看了。他没死，这会儿快缓过气来了……快跑吧，天不亮民兵就会来抓你。”

罗宁和曼曼哭着。老奶奶把干粮和衣服提过来说：“快走吧……到时候快些回来……”

曼曼不顾一切地抱住了明槐，亲吻着他，双肩剧烈地抖动着，叫道：“明槐！明槐！我等着你！我等着你！你呀！明槐！你什么也别说！你走吧……你走吧……”她一边说，一边用手捶打明槐的后背。

罗宁哭着，紧紧扯住叔叔的衣襟。明槐轻轻扳开小罗宁的手，弓着腰，快要对在他的脸上了，说：“你不能哭了。小泥屋就剩下你这一个男子汉了！……”

“快走吧，快走吧！”老鲁催促着。

明槐解开了白马。他看着泥屋、泥屋前的这几个人……他的目光最后停留在母亲的白发上。

白马的前蹄活动了一下。明槐上了马背……

白马穿过葡萄园，向北；在一片辽阔的海滩草地上，它又向西疾驰了……明槐不断回头看着葡萄园——它在月光下望去，重重叠叠的葡萄架子真像些小山峦啊。

葡萄园看不见了。明槐闭上了眼睛。他仿佛看到了这样一幅图画——

一片灿烂的阳光照耀在葡萄园上。没有风，没有喧闹，只有一两个头包白巾的妇女弓着身子在葡萄架下做活。一辆马车辘辘地驶进园子里。一个女人抬起头来，从白巾中露出了通红的脸庞，阳光耀得她眯起了眼睛……

他笑了。他坚信总有那么一天，他会回到葡萄园。

白马在原野上奔驰……

1986年4月16日写于济南

狐狸老婆

一支队伍

大海滩丛林茂密，里面有大大小小的河汊，有无数稀奇古怪的动物和人。这里发生的一些出其不意的事情，是永远也说不完的。

“不玩不知道，一玩吓一跳”，没有在林子里好好玩过的人，有些怪事是无论如何也想不到的。

毫不夸张地说，我们在林子里经历的那些事情，有时真的像大人们说的那样，要“硬着头皮干”，也就是说要冒点生命危险——不要说我们，就是他们讲起大海滩上发生的一桩桩奇事，还免不了要呲牙咧嘴，一看就知道他们当时是吓坏了！

正因为危险，所以我们只要深入林子深处，少不了就要结成一帮一伙的，而绝不能是单走独行。那些敢于独来独往的家伙，大半都是满脸凶气的猎人，他们仗着肩上有枪，身上有杀气，所以胆子忒大。

人如果一辈子在林子里转悠，那肯定会知道许多秘密，有非同常人的经历，连看人的眼神都不一样呢。比如，那些常年住在林子里的看林人，他们和古怪的野物精灵交往久了，打眼一看就不是一般的人。

这些人个个都很怪，反正和村里人不一样。他们当中，有的其实早就在暗中和野物结成了一伙——这个秘密以后再说。

不过只要我和好朋友老憨在一起，只两个人就敢往林子深处钻。但这要在大白天，一到了晚上就不行了——那时候树影一簇簇把星月遮住了，黑咕隆咚的什么都看不见，就等着出事吧。

所以无论是园艺场还是周围村庄的孩子，哪个都不敢轻易到林子深处去，他们总想找我们这样胆大的人结伴儿。

老憨说："学校一放假，咱就把队伍拉起来吧！"

我明白他的意思。每年夏天，周围的矿区、村子以及园艺场，一群群孩子都要结成一帮一伙的，这就形成了不同的队伍，成天活动在林子里、大海边上。

队伍之间动不动就冲突起来，有时打得可凶呢。

可见夏天是最危险的日子。可能因为太阳火辣辣的，人给晒得心痒手也痒，总忍不住想干点什么吧。打、打，打上一个夏天。关于打架的故事真是太多了，说也说不完。有些打斗是要动家伙的，所以头破血流是常事，过了很久以后回想起来还要后怕呢。

不过尽管是这样，我们最喜欢的季节还是夏天。

一到了夏天，家里大人就变得提心吊胆的。爸爸妈妈总是担心我在外边弄出什么事。妈妈一遍遍地叮嘱："好孩子，千万不要招惹人家，不要出事啊。"

"不会的，肯定不会的！"

我的回答总是十分干脆，这反而让爸爸生疑。他盯着我，像要把我心里的诡计盯穿。我赶紧吹起口哨，逗弄一下猫和狗，装作没事人一样。

其实我那会儿想的是：我和老憨就要带起一支队伍了，这事儿可不能耽搁，因为我们决不甘心让这个夏天白白溜过去。

跟我们关系最铁的就是破腚和三狗，他们二人是老憨的崇拜者；还有园艺场老场长的外甥李文忠——这家伙斯斯文文，有点呆，不过最听我的话。

另外有几个家伙，他们到了夏天要和海边拉渔网的人在一起，但偶尔也会加入进来。

这样，我们的队伍人数最多时就能达到十五六个，它虽然不是海边上最大的一支，但也算最强的一支了。

老憨背了一杆像模像样的枪，可惜只是个放不响的摆设，所以尽管看上去挺威风的，但日子长了也就没人当回事。

去年夏天我们与一支队伍冲突起来，对方倚仗人多，让我们吃了一场结结实实的败仗：老憨的头给打破了；三狗的屁股本来就疤痕累累，那一回又挨了十几棍子，肿得不成样子。

队伍之间动手厮打的原因很多，如掏鸟、捉鱼、逮野兔时，难免就要撞到一块儿，磕磕碰碰；就连唱歌、吹口哨这类小事，弄不好也要惹恼了对方。反正大家闲着没事，随便找个理由就能打起来。

有了队伍就要打仗，不打仗要队伍干什么？打完了仗再和好，这也很有意思，反正一点儿都不难做。

怕就怕真的积起深仇大怨，那样麻烦可就大了。比如，同伴受了重伤，因为参加打斗被家长狠狠揍过——一旦发生了这样的事，两帮人整整一个夏天都难以和好，而且十有八九要相互盯紧，变成海滩上的一双“对头”。

夏天里，还是应该有个“对头”才好，因为这样一来也就热闹了。这时候虽然危险了一点，但是整个假期会因此而变得轰轰烈烈，绝对不会白过。

眼下这个夏天有点怪，它从一开始就懒洋洋的。也许是去年夏天打得太凶，家长管得太严，所以不少人也就缩回去了。看看吧，直到现在，小半个夏天都快过去了，还是找不到一个像样的“对头”。这事看来有点麻烦。

老憨试着挑衅过邻村的几个孩子，他们的反应都不太起劲儿。真是怪啊，大家的脾气都变得比以前好多了。这也够烦人的。

“可能是他们有别的事，再不就是家里逼着他们一天到晚干活，没工夫好好玩一场了。”老憨说。

我却认为主要原因是对方给打怕了——去年那次交手，最后一仗动了粗棍，老憨一时火起，把人家领头的鼻子给打得血乎剌啦的，结果不得不背到园艺场门诊部去包扎……

过了那样几个夏天，老憨也就成为海边上一个出了名的坏人，不少家长都叮嘱自家孩子：不能走近、更不能招惹那个粗黑的家伙。

其实我们这些朋友都知道，老憨是个义气人，他的心眼一点儿都不坏。

大人们一般来说要比孩子们愚蠢许多，他们想出的计谋总是不顶事儿。比如，他们故意分配给孩子一大堆活儿，想用这样的办法缠住他们的手脚，让他们无法跑到远处去、不能拉帮结伙。

其实我们只要心里发痒，还是会撒开丫子跑走，谁也关不住。我们好比一群野羊，到时候就会咩咩叫着冲出来，一路上撒着欢儿。

我们几个当中，总有谁的家长要他采蘑菇割草，做一些老掉牙的烦心事。大家通常不管这么多，总是先跑到一起再说，先痛痛快快玩上一场，直到天快黑了才一齐动手帮忙，把那些烦人的任务草草完成。

每年夏天的玩法都有点不一样。如果有了强大的“对头”，那么每个人都会精神多了，那要一天到晚动心眼儿：研究计谋、加强武装。

我们曾经用竹条制作了一批弓箭、用细长结实的木杆做了长矛。这些武器的实用性非常一般，不过每个人手里只要有了一件家伙，胆子就大，而且看上去也像那么回事。

今年夏天比较一般，好像一直没有战斗的迹象，所以大家也就提不起神来。

破腚是掏鸟的能手，他因为干这个上瘾，频频爬树，不止一次把屁股划伤。他常对老憨报告一些鸟的消息，什么橡树林里的花斑啄木鸟叼虫子进窝了——这说明小鸟孵出来了；哪里发现一只百灵窝了，他已经仔细做上标记了……

三狗对捉鱼入迷，这家伙至少掌握了五六种捕捉河鱼的秘方，而且大大方方地贡献给了老憨——老憨又将其中的三种私下里传给了我。

李文忠与护园工人是朋友，所以他总能将早熟的苹果带给大家。有一种叫“五月红”的苹果，一入初夏就长出了红色的花纹，咬一口甜得全身发抖。李文忠的口袋里总是少不了几个“五月红”。

我们这支队伍通常由老憨领头，发号施令。不过如今失去了“对头”，眼瞅着要过一个最没意思的夏天了，所以他就懒懒散散的，最终也玩不出什么新花样。

有一天，他在河湾那儿洗澡，玩了一次装死，把我们吓得不轻：他靠惊人的肺活量潜到水下，然后闭着眼浮上来——大家惊呼着，七手八脚把人弄上岸时，发现他的一双眼睛已经斜刺上去。三狗吓哭了。

还有一次，老憨躺在沙滩上晒太阳，一转身将破腚的裤子扯下来——破腚越是叫唤，老憨越是按紧。我们都希望看到一个破烂不堪的屁股，结果却让人大失所望：

上面只有三两道像样的疤痕，其余都是浅浅的，不太明显。

吓人的计划

老憨作为我们一伙的头领，个子粗大，力气如牛，火了能一口气骂出一长串吓人的粗话——骂人当然说不上好，不过人有时候被逼无奈，不骂还真的不行。

在海边什么气人的事儿都能遇到，这时候实在忍不住了，老憨也就开骂了。他是这方面的能手。

我们大家在一块儿时，老憨常常装出说一不二的样子。这在战斗期间很有必要，但在平时也就不行了。他除了偶尔能听进我的一点意见，其余谁的话都不听。

去年夏天老憨算是够威风的：背着一支放不响的黑杆长枪，还在腰上别了一把韭菜刀子。

因为一旦遇到了“对头”，两边真的开始对垒，他就是司令。那时无论谁向他说什么，都要先喊一句：“报告司令！”

这些事儿现在想起来多少有点好笑。不过那时要打仗，一帮人在一起总得有个头儿，有个说话瓮声瓮气的人，这方面非老憨莫属。

可惜现在是和平时期，打打杀杀的机会少了，平心静气讲道理的时候多了——而讲道理是我的强项！还有，老憨在海边的一些做法越来越荒唐，比如，装死和捉弄破腚这类事做多了，威信也就不如从前了。

有时候大家会静静地听我讲。因为我的心眼多，遇到事情比一般人沉着，所以更加靠得住。而老憨毛毛躁躁的，常常拿不定主意，最后不得不说一句：

"还是听听老果孩儿的吧，他的心眼多。"

他最早在我的名字前边加个"老"字，让所有人都模仿起来——有时老师走神了或高兴了，也那样叫起我来。这对我并没有造成什么实际性的损害。

老憨勇敢胆大，这是公认的。他除了夜间不敢一个人到林子深处去之外，其他事情样样敢做。

无聊的夏天一天天过下去，闷得人身上长满了痱子。老憨终于忍不住了，有一天突然找到我们——可是他一开口吐出的那个古怪念头，简直把我们给吓了一跳！

他提出的是一整套吓人的计划：打劫"狐狸老婆"！

我们愣愣地看着他，真不敢相信自己的耳朵！

当大家最后听明白了是怎么一回事，他到底在说什么，很长时间没有一个敢应声。

于是老憨就用挑衅的目光看着我。我也没有吭声。

因为这个“狐狸老婆”不是什么动物，也不是一般的人——要说清楚这件事情的前前后后，还真要费不少口舌。

简单点说，这家伙一开始也算林子里的一个老户，不知从什么时候起独自待在莽林深处，五冬六夏都不出来。可他既不是猎人，也不是采药的人。

这个家伙啊，不要说我们，就是村里人，熟悉他的也并不多——只知道他是这样一个怪物：身子长得像麻秆，又细又高，瘦得皮包骨头。就连与这家伙打过交道的人，说起他来都是惊嘘嘘的模样。

有一位猎人吓唬我们，说他的眼睛像铃铛，牙齿像钢钉，看人的时候死死盯住——光一扫到你的身上，你就得瑟瑟打抖。

我们问：“如果他一直盯着你看呢？”

“那就得吓得尿裤子了，最好还是趁早躲开——撒腿快跑！”

他还说：招惹了他的人总是遭殃倒霉，因为你就是跑开了也不行，他会穷追，一口气追到底，别想半路上饶了你。你还能跑到哪里去？他在这片林子里住了一辈子，随便一棵歪脖子树、一条小路，都是他的密友，它们帮他不帮你。

他最后说：“谁要是得罪了‘狐狸老婆’，那也就完了！”

关于这家伙，海边上越传越神、越吓人，那些话都和猎人说得差不多：与“狐狸老婆”作对的人从来没有一个赢的，往往还没闹清是怎么回事哩，就被糊里糊涂地捉去了，然后就任其折腾了。

那家伙折腾人的方法不知有多少种，讲起来吓死人。

不过他究竟怎么折磨人，都只是一些传说，没人将亲身经历仔细讲出来——可能因为他们一个也没有活着离开过吧……

那些故事让人听了又害怕、又好奇，总觉得怪有趣的，让人一辈子都忘不掉！这样的凶险怪事就像有毒的宝物一样，平时就存放在林子深处，只是没人敢伸手去摸一下。

不管怎么说，平时我们只要进了林子，总是远远躲开那片黑乌乌的地方——那里由一片密密的槐林和杂树林子组成，密不透风，从里面常常传出各种怪叫：像鸟叫，又像什么活物受刑时发出的惨叫。

那声音谁也没法模仿，谁也说不明白。

有时候，我们正在林子里玩着，突然会感到一阵害怕，那大半是因为那片黑色的林子——都知道它的中心住了一个魔鬼一样的、半人半妖的家伙。

我们平时不光要远离那个地方，而且谁也不敢开口闭口提到它。

不过事情怪就怪在这里：我们进了林子，越是害怕，就越是要往那个方向打量。一些鸟儿从那里飞出来，一些怪叫从那儿传过来，我们都在默默地看和听，长时间驻足观望。

传说中，那片黑乌乌的林子早就被“狐狸老婆”搞成了一个王国，那地方要多怪有多怪，里面什么都有：千面鸟、百足虫、长大红冠子的蛇，还有南方才有的孔雀、水桶粗的巨蟒……

总之，那里尽是一些千奇百怪的、吓死人不偿命的危险物件。这些物件平时既供他玩耍，又用来防身，都是他王国里的成员，个个都按他的眼色行事。

如今的“狐狸老婆”独身一人，早就习惯了在自己的王国里称王称霸，这家伙说一不二，过着花天酒地的生活。

比如说那里有一个园子，里面有花生地瓜、馋死人的无花果、各种瓜果梨桃——特别是有一种拳头大的蜜杏，咬一口甜得人满地打滚……

我一直在琢磨老憨——这个人如果不是疯了，就是被“狐狸老婆”园子里的好东西给馋坏了。

可是我们无论怎样胆大、怎样嘴馋，总还不至于打“狐狸老婆”的主意；不光是不敢接近他的王国一步，即便是私下里闲扯到他，也多少有点提心吊胆的。

我们都觉得老憨真的疯了！

我最后终于憋不住，提醒他说：“咱还是忍一忍吧，最好玩点别的——就是‘狐狸老婆’请咱去，咱还得躲远点哩！”

大家一齐应和我的话：“就是啊！这可不行！这可不是乱来的……”

老憨翻翻白眼，做出一副嘲弄的样子，说：“是吗？这么吓人啊？你们真的尿了裤子？”说着故意来摸我们的胯部，我们赶紧闪开了。

“你们不敢我就自己去了，到时候再后悔可就晚了！”

我们不会后悔。他会讨来大蜜杏吗？让人多少有点难受的是，这位好朋友和鸟儿一样，早晚要害在嘴巴上。

那个“狐狸老婆”啊，还是让我们远远地躲开吧！

狐狸老婆

关于“狐狸老婆”的各种故事，我们主要是听打鱼人讲的。其中说得最多的，就是看鱼铺的那个老玉石眼了。

这个老人与“狐狸老婆”的年纪差不多，两人是不共戴天的仇人。

一说到“狐狸老婆”，玉石眼就恨得咬牙切齿，说：“怎么不让海滩上的滚地雷打死他？”

“这个藏在黑林子里的家伙，他到底是仙灵还是妖怪？是动物还是一般的人？”

海边年轻的打鱼人总要问这样一些问题。玉石眼听了，马上吐一口说：“啊呸！他什么都不是，他是不得好死的家伙……”

也有人说玉石眼的话不能信，因为仇人之间说话总是往狠里来，怎么吓人怎么说。他们私下里说：“玉石眼与‘狐狸老婆’有大过节！”

“什么是‘大过节’？”我们问。

那些人答：“就是有说不清的大仇，两人结下了解不开的‘疙瘩’。”

“什么是‘疙瘩’？”

“就是大仇大冤……”

他们越说让人越糊涂。我们最想弄明白的是：好生生的一个人，特别是一个男人，怎么会给一只狐狸当起了老婆？

他们讲啊，讲啊，我们还是听不明白，问：“他是男的，怎么就成了狐狸的老婆呢？这恐怕是弄错了吧？”

“不会错，这是海边上谁都知道的事，怎么会错呢？”

后来听得多了，这才多少弄明白其中的一些复杂道理——

因为海滩实在是太大了，林子又密，里边的古怪事情就多，多到了让人怎么也想不明白的地步。人哪，哪怕将这里的秘密弄通了一点点，也要花上半辈子的时间，而且还要敢于相信才行。

那些脑子死板的人，比如说那些外地的傻孩子——这主要是指不开窍的城里孩子——就是别人说破了嘴，他们也搞不明白的。

这实在也是没有办法的事。我们就常常为城里孩子的白痴相犯愁。学校每隔一段时间就要来一两个城里孩子，我们太熟悉他们了。不要说“狐狸老婆”这样深奥的奇事，就是一般的事，要让他们弄懂也实在是不太容易的。

还是说“狐狸老婆”吧——一个老男人，怎么就会给狐狸当起了老婆？

这里面的秘密可能真的是太大太大了，大到了谁也说不清的地步！

据玉石眼说，狐狸和人有许多不一样的地方，比如人，男的总要找个女的做老婆；而狐狸就不一定了，特别是一些老狐狸，它们年纪一大，免不了就要糊里糊涂的，所以有时也就分不清男人和女人。

还有一个原因，就是在它们眼里，村里的男人女人原本就差不多，脸儿光光的，于是一不小心就会弄错。

雄狐找雌狐做老婆，而雌狐看中了村里的男人，就会扮成一个女的来找他——这方面的例子多得不得了，是海边的人都听说过的；只是反过来的故事就没人说了——雄狐看中了男人又会怎样？

据说雄狐年纪一大，也就分不清男女了。事情就是这么怪！雄狐年纪越大办法越多，差一点的只是眼神：它也许会把看中的男人掳走，压根不听他的分辩，也不管他愿意不愿意。

结果有的男人哭哭啼啼，最后还得跟着它们过日子，为它们忙一些家务。

狐狸和人一样，也有家务。做了它的“老婆”，虽然不完全是洗衣做饭这一类事，但也差不了多少。总之，还是要伺候雄狐的吃喝拉撒睡，就和女人在家里做的一模一样。

老雄狐对抢来的“老婆”格外恩爱。它恩爱的方法外人不知道，只有被抢走的男人自己知道。

就这样，有一只老狐狸在海滩上活了一百多年，反正老得很了，办法当然也多得很。它有一天看中了林子里的这个瘦高个子男人——可能它觉得这样的身材实在是好吧，就抢来做了自己的老婆。

开始的日子这男人不愿意，喊啊，叫啊，连死的心思都有了。后来迫于老狐狸的威力，只好胆战心惊地应付下来。他反复说自己是个男的，不适合做它的“老婆”，可是那只老雄狐不光听不懂，还觉得他这样推推拉拉的，越发显得可爱了。

原来狐狸和人有许多不同的地方，看对方的眼光以及标准，都大不一样！在一只老狐狸看来，这个瘦高个子男人模样好，性格也好！它对抢来的老婆要多恩爱有多恩爱……

男人也试着找机会跑过，只是老狐狸很容易就把他背回来了。

最后看林子的男人不得不接受狐狸的恩爱，一起吃着大鱼大肉，渐渐也就有了感情，终于不再急着离开了。

反正日子一天天过下来，由跑不成到不愿跑，再到留恋对方，多半年的时间也就过去了。

一个男人只要给狐狸做了老婆，日子长了，性情也就全变了。比如说，他从此再也不对别的女人好了——传说看林子的男人过去也有妻子，后来再也不愿见她了。

那女人自己留在看林人的窝棚里，很快就委屈死了。

从此看林人更是一心一意给狐狸当老婆了，与它和和美美过起了日子。狐狸对这个瘦高个子男人喜欢得不得了，一有工夫就给他洗脸：狐狸洗脸从来不用水，只用舌头舔。

它每天都把看林人细细地舔上一遍，把他的一张脸舔得亮晶晶的。

前边说过，在老狐狸眼里，人与人之间男女分得不太清楚，在它看来，人的眉眼都差不多！照理说看林人有络腮胡子，只是在老狐狸看起来一点都不明显：它自己脸上全是毛，胡子也比他长多了！

它对比着看来，觉得这个男人的小脸儿已经很光滑了，跟女人没有什么两样！

看林人吃它的，用它的，也生出了很深的感情，最后再也不愿分开了。

可是海边的人都知道一个老理儿：两口子如果好过了头，那就麻烦大了，因为“恩爱夫妻不到头”！就这样，这只老狐狸和抢来的看林男人一天到晚恩爱，结果还没过上两三年好日子，老狐狸就没了。

它是累死的，也可能是吃东西噎死的、生病死的，反正后来看林子的男人又变成了孤单单的一个人，只好重新搬回了自己的那间小屋。

探　营

老憨一旦打定了主意，除了我，谁劝都没有用。可这次连我也劝不住了。我说：

“大家都舍不得你啊，我们还要在一块儿好好玩呢，你怎么就不想活了呢?”

老憨先是做个哭丧脸，然后又说：“那我就一个人去吧！本来大家一起行动，有个三长两短也能互相帮一把——可你们几个这么胆小，我就只好自己去试一试了。”

我很长时间没再说什么。因为已经无话可说。他不光不听我的劝告，还要反过来埋怨，这就没有办法了。

看来老憨这个夏天真的是凶多吉少了！

因为忧心，也为了尽上最后的一点朋友情谊，我经常在老憨出没的小路上溜达，以便找机会做最后的一次挽留。可他一直没有出现。我心里一阵欣喜：大概他在最后的时刻终于想通了，打消了那个冒险的念头！

可是当我再次约他去海边玩时，这才发现一切都没有改变，对方只是做着更加精心的准备：制作了一把强力弹弓，还在身上藏了一把锋利的小刀。

“尽管这样，还是不抵事的，你太冒险了!”我说。

老憨看看我，只把小刀掖紧了一些。他大概不想再跟我费什么口舌了。

出于友谊和责任，我又说：“连村里和园艺场的民兵，都不敢去招惹他!”

老憨这才哼了一声：“算了吧，那个‘狐狸老婆’最早也是村里的人，不过是藏在林子里久了罢了，怕他什么！民兵，那又怎样？我爸年轻时候也是民兵!”

“可他是‘狐狸老婆’啊，你连这个都不懂?”

“哧！等着瞧吧，我就是牺牲了，也不要你们管，不要你们为我报仇!”

他已经开始说气话了。想想看，如果他真的牺牲了，我们会待着不动吗？说什么也要和“狐狸老婆”斗个你死我活！到那时候，就不是我们和那家伙斗了，而是整个学校、整个园艺场与周围村庄的一件大事了。

老憨在我的反复劝说之下，最后答应先不去招惹他，而要设法去那个神秘之地侦察一番再说——

“这总可以了吧?”

他为自己的周密计划而得意，但我还是阻拦他。不知怎么，我心里有个预感，就是这个夏天要出大事儿了——他真的着了魔，说不定这次就要有去无回！

没有办法，一切都是命啊。

我们大家只好等待那个结果：有一丝丝侥幸，更多的还是不安和悲伤。有一种大祸临头的感觉缠着我们。

这样过去了一个星期。

周一早晨老憨找到我，一副蔫蔫的样子，眼角里却藏了一丝得意——没有比我再熟悉他这一套的了，所以我只一眼就看出有什么事情发生了。

果然，老憨待了一小会儿，故作平淡地吐出一句："我去了那里一趟。"

"你说什么？去了那里？可是……你怎么就囫囵着回来了？"

老憨揉揉鼻子："你还指望他咬去我一条胳膊、一条腿？"

我不知道。事实上倒有可能是更坏的结果呢。我没有说。我总觉得他不会像原来一样、毫发无损地从"狐狸老婆"那儿离开。

难道他只远远看了几眼就跑回来吹牛？这也不可能——仔细些看，还是能感到他的神气变了。

老憨不想一下子讲出全部的经过，而是像过去一样，总要拿捏一下，吊吊我的胃口。我偏偏不问。

这样僵持了一会儿，他再也憋不住了，叹了一声："老天爷啊！"

他惯于耸人听闻，所以这样的开场白也在意料之中。我听下去，不动声色。

"那家伙，我是说'狐狸老婆'，不过是个好老头儿——也许装成了一个好老头儿吧。反正他没有把我怎么样。咱走进了那片黑林子，啊呀！原来是这样！原来……"

老憨说着抬头望向远处——那正是黑林子的方向。

我催促他："说细些，到底怎么回事？那里有千面鸟和百足虫、有大蟒蛇和孔雀吗？"

老憨挠挠头："别问了，我干脆领你去一次，那不就什么都明白了？这叫'探营'，只要打仗就得这样。"

我有些犹豫。我在想他的话有几分是真、几分是假。我看了一会儿他的眼睛，最后不再怀疑了——他骗人时不是这样的眼神。

接下来他一直在商量、引诱，还使用了激将法。我怕他小看我，嫌我胆小，后来心一横就同意了：一起去探营！

这是一天下午，我和老憨去了黑林子。依照老憨的建议，我们这次准备了一点礼物：一小包烟末。老憨说，据他观察，那家伙嗜烟如命，这方面一点都不比玉石眼差。

“他一口接一口吸烟，烟瘾特大哩。”老憨说。

老憨从哪儿找到这样一包烟末，让我感到好奇，因为他爸对烟末从来管得死死的——烟末在海边和酒差不多，只有在代销店才能买到一点点，而且贵得要死。

“是从你爸那里偷的吧？”

他点头又摇头：“你就好好猜吧！”

这谁能猜得出。抽烟这种事儿，我们从看鱼铺的玉石眼那儿试过，除了辣得连声咳嗽之外，还留下了许多想念：想那种辣劲儿、那种奇怪的滋味。玉石眼当时说：“抽烟最好了，所以烟叶才贵。”

老憨从兜里掏出那包棕黄色的烟末，说：“好看吧？等从‘狐狸老婆’那儿回来，我再告诉你这是怎么回事。”

这家伙总喜欢搞出一些秘密，其实在他那里，真正算得上秘密的几乎没有。

深入老穴

一踏进这片黑林子，我的呼吸就有点发紧。说真的，如果不是和胆大包天的老憨在一起，谁也别想把我引到这里来。林子太密了，几乎没有阳光，到处又阴又湿。

四下里好像都藏了“狐狸老婆”的密探，它们一直在暗中窥视我们。一些“哈里哈气的东西”暂时停止了吵闹，在树隙里探头探脑。

脚下不一定什么时候发出“吱”的一声，那是被我们踏中的蘑菇在叫。一只只大鸟给惊飞起来，它们飞去的方向就是“狐狸老婆”的老穴。

狗叫声紧一阵慢一阵，野鸽子在远处大声吵嚷。说不定什么时候就有一条蛇从近处蹿过，让人头皮一阵发麻。

我亲眼看见一只黄鼬在一棵老榆后面瞅了我们一瞬，然后飞速跑回了林子深处。

我们走了多半个钟头，这才看见一道黑色刺槐扎成的篱笆，上面缠满了蓝色的牵牛花。老憨站在篱笆跟前，对我使个眼色，小声说：“好好看吧!”

这是一片篱笆围起的园子，里面有杏子树，大部分都摘过了，只有一两棵上还闪着红色——那就是让人心里发紧的大蜜杏啊！我差一点流下了口水……

杏树旁边是樱桃，可惜这种更加馋人的东西早就摘完了。

四周是西红柿和黄瓜以及各种甜瓜，一股诱人的气味一下扑进鼻子……

老憨挨近了我，使劲捏了一下我的手。

我们绕过园子，又来到另一个园子：到处是地瓜和花生，一看黑旺旺的秧子，就知道下边结满了果实——它们有不同的吃法，找个地方拢堆火烧得香喷喷的，那该多来劲儿！

烧新鲜花生和地瓜的滋味，没有尝过的人就别想弄明白。

我知道老憨心里在打这些好东西的主意，这会儿肯定是这样——像我一样，他已经在想象中点火烧东西了。

我从心里佩服起“狐狸老婆”，他的老穴果然名不虚传，瞧有多少馋人的东西啊！一般来说，这样的地方一旦让老憨瞄上，也就危险了——可惜这里是“狐狸老婆”的王国，谁也不敢招惹；所以这不过是白白嘴馋一场，早晚还是要打消念头。

第二个园子不远处就是一座矮矮的大屋顶草房，是厚厚的苫草做成的屋顶，大得好像随时都能压垮整座屋子。那就是“狐狸老婆”的老窝了。

老憨领我从四个方向看着屋子。我们仔细看它南瓜大小的窗、厚木头做成的门、半截石块半截泥土垒成的墙……正看着，突然听到了“哧哧”的声音，原来是一条大狗朝我们瞪眼，发出了警告。

老憨扔给它一点东西，它低头嗅一嗅，开始吃起来。

老憨掐着腰，声声叫着：“大叔！大叔！你在家吗?”

待了一会儿，小南瓜窗上发出一声吆喝。老憨应一声，对我说：“进去吧。”

老憨一迈过门槛就说：“大叔，我领了个朋友，给你送好烟来了!”

屋里黑乎乎的，暗影里一个沙沙的声音说：“噢噢，那好。”

老憨一边往前一边掏着衣兜，把礼物拿在手里。

这时我的眼睛适应了一会儿，总算能够看清屋内的一切了：屋角有一个大草墩，上面坐了一个六七十岁的老人，果然瘦瘦的，腿真长，这会儿正吸一杆烟斗。

老人加紧吸了两口迅速磕掉，对老憨伸着手：“烟儿拿来!”

老憨赶紧递上了那包烟末。

老人的一双大眼深陷在眼眶里，亮得吓人。这双眼睛盯着烟末，马上倒进一点烟锅里，用大拇指使劲揉着，哧啦一声划了火柴点上。

他深深地吸了一口——刚吸进一半，就一连声地大咳起来。他咳啊，咳啊，眼泪都咳出来了，最后一不小心，红色的烟末撒到脚背上，烫起了一个水泡。

我吓了一跳。可是他不慌不忙从墙上解下一个黄色的油瓶，倒出一点擦上，水泡眼瞅着就没了。他打量着冒烟的烟锅说：“咦，我没有抽不了的烟！这是怎么了？”

老憨赶紧笑眯眯地凑上去：“大叔，这烟劲儿大呀！”

老人又轻轻吸了一口，还是咳。可是他并不服输，试着再吸一点，也还是咳。

在“狐狸老婆”断断续续吸烟的时候，我和老憨在小院里转悠开了——原来小院左侧有一道小门，从这小门穿过，就来到了一个热闹地方：

一个带棚子的更小的院子，养了许多野物，兔子、鸡、羊、鸽子、鹌鹑、大鹅；还有一个个槐条编成的大粮囤子……这让我想起了另一个村里的锅腰叔：那人不光养了各种野物，还偷偷酿私酒呢。

我吸了一口凉气。

回到屋里时，老憨对老人夸张地介绍我：“大叔，我今天给你领来的这个人可不得了啊，他家不光烟末多，他还能捉鱼——”

说到这里老憨在我和老人之间一指，盯住我说：“知道吗？大叔不爱吃海鱼，就爱吃河鱼，这是那些年养成的口福儿……”

我想“那些年”，可能就是给狐狸当老婆的日子吧！也许狐狸是不吃海鱼的。但我不敢多嘴。

我只好顺着老憨的话胡诌，说今后一定给大叔捉来好多河鱼！

就这样，我们在老穴里待了一会儿。看来“狐狸老婆”真的不像传说中那样凶悍。我大大地松了一口气……

离开的路上，老憨笑着告诉我：那包东西不是烟末，是兔子屎！

我愣住了。我不信。

老憨说：“就是这样，你看到海滩上那些兔子屎了吧？把它们弄成细末就成。现在村里人有的抽不起烟，犯了烟瘾还要抽它哩，不过要掺上一些树叶，它劲儿太大了……”

“那有多脏啊！”

“哧，一点都不脏！小兔吃百草，再经小肠小胃一消化，那真是再好也没有了！不过就是辣了些……”

“那你没尝一下？”我被老憨说得动心。

“那是虽然的了！我什么都尝过，这个以后再说……等到咱们所有人全都学会了抽烟那天，那该多带劲儿啊——我们齐刷刷叼上烟斗，那该多带劲儿啊！”

老憨一高兴，又一次把“当然”说成了“虽然”，他是故意的。

我琢磨着，说：“好像是这样。不过从哪里找这么多烟斗啊?”

老憨说：“这个好办。这个一点都不难办!”

智　斗

我和老憨探访了“狐狸老婆”的老穴，剩下的事情就是我们大家一起出动了。不过我对这件事的结局还是没有把握。

我提出去那里玩玩可以，冒险的事一点都不能做：千万别动他园子里的东西。

老憨说：“嗯，这就得等等看啦。”

“为什么要等等看？看什么?”

老憨咂咂嘴：“看我们能不能忍住这股馋劲儿。如果咱们见了‘狐狸老婆’园里那些好东西，眼都不眨一下，一点都不馋，那不就简单了?”

我心里同意他的话——真的是这个道理。因为说实在话，我见了树上的大蜜杏也流过口水，当天夜里就想过好多次。多好的大蜜杏啊，园艺场里都没有见过!

第三天，老憨很快将几个好朋友找到了一起，指着我说：

“你们听听老果孩儿怎么说吧！我们俩一起找了‘狐狸老婆’，还送他一包礼物。那家伙一点都不可怕——他让人怕吗？老果孩儿你说！”

我点头又摇头。因为我也说不准。想想看，给狐狸当过老婆的男人，怎么说都让人头皮发麻。因为这事一想起来就别扭。

老憨对他们挤鼻子弄眼，推推搡搡。后来大家总算约定：明天一块儿去那个地方。

第二天一早老憨就来找我，还提了一条腥味刺鼻的河鱼。他说这是三狗捉来的，算是我们的新礼物。

我说：“你这家伙真有心眼儿，以前怎么没看出来呢！”

老憨高兴了。他对夸赞“心眼多”这一类话是最爱听的。

我们等了一会儿还是不见其他几个，老憨就说：“他们也许自己去了，咱俩走吧。”

我们又一次进入了“狐狸老婆”的老穴。这回老头子早就站在院里了，好像正等着我们一样，使我和老憨反而有点心虚。老人离几十步远就认出了来人，喊：

“是那两个孩儿吗？”

“孩儿”两字叫得人心里高兴：眼前这位老人与一般的村里人没什么两样啊。我愉快地应了一声。老憨举起了手里的鱼。

老人伸出一根棍子把鱼挑过院墙，放到眼前仔细看着，说：“噢，鲫鱼！”随后咕哝说：

“鲫鱼大了就是宝，大清年间，百姓吃半尺以上的鲫鱼犯法哩，那要留着进贡……”

他伸开手掌度量着，看这条鱼够不够半尺，嘴里发出满意的“嗯嗯”声。老憨劝他：“没事的，你吃多大的鱼都不犯法！”

他还是度量着，松了一口气说：“不够半尺。”

老憨问前几天送他的烟末怎么样？他说：“劲儿偏大。”老憨又问：“你的烟给我们尝尝不行吗？”

老人从兜里摸出一点。

老憨变戏法一样从腰上抽出一支小小的烟斗：一颗橡实挖空了，上面插了一根苇秆！

我在心里发出了惊叹。老憨不动声色地将烟末装入烟锅，然后点上火，轻轻吸了一口。他不敢使劲吸到肚里，只是小心地试了一下……

他把烟斗插到我嘴里。我小心之极地品尝了一口。真说不上好。

这么辣，为什么有那么多人想吸？真是不解！我推开了烟斗，擦着嘴说：“真苦！呛人！”

老憨大笑。“狐狸老婆”用力看我一眼，不说什么。

我从盯来的目光中，立刻感到了锥子一样的狠劲儿——它能扎到人的心里去……我马上想到了关于他的吓人传奇，琢磨：如果是真的，如果他只给我们讲出一点点，那该是多么惊人的一个个故事啊！

他当然不会说，而我们谁也不敢问。

老憨抽着烟，嘴里不断地往外喷雾。我知道他主要是装装样子。

突然，老憨冒冒失失问了一句：“大叔，有人说——村里人都说，你以前给一个老公狐狸当过老婆……”

我听了心上一颤！正像我担心的那样，老人一听到这话立刻站了起来，大声喊道：“谁敢这么胡说？天打五雷轰的！谁说的？嗯?!”

我吓得不敢抬头。

老憨的脸涨得通红。他肯定也后悔了、害怕了。

老头子仍然大叫：“这是人话吗？想想看，人是人，狐狸是狐狸，人怎么能给它当老婆？再说了，我是一个男的！”

奇怪的是老憨在这暴怒中能够渐渐安静下来，咕哝说：“有人说，上年纪的狐狸分不清男女……”

“那是放屁！它看不出我是男的？”

正说着，老人听到了什么，麻利地转身出门——原来外面的狗在狂吠。

我和老憨跟他来到了院子。我发现老憨的额头很快渗出了一层汗——狗向着西边大叫，老头弯腰拾起一把镰刀，身轻如燕，唰的一下跳过了篱笆。

我和老憨紧紧跟在他的后边。

我们跑到园子里，发现那棵杏树下边有许多折下的枝叶——这说明刚才有人在偷大蜜杏！

老人只弯腰一瞥，然后不再停步，只往前追赶起来。他在树隙里跑得可真快！谁见了也不会相信这是一个老人，瞧他穿林子时灵巧得就像一只狗獾！

我很快发现前边二三十米远的地方有几个人，而且一下从背影上认出了李文忠、三狗和破腚……我全明白了。

原来刚才是老憨故意在屋里惹火老人，以便让他们三个在外边动手——这么大的行动，之前却对我瞒得严严实实！

显然一切都是他们事前计划好的——让我吃惊的是，老憨这一次虽然莽撞了点，但真的是有勇有谋，心眼一点都不缺！

追了一会儿，前边的几个还是领先几十步远。老头站住了。我原以为他要放弃这次追赶呢，谁知刚一立定，他的两腿立刻拉成了弓式，然后唰地一下抛出了镰刀！

镰刀打着旋儿飞过几棵树，只差一点儿就砍在那些人的头上！

这老头儿真狠！我和老憨都吓懵了，一齐发出“啊”的一声……

这会儿，他才露出了“狐狸老婆”的原形啊！我们后退几步，唔唔几声，胆战心惊地告别了老头儿。

我和老憨赶紧跑开了，头也不敢回……最后我们特意转了一个大弯，才呼呼喘着，设法与三狗他们会合。

一路上我都埋怨老憨：你真是太冒险了！你就那么馋吗？

老憨不作声。他显然也有点后怕了。

我们一伙在一片柳树下坐了，喘息了一会儿，才开始享受来之不易的胜利果实：一捧又红又大的蜜杏。

说实话，我们从来没有吃过这么甜的大蜜杏！

齐刷刷的烟斗

大家很快学老憨那样，每人做了一个烟斗：橡实挖空了，再镶上苇秆。这种烟斗看上去怪模怪样的。我们每人叼了一支，咬在嘴里往上翘着，倒也神气。

烟斗弄好的第二天，我们就一块儿去了海边，专门在人多的地方转悠。无论是买鱼的人还是拉网的人，见了我们齐刷刷叼起的烟斗，都喊：“咦，怪了！看这些抽烟的孩子！”

我们听了，相互看一眼，然后一齐装上烟末、点火、吸一口，向空中徐徐吐出烟雾。

“看这烟斗，都一模一样哩！”

“真是怪了，这是学了哪一套啊！”

无论他们怎样议论，我们都不搭理一声，只大摇大摆地在海边穿行，面色庄严，谁也不笑。

我们专门到看鱼铺的玉石眼那里去，他是我们的老朋友了。海边上白天热闹，一到了晚上就清闲起来，那时候只有老人一个人闷在铺里。

他最欢迎我们。特别是冬天，这海边很冷清，大雪一降下来，一连十几天都看不到一个人。

玉石眼对我们好，他铺子里的好东西随便吃，什么冬天里的咸蟹子、鱼干、地瓜糖……只有一样东西他多少舍不得：烟叶。

他抽烟不像别人，不会在烟斗里按上结结实实的一撮烟末，而是从枕头下边或别的什么地方摸索着，抽出一张烟叶，拧下一点搓一搓，放到烟斗里。

“给俺吸一口不行吗?”老憨这样恳求老人。

玉石眼不答应，说你抽烟还早了些。但他经不起大家一再要求，就将烟杆儿往每个人嘴里插一小会儿——我们总是在它挪开之前抓紧时间吸上一口。

那种辣味儿啊！“呸呸”大家都吐了。

玉石眼很不高兴，说：“好好的烟，就这么糟蹋了！”

我们知道，他的烟全是从赶外海的那些人手里弄来的。赶外海是就是去远处打鱼，而不是在岸边上拉渔网，那要驾船到深海里去。

那些人常常停靠一些大码头，所以就能带回各种好东西。

玉石眼是个见过大世面的人，出手大方，于是也就有了最多的好朋友。那些人从远处来到这里，什么宝物都舍得送给他。

玉石眼在一个冬夜里告诉过我们一个天大的秘密：那些赶外海的人不光给他捎来烟叶、打火机、甜饼，还要在合适的时候给他捎来一个老婆。

这使我们惊讶极了。我们虽然不算见多识广，但仍然知道这种事情会很难。“老婆”也是随便捎来捎去的吗？这让人半信半疑。

当然我们十分同情玉石眼，觉得他实在是太孤单了：一年年独守这个鱼铺，自己做饭，夜里连个说话的人都没有。

老人吹过那句大话一年多了，也还是一个人。看来那事儿不太好办。

我们一齐钻到玉石眼的铺子里，嘴里叼的烟斗还冒烟呢。他一见我们立刻惊得瞪大了眼睛："老天，真吸上了？"

我们不答话，一齐磕了烟斗。老憨翻翻白眼，说："你以为怎么呢！"

老人瞅着我们，笑了："大概吸的是兔子屎吧？"

他太瞧不起我们了。我们才不会吸那种东西，因为它太辣了。我们吸的是一般的干树叶，只吸一下，不往肚里吞咽。

我们准备有了真正的烟叶，真的学会了抽烟时，再试着往肚里咽。这是我们的一个计划。这个计划可能要在玉石眼这里落实。

老憨举着空空的烟斗说："玉石眼老叔，你就给我们一点烟叶吧，听说是关东烟……"

"呸，小小年纪，知道什么是关东烟……"他拒绝了。

老憨急得挠头，用目光向我求援。

玉石眼说："别的好说，要我教你们抽烟，老师和家长还不剥了我的皮啊！"

"你也说得太吓人了！我们什么时候出卖过朋友？"老憨拍

着胸脯。

“我还是不干。外海人捎来一点好烟也不容易，不能让你们的小嘴糟蹋了。”

我这时一急，说：“你不教我们吸烟，有人也会教的……”

玉石眼瞥我一眼：“谁?”

老憨想堵住我的嘴巴，可惜动作晚了一点，一句话就脱口而出了：

“‘狐狸老婆’!”

玉石眼一愣，然后夸张地一仰头倒下，躺在地铺上说：“完了，你们算是完了……那人浑身是毒，能毒死两头牛啊!你们敢抽他的烟?”

这样喊过之后，老人睁开了眼，试探着问：“真的去过他那里了?”

老憨只好老老实实承认了。

玉石眼一个扑棱爬起来，拍着腿说：“啊呀!啊呀!这可不得了啊，这可不得了啊……他是这围遭儿最坏的人了，你们是我的朋友，我才要管!我可不敢眼睁睁让你们害在他手里……”

老人说着哭起来，放下烟斗，一下下擦着眼泪。

所有人都吓得大气不敢出一口。三狗看看破腚，往角落里缩了缩身子。

玉石眼擦过了眼睛，叹着气，转身找出了拇指大的一片烟叶："你们轮换着抽吧，不过就这一回了……不是不舍得，是太早了——要抽烟，起码还要等上两年……"

老憨说："你就当两年过去了吧。"

"一年里有四季呢，哪能说过去就过去?"老人还在擦眼，看来他太恨"狐狸老婆"了。

这样过了一会儿，他盯着铺角黑漆漆的地方，咬着牙关，吐出了几个字：

"'狐狸老婆'，那是我的仇人!"

仇深似海

我们坐在鱼铺里，长时间吓得一声不吭。说实话，我们从认识玉石眼到现在，还从来没见他这样恶狠狠地说话。我们都知道他厌恶"狐狸老婆"，可就是想不到他会这样恨他。

本来都是独身的老人，都住在海滩上，做不成朋友，也不至于结成这样的大仇吧。

这里面的秘密还不知有多少呢。看来大人的秘密总是那么多——我不由得要想：自己也在一点点长大，到了年纪这么大时，也会有这么多的秘密吗？更令我好奇的是——我将来是不是也要有一个仇人？

我对自己的将来又好奇、又害怕。

还是听听玉石眼怎么说吧——只要我们不说话，安静下来，他就会一点一点全说出来；我们一连声地问，他反而要闷起来，闷上几天、几个月也是常事。他们大人真是怪啊！

“那个‘狐狸老婆’差一点把我害死，你们可要为我报仇啊！你们这么多人，长大了为我报仇不难的……”

玉石眼就这样打开了话匣子。可是他一上来就交给我们这么大的一个任务：报仇！这种事儿说说容易，要做起来多么难啊！杀了他？这可不行，这是连想都不能想的事。再听玉石眼接下去怎么说吧：

“我原来是一个福人儿——四周村子里谁都知道这个。你们知道什么叫‘福人儿’吗？就是说我有个好老婆，她长得大眉大眼的，一笑脸上俩酒窝！女人一有酒窝就宝贵了——这你们知道吗？”

我回答：“知道。园艺场有个叫‘大红’的姑娘，她脸上就有酒窝。”

“那行，知道就不用我多说了。老婆十来岁时就有酒窝，跟上了我还有。我来海边看鱼铺子，她不嫌孤单，就跟了来。你们几个想想，女人哪个不爱热闹？可她就能跟我住到这个地方，白天晚上听海浪扑啦扑啦响。”

三狗说：“听你讲故事多好啊，还有鱼吃！”

玉石眼点头：“那不差。夜里，幸亏我有说不完的故事，要不，嗯，哼，嗯……”

他吞吞吐吐的时候，我在想：他关于女人的话可能是对的，因为大红就是最爱热闹的人，她最愿做的一件事，就是把我们引到她的宿舍里打扑克，一赢了牌就按住我们亲脑壳……

“坏就坏在后来——人这一辈子如果交了个坏人做朋友，那就算完了！我这一生最后悔的就是认识了他——那个看林子的孬人，这人又瘦又高，胸脯凹凹着，全身上下没长四两肉，一看就知道是个馋痨饿鬼……”

我们知道他在说谁，盯着他往下听。

“那孬人就像从来没吃过一口像样的东西似的。我可怜他，让老婆煮鱼熬汤，还把喷香的烟叶递到他手里。你们猜怎么样？这家伙又喝又抽，一句客气话都没有，只半年脸上就油滋滋的了。他不过每次给我捎来一把干蘑菇，这东西林子里有的是……”

老憨听到这里马上说：“老果孩儿住在林子里，他家四周蘑菇最多。”

“就是啊，也不是什么宝贵物件。可我老婆吃上了瘾，一天到晚熬蘑菇汤，还跟上那家伙去采蘑菇。有一回她烫伤了，他就给她用一种油抹好了，嗯，怪灵的油儿——这事儿就这么开了头……”

玉石眼擦了擦眼，抿抿胡子：“就这么开了头。采了没有两天，我那口子就回来跟我说，她想住到看林人的屋子里去。我一时没听明白，说咱的铺子挺不错的，你住人家屋里干什么?”

我们屏住呼吸听下去。

“后来才知道事情坏了。我恨那个孬人，又舍不得老婆。你们不明白，人一辈子娶个有酒窝的老婆不易啊！我一夜一夜不睡，劝她留下来。她就是不依。我们两口子抱在一块儿哭啊，哭啊……看看，我被这个孬人害成了什么!”

李文忠、三狗和破腚也听明白了，一块儿骂起来。

老憨说：“该把那人的草房子点上火!”

玉石眼使劲抿着嘴，抿成了一条线，鼻孔也拉宽了。他的大手拍着膝盖：“老婆哭成了泪人，哭得人心疼，最后我一拍大腿说，得，你走吧，想我的时候就回来看看！走吧，我送你去！我包了一些干鱼，扯上她就往外走……”

老憨嘴里发出“咔”的一声：“真的走了?”

“走了。我亲手把她交给了那个家伙，临离开时对他说：

孬人，你听好了，这个有酒窝的女人是天底下最好的，你要她就得一辈子对得起她，要不，你的头就不在自己脖子上了——明白不？他说了‘明白’二字，还伸手往脖子上比画了一下。”

李文忠一直在听，这会儿难过得流泪，玉石眼怜惜地摸了摸他的头。老人点上新的一锅烟，慢慢说下去：

“‘狐狸老婆’本是该杀的，都怪我一时手软啊……事情是这样，我老婆跟上他过了不到三年，他就被林子里的那只老狐狸看上了——这倒不是什么稀奇事，狐狸缠人的事多了；怪就怪在那是一只老公狐，它要把他掳去当老婆！”

“他就同意？”李文忠问。

“他为了吃好喝好，舍下女人，一走就是三年！三年里那个女人天天哭，眼都哭瞎了，最后死在了林子里……”

“啊，原来是这样！”老憨的身子往前探着。

“我天天找，直到老狐狸死了、他回到小屋那天。我一把揪住了‘狐狸老婆’，用一把飞快的镰刀逼在他脖子上，问记不记得当年发的誓了？他说记得，一边说一边流泪，我这心就软了，手一松镰刀掉在地上……”

玉石眼的故事讲完了。他擦一把眼，磕掉烟锅。

这是我们听过的最真实、最让人伤心的事了。这种事竟然就发生在眼前，而且两个当事人我们都认识！

“你们要替我报仇!”玉石眼说。

我抬头看看老憨，正好碰上了他的目光。看来老憨气愤，却又一时不知该怎么做……我心里想：能不能为老人报仇不敢说，但我们以后一定会好好帮助这个老人——

他每天想得最多的就是酒了，海边上湿气大，他真的要喝酒。那我们就设法搞些酒来吧……

玉石眼看着我们说：“你们都是念过书的人，知不知道‘仇深似海’这个词儿?”

我想了想，对老憨说：“好像是‘情深似海’。”

玉石眼摇头：“不，是‘仇深似海’！说的就是我和‘狐狸老婆’，这错不了的……”

瓜干和酒

这几天里，我们有许多时间都在商量怎么对付“狐狸老婆”。

因为除了玉石眼对我们的影响之外，再就是那只飞过来的镰刀!

那一天多凶险哪，只要稍有闪失，那么三狗、李文忠几个人就得有一个脑袋开花。我们至今想起这事儿来，还要倒吸一口凉气。

老天爷，世界上怎么会有这么凶狠的一位老人？他不让我们偷大蜜杏倒也罢了，竟然甩开镰刀砍我们的头！

那把镰刀让我们想到了玉石眼——他当时不是要用一把镰刀割下那家伙的头来吗？结果他的头没有割下来，他倒想来割我们！

这样一想格外愤怒。李文忠说：“难道，他，这个‘狐狸老婆’，就没人能管得了他、他吗？”

老憨说：“咱这个夏天主要就是对付他了。这也是为玉石眼报仇。不过你们几个他是认识的，以后到他那里去就得小心了。”

我也认为那一天“狐狸老婆”从背影上盯紧了他们，以后也许会辨认出来。不过他会不会对我和老憨起了疑心？这还不敢说。

我建议他们：以后接近那个老穴时要穿不同的衣服，或者干脆反穿衣服——颜色一变，老家伙就记不起来了！

我们对玉石眼最大的意见，是他对烟叶的吝啬。三狗说：“我听说人一老了就变得不大方了——将来我们也会这样的——老人都是以物换物的，你给他这样，他给你那样。”

老憨马上拍手：“太对了，三狗真是聪明，一说就说对了！这样吧，我们弄一些酒去换他的烟叶，那总成吧！”

没有人对他的话表示怀疑。都知道有一个地方可以搞到酒，那就是锅腰叔的小院——他在那儿酿私酒，可他同样是个吝啬的家伙，每一滴酒都得用瓜干去换。

问题是：我们到哪里弄瓜干去？

我很想让老憨回家去偷些瓜干，但又说不出口。因为有一次老憨这样干了，结果差一点被他爸火眼打死——老火眼打人下狠手是有名的，他火气上来抄根扁担，劈头就砸！他家里仅有的一点瓜干，还要留着去代销店换酒呢。

三狗家里有一点瓜干，答应偷出一些。但以后怎么办？没有瓜干就没有酒，没有酒就帮不了玉石眼，也搞不来他的烟叶。这都是一环扣一环的事啊。

最后，我们终于不约而同地想到了“狐狸老婆”——想想看，这家伙每年该收获多少瓜干啊！穿过他的小院东门，那里面有一个个大槐条囤子，囤子里必定装满了瓜干……

不过，我们怎么弄来他的瓜干呀？

大家都急得挠头。如果把老家伙摁住，然后用口袋装走瓜干就行了。但这不是个稳妥的办法——那将十分危险。

商量了半天，最后一致的意见是：利用老人以物换物的特点，用河鱼去换他的瓜干。

“狐狸老婆”爱吃河鱼，还说半尺以上的鲫鱼是宝！

剩下的事情就是搞清楚那家伙到底有多少瓜干？不然就是空欢喜一场。

侦察的事情照例落在我和老憨身上。我们不得不硬着头皮跑一趟了，因为到现在为止还不知道他是否起了疑心。这家伙当过狐狸的老婆，那就会有狐狸的心眼。

为了不太心虚，我们去的时候照旧提了一条鲫鱼——尽管鱼的个头比上次小一点。

那条大狗恶狠狠地看着我们，嘴里“哧哧”的声音比过去还大。老憨扔一点东西给它，它一边吃一边还要“哧哧”几声。好不容易冒险进门，只见“狐狸老婆”一声不吭坐着，不理我们。

我的心“怦怦”地跳。

老憨举起手里的鱼，一直举到老人脸前。

“腥歪歪的，放一边去吧！”他没好气地说。

老憨赶紧放在了地上。

“那天的杏子好吃不?”“狐狸老婆”阴着嗓子问。

老憨身上一抖，我赶紧用膀子扛了他一下，这就掩饰了两人的紧张。我好不容易定了定神，笑着说：“大叔那天没给我们杏子吃啊！”

老人站起来，眼里放出一道凶光：“那几个小子没给你们尝尝？他们独吞了不成?”

我和老憨马上表达了十二万分的委屈：“大叔说哪儿去了！我们和他们不是一伙的！我们还想逮住他们交给你呢，一直追了好远——这些家伙跑得可真快，就像飞毛腿……”

他又盯了我们几眼，伸手去摸一旁的烟斗了。他吸着烟，像在琢磨事情。

老憨不再吱声。我对老憨说：“大叔真能冤枉人啊！咱逮了这么大的鱼都不舍得吃，跑大老远的送来，结果还被赖上了！咱们走吧，咱拿上鱼走吧!”

我说着就去拿地上的鱼。

“狐狸老婆”一下站起，挡住了我。

“老果孩儿说得一点不差，俺走了!”老憨也弯腰去拿鱼。

“嘿嘿嘿!”他笑了。这笑声真的像狐狸。他笑过了，说：“不过是逗逗你俩哩。再说了，我也不会白吃你们的鱼啊!”

老憨鼻子酸酸的，带着哭音问：“那又能怎么？你这里又没什么好东西给我们……”

老人伸出烟锅四下指着：“你俩看看这里，喜欢什么就跟大叔说!”

我和老憨抑制着兴奋，故意装作很不情愿的样子，东院西院看起来。我们夸了一会儿兔子和鹌鹑，又夸那条忠诚的狗。

最后我们终于找到了盛瓜干的大槐条囤子！老憨掀开囤子盖说：

“一条鱼换一捧瓜干怎么样？”

“那得看是多大的鱼了！”“狐狸老婆”站在我们身后说。

我说：“一定不比今天的鱼小！”

交易就这样达成了。我们离开的时候，心里乐开了花。

结果第二天我们就捉了两条鱼。

第三天，我们用两大捧瓜干，从锅腰叔那儿换到了二两三钱烧酒。

捉鱼六法

由于第一次只搞到很少一点酒，就没有送给玉石眼。老憨提议我们大伙也该庆祝一下：烧一些鲜花生、鲜地瓜，你一口我一口喝它怎样？

二两三钱酒，如果落到玉石眼手里，还不一仰脖儿就没了？

老憨爸火眼那儿有一只很大的葫芦盛酒，另一只小葫芦就被老憨用上了。从锅腰叔那儿换来的酒装在这只小葫芦里，摇一摇发出咣咣的声音。

他说这只葫芦能装半斤酒——“咱只要有了半斤酒，就送给玉石眼。”

大家都同意。

约定了第二天去河边享用花生、地瓜，还有酒，度过这了不起的一天。想啊，想啊，结果夜里高兴得差一点睡不着。

天亮了聚到一起才知道，每个人都同样兴奋。我们先是设法搞来花生和地瓜，这并不容易——一到这个季节就有了护田的人，这些人叫“看泊的”，一个个都凶巴巴的。

像过去一样，先由老憨下达指令，再由我堵好他指令中的一些漏洞，将每个步骤都弄好——我们要钻到半人高的玉米地里，借着它的掩护移动到花生和地瓜田里；我们要分散开来，事成后在指定的某处河岸碰头……

事情总是顺利无比。太阳刚刚升到树梢那么高，我们就点起了炊烟。几个人坐在河岸的漫湾处，这里有又白又细的一片沙子。

我们用粗一些的树枝搭起小葫芦架的模样，上面铺起细一些的干树枝，然后堆上干草，草上再摊开一层花生果——等架子烧起来，细细的干树枝烧断时，一颗颗熟透的花生果就掉到架子下面来了！

地瓜难对付一些，这要耐住性子才行：用细细的树枝和干草混在一块儿，把地瓜塞进去，点上火，等烧旺了之后再用一层湿草盖好——

湿草烤干的时候，里面的地瓜一准变得又软又香。

等待地瓜烧熟的这会儿，正好是吃花生喝酒的时候。酒葫芦在几个人手里传着，大家只舔了几下。老憨有一次喝了一大口，结果眼泪全呛出来了。

所有烟斗都点上了，里面装的当然不是烟末，而是晒干的大丽花瓣和豆叶。我们吸一口赶紧吐出来；再吸，再吐。

无论是喝酒还是抽烟，都是大人们中间兴起的最愚蠢、最让人受罪的事儿。不过这种倒霉的东西既然发明出来了，我们也就不能示弱了。

每个人吃得小嘴黑乎乎的，然后就干这一天里最大的事情了：捉鱼。

这方面谁也比不上三狗，他干这个已经出了大名。可惜他只能捉河鱼，而海边这一带只吃海鱼，所以三狗的地位并不高。

三狗捉河鱼喂鸡鸭和猫，再不就养在自家的水缸里——他妈伸手舀水，不小心被受惊的鱼溅了一脸水，回头还要骂三狗。

老憨一夸三狗，三狗就神气了，这会儿三两下脱掉衣服，一头扑进了河湾。老憨让我们看好。只见三狗扎进水底一会儿，突然像个轮子一样在沿岸那儿转起来，一条条大鱼、小鱼就接连不断地扔到了岸上……

我知道三狗捉鱼有六种方法，我只懂得其中的三种。比如眼下，他就使用了最常用的一种：在沿岸“水草胡子”里逮。那些搭在水里的芦苇和其他草叶中总是藏有一些半大的鱼，如果手快就能捉到。

要有一把卡住鱼鳃的本事，不然滑溜溜的鱼到了手里也要跑掉，所以这个功夫是硬练出来的。

第二种方法是遇到不深的水湾时，跳到里面浑搅一通：那些鱼当然受不了浑水汤，只好把小嘴伸到水面上——只要你眼尖，就一定会发现一合一闭的小洞洞，然后再逮它们就容易了。

可惜这样逮到的，十有八九只是二指长的小鱼。

第三种方法又笨又狠：将鱼引到一条又窄又浅的水汊里，然后用秸秆做成草坝，几个人撅着屁股推草坝，一直推到水汊尽头，那就没有一条鱼可以逃脱了。

这几种方法都是老憨告诉我的，听起来挺好，试了试基本上没什么用处。

剩下的三种才是三狗的拿手好戏，是不费劲儿就能成功的秘诀，所以他轻易不会示人。

我们看三狗捉了一会儿鱼，就鼓动老憨也露一手。老憨推脱了一下，就跳到一条水汊里，像打瞌睡一样来来回回地走，并不动手。

我们催他："快呀，你磨蹭什么?"

老憨搓着眼，打着哈欠，腰弯了弯，突然一扬手，就是一大把鱼!

这些鱼在岸上活蹦乱跳，看得人眼傻！这是怎么回事？它就发生在我们大家的眼皮底下啊!

"老憨你是怎么弄的？讲一讲不行吗?"破腚等他上了岸，就一声声追问，差不多都要央求了。老憨揉揉鼻子，看看我，撒谎说："没什么，不过是手快。"

我知道他这是胡说。

正问着老憨，河道里的三狗不见了。大家担心他出事，就慌起来。只有老憨蹲在地上抽起了烟斗。

我们一直盯着水里，只见扑拉一声开了一朵水花，三狗从水中伸出头来，一只手撸一把脸，另一只手里是一条足有半尺长的大鲫鱼!

这条大鲫鱼啊，是我见过的所有鲫鱼中最大的，而且浑身闪着金光!

"这条大鱼，至少得换来'狐狸老婆'两斤瓜干!"老憨拍了一下膝盖。

受三狗捉到大鱼的鼓舞，老憨剩下的一段时间兴奋起来，往脚上胡乱缠了几道青草拧成的细绳，就跳下水去。他在水里小心地、一步步稳稳地走，不一会儿就“哎哟”一声，弯腰掏出一条鱼来！

我们看傻了眼。李文忠问我：“这是怎么回事？”

我当然答不上来。这和变戏法差不多！

鱼捉得够多了。我们一块儿到岸边草地上找鱼，多少有些失望：由于我们过于注意河里的人了，就没有提防岸上的野猫！这些家伙原来一直伏在草丛里，什么都看在眼里，瞅个机会就把鱼叼走了！

还好，剩下的鱼也有十几条大的。小的没什么用，想了想，趁它们还没死，又扔回了河里。

这段时间闷在火里的地瓜也熟了。大家吃着地瓜，又试着喝酒抽烟了。

这一天真是高兴极了，有烟有酒，还有香喷喷的地瓜——什么都好，就是有人将捉鱼的方法藏起来，太不够意思、太不好了！

朋友之间能这样吗？

我和李文忠的气最大，逼他们快点说出来。

三狗和老憨实在没有办法，最后让我们发誓不告诉别人，这才从头讲出来。

原来老憨在水汊里来回走动时，只为了吓唬里面的鱼，它们一害怕，就要钻到汊边的一些洞里——在水际线那儿有许多这样的洞，为了捉鱼，可以提前多挖几个这样的洞。它们在里面越积越多，只要伸手一掏就是一把，不足之处是小鱼较多。

老憨在脚上缠了草叶绳，那是为了不让脚底板发痒——要知道人的脚抬起落下，总会踩到伏在沙子上的鱼，只不过鱼一动，脚心就发痒，然后脚一抖，鱼就跑开了——脚上缠几道草绳，脚板心就再也不痒了，鱼自然也就跑不掉了。

至于三狗潜水时逮到的大鲫鱼，那首先要学会在河道里找大螃蟹洞才行——洞子如果有碗口那么大，肯定住了大个的螃蟹；如果是一条更大的鲫鱼，那么它就专找这样的洞穴住下来，螃蟹就得挪窝儿了……

抽烟老行家

大鲫鱼真的是宝——我们一见到“狐狸老婆”就明白了。

他对我和老憨的疑虑其实并没有打消，这一点我们心里有数。后来我们和他做成了一笔笔买卖，就是用河鱼换瓜干之后，那种猜疑还在。

“狐狸老婆”看我和老憨的眼神让人害怕——他在那里抽烟，却要偷偷瞥我们。目光阴阴的。我差一点就把心里的求饶声吐出来：

“老天爷啊，你千万别再这样看人了，这会把人看穿的啊！”

可是这一次，当我和老憨手提那条金色大鱼进了小院以后，“狐狸老婆”的鼻子就往上仰起来了。他不是看见，而是闻到了宝贝的味道！

“这是宝啊！”他把它放在院子里的几片树叶上，伸手抚摸着：

“它的名儿叫‘黄鳞大扁’，有大滋养哩！当年我要有了它，也就不会卧炕不起了……”

他想起了往事，但没有说下去。

“我们为弄来这个宝贝，只差一点儿就完了！”老憨夸张地举着手，像被人缴械一样，真可笑。

“狐狸老婆”问：“怎么了？”

“快淹死了！”

我趁机说：“这条鱼只换两捧瓜干，说什么也不公平吧？”

“狐狸老婆”咬着嘴唇说：“五捧吧！”

老憨说：“不卖。”

“狐狸老婆”犹豫了一会儿，说：“六捧。”

我们没有再坚持，说就这样办了，然后提上瓜干赶紧离开了。

我们直接去了锅腰叔的小院。

这次换得的酒，再加上原来剩在葫芦里的，足足有了半斤！

我们几个兴高采烈地去了玉石眼那儿。当时拉渔网的人还在，我们就把葫芦放在衣襟下边遮遮挡挡。可是玉石眼见了我们还是没好气地嚷：

“毛头崽子，忙着呢，滚一边去！”

他恶声恶气的模样真让人恶心。老憨不解地看看他，气呼呼要走，我就暗暗拽住了他。

好不容易才等到拉渔网的人散去，玉石眼立刻像换了一个人似的，喜眉笑眼地把我们迎进铺子，说：“了不得！拉渔网这些人鬼精鬼精的，他们要是闻到了酒味儿，哪里还有我的份儿？我就为这个赶你们哩！”

我估计得不错。

老憨在耳边摇一摇葫芦，又在玉石眼耳边摇一摇。

玉石眼没等喝到嘴里眼就红了。他急着要抢到手里。老憨说：“这不行，你得先把烟叶拿出来！”

玉石眼唉声叹气到里边摸索了一会儿，拿出了两张金黄的烟叶。

它真是好看，有一种扑鼻的香气。我们都凑到一块儿研究这张烟叶了，那边的玉石眼却咕咚灌下了一大口酒，舒服得马上呻吟起来。

老憨先揪下一块烟叶塞进烟斗里，大家也那样做了。

一片咳嗽声。眼泪都出来了。真怪，无论是烟还是酒，都让人流泪。看来这些大人喜欢的东西，我们一时还制服不了它们。

可是我们不愿认输。轻轻吸一小口，然后马上吐出来。老憨没有吐出来，但我知道他是骗人：并没有咽下肚子，而是留在嘴巴里。

玉石眼喝得脸色通红，然后怕我们反悔似的，将酒葫芦藏了起来，回头对我们说："抽上了？我得教教你们！"

他揪下我们的烟斗插到自己嘴里，美美地吸了一大口，使劲儿咽到肚子里，只一会儿又从鼻子里一丝一丝流出白雾……

我们大家都愣住了。

正在出神时，突然玉石眼"啊啊"叫着，将大朵的烟雾从鼻子和嘴、说不定还有眼睛和耳朵里呢，一块儿喷了出来……他说：

“这叫‘七窍生烟’!”

他喷了再吸，还将腮帮鼓得像一个皮球，将大嘴缩成小小的，仰向天空，吹出一个个大小相同的烟圈儿……

他就这样吸、玩弄把戏，看得我们目瞪口呆。

“不瞒你们说啊，因为咱都是老朋友了，说话不用遮一半露一半。告诉你们吧，我才是抽烟的老行家!”

“什么是‘老行家’?”李文忠问。

老憨代玉石眼回答：“傻蛋，就是最能抽烟的人!”

“那是一点儿都不差，”玉石眼伸着烟斗比画：“在这一片地方，无论是海里的还是林子里的，除了人还有野物，都来跟咱学抽烟、要烟抽!”

三狗眼瞪得老大：“你是说‘哈里哈气的东西’? 它们还会抽烟?”

玉石眼得意地眯上眼：“它们烟瘾可大了! 比如说兔子，它们年纪一大睡觉就少，半夜三更来找烟抽，我就得搓搓眼，爬起来给它们装上一锅。唉，要不说当个看铺人也不易嘛……”

“还有什么野物要烟抽?”破腚问。

“多了，獾，老猫，连鸟也是一样——有一年冬天，正下着大雪，一只老花喜鹊来抽烟，结果被烟呛着了，一整夜‘咔咔、咔咔’地咳，弄得我睡也睡不好。”

我感兴趣的是海里面有什么会抽烟？问他，他就捋捋胡须说：“海豹，海猪，还有老乌贼，都是抽烟的好手。”

我们笑了。

“你们只知道乌贼肚里有乌黑的墨汁，就不知道那是被烟熏黑的！最能抽烟的是老龟，它能趴在我的铺子里抽一个通宵，一句话都不说……”

我们听得出了神，对他的话真假不分。如果是真的，这太出奇了；如果是假的，可他说的时候一丝不笑，一件件说得有头有尾，清清楚楚。我心里琢磨：可能是半真半假吧。

“烟是我的老伴，酒是我的老友，两样东西缺一个不行！我在大冬天一个人趴这铺子里，没有它们怎么行？我以前说过，我的老婆被‘狐狸老婆’拐走了，从那以后我就成了一个老光棍儿。”

老人声音低下来。我们听得也难过。

“熬不过去啊，我就一天到晚抽烟，这才抗过来。那个狗东西后来给狐狸当老婆去了，把好生生的女人扔在家里——她来找我，想回来跟我过哩……”

老憨马上激动了：“那多好啊！那别让她走啊！”

玉石眼摇头：“不不，这可不行！当初说好了的，走了就是走了——我这人说一不二，男子汉就得这样!”

我们恍然大悟地“啊”了一声，一齐钦佩地看着他。

最后我们让他快些教我们抽烟吧，他说一声“好”，又转身喝了一口酒。整个鱼铺里除了酒味就是烟味儿。

半夜鱼铺故事多

天乌黑乌黑了，一眨眼就这样了，这可怎么回家啊?

我们焦急起来，怕家里人急着找我们。玉石眼劝我们说：“我和你们这般大，说在外面睡就在外面睡！男子汉嘛!”

老憨说：“可是，我爸会打我啊!”

“那我就留一口酒给他。他这人见了酒就不打你了。”玉石眼对火眼真是了解得透彻。

老憨笑了。我们都不再急着回家了，起码是不好意思说了。

玉石眼挽起袖子做饭了，说要好好熬一锅鱼汤给我们喝。他把大白天挑选好的红鲷鱼、针鱼扔进锅里，又将整块的姜和整根的大葱扔进锅里，用一把大铁勺到一边的罈子里舀了什么，然后又到锅里搅着。

白色的蒸汽往天空飘去，铺子里外都是鱼的鲜味儿。

一天的星星出来了。熬鱼汤的大铁锅就在铺子外边。玉石眼挥着大铁勺说：“我这口大锅能做给一百号的拉网人吃饭，你们信不信？”

“当然信了！”三狗说。

“四下林子里还有几百只野物哩，它们到了半夜都凑过来，想喝剩下的鱼汤、啃几块骨头，我就特意把锅盖敞开……”

老憨哈哈大笑：“它们真喝呀？”

“那可不是么！”玉石眼说：“第二天早晨起来一看，锅底都给它们舔亮了！咱做饭的手艺好啊……”

鱼汤在锅里咕咕滚动时，玉石眼又将旁边一盆调好的玉米面挪到跟前，抓一把在手里一团，“叭”的一声扔在了铁锅上部。

他扔着，一眨眼大铁锅四周就贴满了玉米饼。

鱼的鲜味儿、玉米饼的香味儿，它们合起来往鼻孔里钻！

夜已经深了。我们吃玉米饼、喝鱼汤，还跟着玉石眼喝了一点点酒！我们咳嗽，流泪，大笑，过瘾！这么好的夜晚，从来没有过的快乐啊！

老憨一个劲儿鼓动，说：“老果孩儿，快唱歌吧，快唱唱吧！”

没有办法，我只好唱起来。玉石眼以前没有听过，这会儿眯着眼，连连点头说：“嗯，中哩，就像海狸子唱得一样……”

我立刻不唱了。

三狗和破腚都叽叽笑。

玉石眼拉着脸说："嗯，真哩，有一年冬天每到了半夜就有海狸子趴在岸边唱。它唱得我心里好酸哪，因为那时我没了老婆，听着听着就哭了。我知道这只海狸子大半也没了老婆，它心里难过嘛！"

我明白了，因为我刚才唱的是忆苦歌。它是海边人专门用来回忆旧社会的苦日子、用来诉说辛苦的一种歌——我这人有点怪，一开口就是忆苦歌，这也是我最擅长的。

玉石眼接着说下去："常住在海边上，各种朋友都得交往啊，这里到了冬天人少野物多，它们像人一样，有的脾气好些，有的品性孬些。那些好的离开怪让人想念的，那些坏的一点儿好事都不干……"

我又想起了掳走看林人的那只老公狐狸，问它是不是最坏的？

玉石眼摇头："它不过是糊涂罢了，看错了人。其实'狐狸老婆'那种瘦干干的模样，长了一双死人眼，有个什么好？我有时想，人和野物相老婆的标准真是不一样啊！"

老憨想起了什么，说："'狐狸老婆'不吃海鱼，他最喜欢河鱼。"

“这就对了。那只老公狐狸保准住在河边上，它和他做了夫妻那一阵子，就成天抓河鱼吃。都是习惯。”玉石眼取了烟斗吸了长长的一口烟，又饮了一口酒，拍着腿：

“要紧是忠啊！我在海边这里多少年，来的闺女媳妇不算少，因为我年轻时候眉眼实在是英俊！说到野物，它们闪化的精灵比一般闺女还要俊……可咱从来没动过心。”

老憨“噗”的一声笑出来。

“一天半夜有个大圆脸闺女扑进铺子里，说是走迷了路，要在这里宿下。我说那可不行，这是男人的地方，再晚也得送你上路。就这么，我硬是把她送走了。其实呢，这不是那么回事儿……”

“那到底是怎么回事儿呢?”李文忠问。

玉石眼磕磕烟斗，火星不小心弄到了屁股下的破毡子上，只一眨眼就冒起烟来。大家惊呼着，帮他扑打。他喘着，定定神说下去：

“她分明是个狐狸，就住在这海滩上，早就看中了我，想嫁给咱哩……验证这个的方法，就是让她吸烟喝酒，等喝醉了、烟也吸多了，后屁股那儿就多出了一截儿尾巴。”

我们一齐大笑。

“所以说我和你们不一样，我在海边上住得久，离了烟酒就不行。烟酒对我有大用哩!”

我说:“知道了,你用它们逗弄那些‘哈里哈气的东西’!”

玉石眼点头又摇头:“我说过嘛,酒是老友,烟是老婆,我一辈子就是离不开它俩了。”

玉石眼晃一下酒葫芦,说一声“不多了,要留着下一顿喝呢”,就回身藏在了铺角里。

他让我们吃香喷喷的玉米饼,自己却不吃,只喝了不少鱼汤。他最爱的是烟和酒。刚刚藏了酒他就不说话了,盯着前边黑乎乎的海滩,说一句:

“它们都在暗里瞄着咱们哩!”

我们都顺着他的目光去找,什么也看不见。

玉石眼叹一声:“你们看不见。这得闭上眼,然后就能听见它们伏在黑影里丝丝喘气儿啦。它们在琢磨我们今夜想干什么,还想占点小便宜什么的……”

三狗问:“什么‘小便宜’?”

老人没答,只说:“它们的脾气也不一样,有的大大方方,有的小里小气。去年我有一杆崭新的烟锅——那是花竹杆儿、琉璃嘴儿的,就给一只老兔子偷走了。我自认倒霉……”

大家都笑得肚子痛。

玉石眼咂咂嘴:“还有一年,我在这铺子前抽烟,一到了半夜就有个小胖娃娃跳跶。我揉揉眼，他又钻到地底下去了。我一打瞌睡，他就用一根棘子捅我，真烦人哪!”

老憨正半卧在地上，这时一下爬起来问：“这是什么东西?小妖怪?”

“是啊，我也纳闷儿。一连好几天，它折腾得我不得安闲。后来天亮了，我就到它钻地的那围遭儿好好看了，见一个沙包上长出了几片叶子。我就挖啊，挖啊，你们猜我挖出了什么?”

“挖出了什么?”

“白白胖胖的粗根根，像小孩儿胳膊，一扳流白汤，舔一下怪甜的。像藕又像山药。我那天正好有些饿，就把它蒸了吃。又香又甜啊……后来我才知道，那是一棵老茯苓精，吃了长生不老的!”

大家发出了“嗞嗞”声。三狗快要吓坏了，嚷着：“一个挺好的小孩儿，你就蒸了吃?你也是妖怪?”

破腚也愤愤地说：“太惨了!”

玉石眼用烟斗磕磕他们的头说：“那是闪化的，不是真的小孩儿。”

我琢磨着，不知是悲是喜。关键问题是：蒸的时候它痛不痛?它有知觉吗?我和老憨小声讨论这个，老憨也说不准。

玉石眼得意地眯上眼说：“我和别人不一样，我吃了那物件，是不会死的——我说这话不是吹牛，你们都可以作证，我如果说了瞎话，有一天死了，你们谁都可以找我算账！”

老憨一愣，接着笑了，问：“去哪里找你呀？”

玉石眼仍旧挥着手说：“只管找我算账！”

它们不胜烟酒

我们仍然没有学会抽烟喝酒。不过总算有了一点点进步，比如说不再怕它们了。

我们几个人当中数老憨进步快：能喝很少的一口酒，还能让吸进的烟从鼻子里冒出来。

我们平时上海滩林子里玩，总是叼着齐刷刷的烟斗，高兴了就点上抽几口。我们最为自豪的是：烟斗里是真正的烟末，而且是外海人捎来的关东烟！

我们还有一只酒葫芦，里面是一晃唧唧响的瓜干酒！

有一次，我们在林子里遇到了一个猎人，这家伙背了枪，所以我们不敢小看他。他见我们叼起的烟斗，就说：“倒也像个样子。”

这句话刺激了我们，就让他抽一口试试。结果猎人咂咂嘴嚷：“真好烟啊！哪里弄的？”

我们当然不会跟他说的。

猎人的挎包一角被血染红了，这使我们有些恨他。为了捉弄他，我们转身找了几颗兔子屎装到烟斗里，再次给他抽，把他辣得两眼流泪。

离开前，我们还用一条桑树根把他绊倒在地上，一丛酸枣棄把他的额头刺破了。

这一天剩下的时间，我们又去河里捉了一些鱼：同样是小的放进河里，大的留下来，准备回头带上找“狐狸老婆”。

坐在河岸上抽烟，讨论着“狐狸老婆”和玉石眼。那个鱼铺老人已经是我们最好的朋友，我们也答应了为他报仇。可是尽管男子汉说话算话，但答应下来的事却很难办。大家一筹莫展。

破腚这个人很怪，他总能在大家都没主意的时候，交出一个最坏的主意。他木着脸说：“我看，还是把他的老穴点上一把火吧——别烧坏了他，先偷他的花生和地瓜，等他追我们时，老憨和老果孩儿就留下动手吧！”

他这个计划太吓人了！老憨咧着嘴看我。

我说：“杀人放火的事儿，咱们暂时还不能干。”

老憨骂了一句说：“以后也不能干，这是肯定的！”

三狗挠着头说：“那设法把他用酒灌醉，然后绑起来，这就可以随便揍了！”

这个办法靠谱，但问题是从来没听说“狐狸老婆”是个嗜酒的人。

李文忠十分慎重，他一直皱着眉头，这会儿想出了一点眉目，说：“他，就是‘狐狸老婆’，我看，应该，让他交代问题……”

老憨翻着白眼：“交代什么问题?”

“就是，他啊，怎么当了它老婆，又怎么扔下女、女人……”

老憨不吱声，等他说完。

“只有他认了罪，才好、惩罚……”

我觉得这真是有道理。因为玉石眼说得再好，也不能只听他一个人的。凡事都要讲一个准确，这才是最重要的。不过从现在看，“狐狸老婆”真是可恨。

这事只议论到这里，因为有两只猫在一边探头探脑，它们显然闻到了鱼腥。老憨找出几条小鱼举一举，它们就过来了。

两只猫吃过了鱼还不想走。它们十分漂亮，瞧小鼻子多么好看！谁的鼻子有猫的鼻子好看？它们绕着老憨和我的膝头打转、摩擦。老憨忍不住了，说：

“该给它们一点酒喝吧?”

大家没有异议。于是老憨又取了一条小鱼，一边让它们吃，一边把酒抿到它们嘴里。它们再三拒绝，但还是沾了一点。

只一会儿，它们的腿就颤抖起来，头晃眼眯，可笑极了！

三狗吸了一大口烟，迎着它们一点点喷出。它们打的喷嚏可真响啊！

在我们喂猫的时候，一只半大的花狗溜达过来，可能是附近看泊人的。老憨一见它就兴奋了，先是喂它吃东西，然后就灌它酒、往它嘴里喷烟。

它开始尽管拒绝，但出于礼貌，还是不停地摇着尾巴。最后它被老憨过分的热情弄得受不了，使劲一挣跳开了，一边跑一边打喷嚏、咳嗽，还大惑不解地摇头，回头久久地看着我们。

大家正要离开时，一只刺猬不紧不慢地从一旁走过。破腚把它抱过来，马上掏出兜里的鱼干给它，它毫不犹豫就吃起来，伴着咯吱咯吱的咀嚼声。

老憨不失时机地喂它酒，它马上发出了一声响亮的“呸”，老憨吓得不敢再动手了。

三狗和破腚迎着它的小鼻子吐烟，它就剧烈地咳嗽——让我们震惊的是，这咳嗽声与人竟然一模一样！

我们现在终于明白了：这些“哈里哈气的东西”是既不能

抽烟也不能喝酒的，用书上的话说，就是“它们不胜烟酒”。

可是因为没有全部试过，我们还不知道玉石眼的话能否得到证实——他说上年纪的老兔子是烟瘾最大的；他还说，一些老狐狸也极有酒量。

我们从河边离开，直接奔向了那片黑乌乌的林子。快要接近老穴的时候，几个人都犹豫起来：究竟是一起进去，还是只由我和老憨出面呢？

三狗几个十分担心那个家伙认出他们，可又无比好奇，总想闯进去亲眼看一看。

商量了一会儿，老憨拍拍膝盖：“男子汉没点胆子还行？不怕死的跟我走！”

他们都跟他走了，因为谁也不愿担个怕死的名声。

买卖公平

即将进入“狐狸老婆”的小院时，我为了安全，建议三狗几个还是先待在远一点的地方，等我和老憨喊他们再进去。老憨皱皱鼻子，总算同意了。

我们的鱼再次受到了“狐狸老婆”的欢迎。他把三条大一点的摊在一块木板上，一条条打量了一会儿，说：

“没有‘黄鳞大扁’。”

他吸着烟，然后叹口气说：“那东西是宝物，怎么会轻易到手呢！”

他说着把烟斗咬紧了，伸直两臂说：“看我，眼瞅着就强壮起来了！”

他这是赞扬前一段我们给他的大鱼。

他又踢了一下腿，弯腰，攥拳，最后还抓起了一个米斗大的木墩抡动。他一连抡了好几圈，大气也不喘。老憨有些惊讶地看看我，我也吃惊。

我们对他说了：那上次的大鱼，还有这些鱼，都是我们从几个捉鱼的人那儿买来的。

“买来的?”“狐狸老婆”立刻瞪大了眼睛。

老憨说：“那是自然的了。要不说我们用鱼换你的瓜干嘛，这叫买卖公平。如果我俩会捉，那就什么都好说了，我们连一片瓜干都不会要的。”

“狐狸老婆”“嗯嗯”几声，盘算着什么。

老憨说：“那几个小子跟着我们来了，因为他们反悔了，想把鱼要回去。我俩一钻到林子里，他们就不敢追了。这些人大约怕你……”

“狐狸老婆”听得出了神。

老憨又说：“他们走到小院外边就停下了。”

“嗯？他们来了？”他从嘴里拖出了烟斗。

我和老憨一喊，三狗几个就小心翼翼地走进来。看得出，他们对这个地方真的有些害怕。

“狐狸老婆”咬着嘴唇，目不转睛地看他们。

三狗说：“我身上害冷呢。”

我也看出三狗身上打抖。

老憨生气地呵斥：“男子汉哪有害冷的！”

破腚说：“我肚子不好受，身上没劲儿……”

我这才发现破腚两腿有些软。

“狐狸老婆”看了一会儿，说：“前些天有几个破小子来这里捣乱哩，我差一点割下他们的头！”

三狗和破腚听了这句话，干脆坐在了地上。老憨偎到他们身边，大声说话，那是为他们壮胆：

“人家老叔听说你们是捉鱼好把式，佩服哩！我和老果孩儿买了你们的鱼，来换老叔的瓜干，这叫买卖公平……”

三狗慢慢抬起头，小心地瞥一眼“狐狸老婆”。

我说：“老叔，你让这几个捉鱼的开开眼吧，看看你东边小院里的好东西吧！”

“狐狸老婆”还没点头，老憨就催促他们“快去”。

我们一块儿去了小东院。大鹅高声叫唤，好像在说：“就是他们就是他们!”羊咩咩乱叫，一双灰眼望过来，让人想起玉石眼。一对野鸡刚刚下了两只蛋，红着脸叫：“咕哒……”

老憨弯下腰看看野鸡，回头望望我说：“老果孩儿，这下蛋的鸡我想要。”

我没有理他。我不知道他在打什么主意。

三狗看见这么多野物就来了精神，东瞅西瞅，盯住一只小猪说：“这真像俺爸跑丢了的那只小猪啊!”

奇怪的是，我发现“狐狸老婆”听了三狗的话，眼神立刻有些不对劲儿。

三狗又说：“俺爸那只小猪头顶上也有两个毛旋儿……”

老憨应声过来，三狗指着小猪。老憨对我使个眼色说：“嗯!”

最后揭开了瓜干囤子——这么大的一囤子瓜干，没有一片发霉变色的，全都雪白雪白，真开了眼！大家一齐发出“啊”的一声。

李文忠说：“老天爷，这能换来多少酒啊!”

破腚说：“我一看就知道咱们吃了大亏……”

从小东院出来，老憨哭丧着脸，指指我和三狗几个人，对“狐狸老婆”说：“今天来这么多人，就是想和你说说‘买卖公平’的事。他们嫌那几捧瓜干太少，不答应啊!”

“狐狸老婆”眨着一对深陷的眼睛，问：“到底是怎么回事?”

我这才看出，怪不得这个人的眼睛让人害怕，原来是眼眶四周长满了细小的黑毛……

“这么回事，”老憨揪住三狗说，“他上次为逮那条‘黄鳞大扁’，一头栽到了淤泥里，结果半天没缓过劲来，脸都憋青了，他爸要找人算账哩!”

“狐狸老婆”抱着长长的烟杆，一副满不在乎的样子。

老憨又拍拍破腚和李文忠说：“他们捉鱼呛了水，难受得好几天没吃饭，有没有这回事?”

他们两个马上应声：“当然有了!”

老憨朝我使个眼色。我开始与“狐狸老婆”郑重谈判了：一要将瓜干数量加倍，二是园子里的鲜地瓜、鲜花生也该让我们尝一尝才好；要不他们都不想再送鱼来了，只想和海边那个玉石眼做朋友——他多大方，尽给大家烟抽、喝鱼汤吃玉米饼……

“狐狸老婆”一听到“玉石眼”三个字，立刻骂开了：“他算什么狗东西！你们敢跟他做朋友？这是真的?”

老憨说：“怎么不是真的！我们本来是和你做朋友的，可你又买卖不公……”

“狐狸老婆”站起来：“几捧瓜干算个什么！”

“还要吃鲜花生、鲜地瓜哩！”三狗嚷。

“狐狸老婆”说：“那也不算什么！”

老憨说：“我还想要那两只下蛋的野鸡；三狗还要帮他爸抱走那只走丢的小猪……”

“狐狸老婆”像哭又像笑，仰脸看天说：“就这么着吧！啊呀，谁能想到几个毛孩儿也来耍弄我呢？”

老憨立刻不高兴了，说：“这叫‘买卖公平’！”

也算报仇

这一天我们几个不光取走了“狐狸老婆”不少好东西，还在他那儿吃了晚饭——我们当然嫌他脏气，在他动手做鱼的时候，就到园子里挖了些花生和地瓜，还顺手摘了一兜苹果。

我们在他的灶里烧地瓜、花生，吃苹果，抽烟，不停地摇晃酒葫芦。

“狐狸老婆”见我们你一口我一口地吮那只葫芦，以为我们真的喝了不少呢，竟然伸手讨起来。我们给他的小陶碗里倒了一点。

最想不到的是，他只喝了几小口，马上醉得站也站不住，一会儿就躺下了。

我们抬着东西满载而归时，一路上都在讨论一个不错的计划：哪一天我们到老穴里来，先设法把他灌醉，然后就能随便取园子里、小院里的东西了！

老憨高兴得手舞足蹈："给玉石眼报仇还不容易吗？咱这回有了办法！原来这个狠家伙怕酒，这就好办了……"

我们一连几天商量去老穴里实施那个计划。我们都明白：得手是容易的，最难决定的是后边——该对那个家伙怎样惩罚呢？

取走大量瓜干，这不成问题——今后我们不会缺瓜干了，这一点是肯定了；还要把苹果摘完，把园子里的好东西尽数拿走……

至于是否捆了他交给玉石眼，我们犹豫了。我反对这样做，理由是：既然我们答应了替玉石眼报仇，那就该自己做，不要再麻烦另一个人了。大家都赞同我的意见。

老憨认为捆绑起来不好，因为我们走开后他解不开绳子，饿死渴死怎么办？

"那我们就这样走开？也太便宜他了！"破腚说。

三狗和老憨小声商议了一会儿，拍手大笑。问了问，他们说：逮一只大刺猬，解开"狐狸老婆"的腰带，把刺猬放进去，然后再给他扎上腰带……

李文忠听明白了，马上叫着："扎得痛、痛啊！这不好，这不好，不好！"

我也坚决反对，认为这太过分了。

老憨想了想对三狗说："要不就算了，狗东西，先饶他这一回吧……"

计划得差不多了，专等一个大晴天就可以动手。

这一天终于来了。我们装好烟末，带好酒葫芦，一大早就出发了。先是到河里捉了几条鱼，然后就向那片黑林子进发。

大家一直是高高兴兴、信心十足的，可是不知怎么，走到半路都不太说话了。

我问老憨："你怎么了？反悔了？"

"我才不会反悔哩！"老憨的声音沉沉的。

三狗对破腚和李文忠说："真怪啊，我怎么一干坏事就不高兴呢？"

老憨呵斥他："胡说！咱为玉石眼报仇，怎么是干坏事呢？"

我也像老憨想的一样。不过说真的，我也不太高兴。而且我知道，老憨也不愉快。

为什么都不太高兴，还真是想不明白。那就先不去想它吧。

我们走得好像很慢。到了小院门口，那只大狗一叫，只好硬着头皮敲门了。

“狐狸老婆”脸色不错，笑吟吟的，看上去今天很高兴。他一见我们手上的鱼就低头细看，显然想找“黄鳞大扁”。

“孩儿们，上回来玩得不错啊！看我这人，一喝酒就误事，今天说什么也不喝了。”“狐狸老婆”的烟斗插在后衣领里，一只烟荷包晃动着。

老憨说：“不喝酒可不行！”

我也劝他：“多少总得喝点吧！”

“不喝不喝，说不喝就不喝啊。”“狐狸老婆”拿着鱼往屋里走去。

三狗在他后边嚷：“如果咱有‘黄鳞大扁’呢？你喝不喝？”

“狐狸老婆”回过头，说：“那就喝一点儿……”

三狗将背在身后的一只手猛地一举：一条活蹦乱跳的金色大鲫鱼！

“狐狸老婆”高兴极了，和我们一起忙：他炖鱼汤，我们就在园子里寻找所有的好东西。多好的园子啊，除了鲜地瓜、鲜花生，再就是熟透的大西瓜、甜瓜，还有西红柿和黄瓜……这家伙真是个积攒好东西的怪人，简直馋死人不偿命！

我们在园子里继续讨论下面的行动。细细研究怎样离开：如果跑走再不回来，那就简单多了，问题是这样还不过瘾。

最好是办完了事再溜达回来，装作没事人一样，看看倒了霉的“狐狸老婆”什么模样……

这样一想就有些麻烦。

老憨看看我，因为在关键时候还是我的心眼多。我这次也不负众望，很快想出了一个主意：等一切做完之后，大家索性连我和老憨也一块儿捆起来吧，这样“狐狸老婆”醒来，看到我们和他一样，就会好受一些，也不会再那么多疑了。

三狗问：“那我们是什么?”

我说：“你们都是强盗。”

老憨对这个计划十分满意，挠着头说：“这办法不错。不过我记不得什么时候，咱好像已经用过一次了……行，就这么办吧！”

我们回到屋里时，已经吃得很饱了。“狐狸老婆”美滋滋地喝着鱼汤，指指碗说：“看，汤都是白的，有大补养啊！”

我们马上趁机劝他喝酒了。他拗不过我们，只好喝了一点儿。我们还是劝他，他又喝了一点儿。

果然，像上次一样，他面前的汤还冒着白汽，他就醉得人事不省了。

老憨挥挥手，大家赶紧行动起来。我们将事先准备的一条大口袋装满了瓜干，然后又搞来尽可能多的花生和地瓜、甜瓜。

小东院里的几只鹌鹑真可爱，也要了；剩下的动物给放出来，赶到了林子里——可惜它们当中有的不愿走，驱散了又返回来，真没办法。

一切妥当之后，老憨领人把“狐狸老婆”捆了个结结实实，然后和我并排躺到炕上，让他们不松不紧地捆上我们。

天上布满星

天快黑了，我们一直等着“狐狸老婆”醒来。

这次他醉酒很厉害，直到天完全黑了才睁开眼，哼哼呀呀叫。当他弄明白自己被捆了时，马上大叫起来。我和老憨赶紧随上叫。

“狐狸老婆”骂着：“狗东西，这是怎么回事？嗯？”

他一发凶，我立刻胆怯起来。我甚至马上有些后悔。我一下想到了他手里的那把镰刀……我呻吟着，想着怎么说。

老憨先开口了："老叔啊，来了一伙背枪的人，他们抢走了不知多少好东西，然后就……捆了咱。"

"快些，这么着。""狐狸老婆"在炕上挪蹭着，靠近我们俩，反手揪我们的绳扣——他真有办法！

可是我和老憨并不配合，这就费了他双倍的力气。我们三个好不容易解了绳子坐起来，老憨带着哭腔，哼着，装得太过反而不像了。

"狐狸老婆"看不出什么，一个劲儿地问："怎么回事？给我往细里说说！"

再说还是那几句话。

他的眼变得尖尖的，问："那几个捉鱼的孩子呢？是他们一伙的？"

老憨说："也许……"

我一机灵，马上说："不，不是，那些人逼着他们抬上东西，一起离开了……"

"狐狸老婆"先在屋里、小东院盘点了一遍，又破口大骂着进了园子。我们一直跟在他的后边。本来好生生一个园子，这会儿到处乱糟糟的，这让我觉得有些可惜。

"狐狸老婆"一屁股坐在土埂上，说："我得罪了谁呀？"

他这样问着，很快回答自己："我只有玉石眼一个仇人哪，不过早就井水不犯河水了……”

我心上一动，说：“来抢的不是仇人，他们不过是贪图东西！”

老憨拍腿：“一点儿不差，都是冲着财物来的！”

“狐狸老婆”看看我和老憨，头低下来。他好像浑身上下没了一点力气，咕哝着：“我心疼这园子啊……”他的手抚在我们后背上，不住地叹气。

这样坐着，很长时间谁都不吭一声。“狐狸老婆”在黑影里说：“给我拿来烟斗吧，我想抽口烟。”

老憨应声跑走，很快把那支长杆烟斗取回了。他还为老人装上烟末，点上火。

烟的香味很浓。老人一口口吸着，我和老憨望着天空。今夜一天的星星可真亮啊，像一些眼睛直着盯过来。

四周有什么喘息声，一听就知道是“哈里哈气的东西”。它们在树隙和草丛里看我们。各种声音增大了，先是那只大狗默默地走过来，一声不吭地偎到了“狐狸老婆”身边。一会儿，那只大鹅也过来了，也挨近了主人蹲下……

老憨突然闷声闷气说：“老叔，你就别难过了，让我们老果孩儿给你唱个歌怎样？”

“狐狸老婆”哼了一声，烟斗从嘴里抽出，显然是同意了。

我一点唱歌的心情都没有。

老憨推拥我，这使我明白，他想用这种办法表达歉意吧……我没有抬头，低低地唱了一句，然后就渐渐高起来……

四周一点声音都没有。我停下来时，这才发现不仅是“狐狸老婆”和老憨，就连那只大狗和大鹅，也都在静静地听我唱歌。我细瞧一下“狐狸老婆”，马上惊呆了！

他的脸仰着，嘴抿紧了，手里紧攥烟杆，两行长泪从鼻孔两边流下来……

我暗中捅捅老憨。老憨也看到了，这时靠紧了我，细细地吐气。

我知道在这样的夜晚，不该唱这支忆苦歌。可我有个改不掉的毛病，一开口就会这样唱，我不是故意啊！我想安慰几句“狐狸老婆”，可又找不到合适的话。

“狐狸老婆”把我和老憨，还有那只大狗和大鹅，一块儿往身边搂紧了……他松开我们，叹气，吸鼻子，说：“我想起了她——想起了我那口子啊！她今夜要在多好啊……”

我的心开始揪紧了。我又想到玉石眼的话：整整三年啊，那个女人就在这林子里等他。他是个负心人，尽管他不承认。

老憨闷声说了一句：“那你就不该当‘狐狸老婆’！”

这一次老人没有发火，只是叹息和摇头，连连说："哪里啊，哪里啊！"

"那又是怎么回事呢?"老憨看着他。

"就因为我没家没口的，海边人就给我取了这么个外号，瞎编出一个故事，传来传去像真的……我年轻时在南山结了一个仇人，然后就跑到林子里躲藏起来……"

"什么仇人?"我问。

"说来话长了，你们听不明白……反正我在这儿藏着，一直到遇上那个女人，恩恩爱爱过下来。谁知后来那个仇人摸进了林子，我就连夜逃命了……"

"没领女人走?"我问。

"逃得急嘛。这中间冒死回来几次，想领她走。可是仇人盯得太紧，没能得手。三年过去，仇人死了，我这才返回林子，女人早不在了……"

"狐狸老婆"声音低低的，讲得断断续续。

我还是好奇，忍不住刨根问底："到底是什么仇人?"

"你们听不明白。那是混乱年头，妈妈一个人拉扯我长大。有一天为了救妈妈，我跟人动了镰刀……那时就像你们这般大……"

我的心怦怦跳。我难过极了。我不想听这故事了——只要是忆苦歌引出的故事，谁听了都会难过。

玉石眼大醉

三狗他们按照原来的计划，把一大口袋瓜干抬到了锅腰叔的小院里——这样我们只要高兴，什么时候都能装满酒葫芦。下蛋的野鸡归老憨，小猪交给三狗爸。

甜瓜和苹果多得吃不完，足够我们尽情享用一番了……

但我们还是高兴不起来，一连几天不愿结伴出门。

爸爸妈妈担心我病了，几次过来试我的额头。以前我只要有个头疼脑热的，妈妈就为我做一张薄薄的鸡蛋饼。我这次没病，可是鸡蛋饼还是煎好了。

吃过了香喷喷的鸡蛋饼，心情总算好了一些。

我不再一个人待在家里，就去找老憨玩。进门的时候他爸正要打老憨，老憨就用葫芦里仅有的一点酒换下了棍子。葫芦空空的，使我们想到要重新将它装满。

我对老憨说："不管怎么说，那个'狐狸老婆'也怪可怜的，你不觉得吗？"

老憨点头："他比玉石眼可怜。"

"是啊，玉石眼还有我们这么多朋友。"

"'狐狸老婆'以前的仇人死了，又有了玉石眼这样的仇人——他这辈子总是有个仇人!”

我从来没有这样同情过一个人。我突然觉得世上没有比“狐狸老婆”更不幸的人了。我说：

“玉石眼肯定是误解了‘狐狸老婆’，他俩不该是仇人。”

“他老婆跟了‘狐狸老婆’，怎么是误解呢?”

我也说不清了。不过我总觉得这不是结仇的理由，因为我还记得玉石眼说过，老婆只要看上了人家，就得跟人家好好过——关键是那个男人没有给狐狸当老婆。我说：

“我们应该把听来的故事告诉玉石眼，这样他们就不会是仇人了。”

老憨这次没有反对。

我们找个机会约上三狗他们，把葫芦装满了酒，一起去找玉石眼了。

不过一路上拿不定主意：见了玉石眼以后，是否把报仇的经过讲出来？都有些犹豫。因为这事儿不但没有让我们产生多少自豪感，而且还有些心虚。

如果我们合伙欺负了一位无辜的老人，那才糟糕呢。那从来不是我们想干的事，或许还要为此后悔一辈子。

所以这还得从头好好想一想。

那天从“狐狸老婆”那儿回来，我多次将他想象成一个极坏的人，但想着想着就停下来了——没有想成。

也许他不太坏，但还不是我们的朋友；而玉石眼早就是我们的朋友了。玉石眼的故事好，鱼汤好，玉米饼也好，又是抽烟老行家，喝那么多酒都不醉——找他做朋友真的是最好了。

大家像过去一样，还没有走到鱼铺跟前就一齐叼上了烟斗。

见到玉石眼应该高高兴兴的，因为我们从来都是这样。那些拉渔网的人又排成了两行，又在呼天号地，我们随着他们跑来跑去，中午一起喝了鱼汤。

酒葫芦被我们小心地藏好，不然这些打鱼人会毫不客气地喝个精光。

天色晚下来，拉网人走了，这儿就是我们的了。玉石眼说："我昨夜做了个梦，你们为我报了仇，然后提了酒葫芦来找我，咱们喝了个大醉！"

我们一听吓了一跳，相互瞪着眼看。这家伙真神了。不过也许他只是蒙准了。我们没有应声。

玉石眼为了晚上和我们好好乐一场，像过去一样，藏下了一些红鲷鱼、大虾和大刀鱼，还从枕头下抽出一束金黄的烟叶，在我们眼前晃了一下。

大家争先恐后揪来一点抽，一边咳嗽一边夸老人的烟叶好。其实我们还是抽烟的门外汉，没有谁真的敢把烟吸到肚子里去。这方面老憨算个有本事的家伙，有一次真的连续咽下了两大口烟。

他夸耀自己的本事，我们不信，就让他憋住，然后再按鼓起的肚子——结果每按一下，就有一股白烟从鼻子和嘴巴里涌出……玉石眼乐了，说："这是我教出来的第一个徒弟！你们几个跟着快学！"

鱼汤熬好了，玉米饼也烤熟了。月亮一点点升高了，满海滩的野物又在远处盯视我们了。

玉石眼让我们每人抿了一点酒，然后向着明晃晃的月亮地举举葫芦，咕咚咚灌下了一大口，舒服得嘴巴咧开老大，夸张地吹气。"好酒啊！"他高声叹道。

老憨问："你喝酒前怎么还要往月亮地里举一举？"

玉石眼脸一沉说："这你们就不懂了，除了要敬野物，还有前几辈打鱼的人、看鱼铺的人，这些人别看死了，魂儿说不定还在这里转悠哩——他们当中，肯定有我那口子……"

这一下大家都不再作声了。玉石眼也不吭气，只是喝着闷酒。

不知过了多久，玉石眼突然问了一句："又见那家伙了？"

他当然指的是"狐狸老婆"。都不回答。老憨习惯地看看我。

我鼓起勇气说："见了。这酒就是用他的瓜干换来的……我们还为你报了仇！"

玉石眼一直蹲着喝酒，这会儿慢慢站起来。月亮下，我发现他的胡子挂着几颗晶莹的酒滴。

老憨简单地把那个夜晚从头说了一遍。

奇怪的是玉石眼并没有夸奖我们，眼神里也没有兴高采烈的样子。他只"嗯"了一声，重新蹲下了。他手里的酒葫芦攥得紧紧的，停止了喝酒。

我实在忍不住了，说："你不该把他当成仇人，你们说不定真是有场误会呢！"接着我就把"狐狸老婆"那个晚上说过的话从头讲了一遍。

玉石眼没有答话，重新喝酒，直喝得手里的葫芦攥不住，掉在了地上。他眼里涌满了泪，但没有流下来。他在忍着。他显然是大醉了，蹲都蹲不住，躺在了沙滩上。我们扶起他，他说："就算不是仇人，我也恨这家伙！我恨所有长得像麻秆一样的男人！"

说完这一句，他眼眶里的泪水哗的一下流下来了。

我们不知该怎么安慰他。他一直躺在沙滩上，我们只好陪伴着。他伸开四肢，望着满天星星说："我真想啊，我真想我的老婆子啊……”

他醉得实在太厉害了。我们以前还以为他是个永远喝不醉的人呢。

离开的时候，我们把玉石眼抬到了铺子里，让他躺好。他咕咕哝哝说着醉话，挥着长长的烟杆。

大火球

离开铺子我们没有马上踏向回家的路，而是一直沿着海岸往西走。我们听到一些野物在前边不远的地方嘁嘁喳喳，还发出“呼哧呼哧”的声音。

“你们这些‘哈里哈气的东西’！”老憨迎着它们喊。

四野静静的。可是只有一小会儿，各种四蹄动物和飞鸟们又闹腾起来了。它们跑蹿、嘎嘎叫唤，故意逗弄我们。

三狗和破腚轮流学它们的叫声，学得像时，它们就一声不吭了。李文忠也学，但因为差得太远，野物们全不买账——其中一只大鸟还发出了哈哈大笑。

我们坐在河湾的白沙上。有些跳鱼在湖面一样的水面上溅水。一只白得耀眼的水鸟从我们眼前掠过。

老憨想起了玉石眼，说：“他从来没有醉成这样，我敢说他今晚忒难过。”

三狗说：“他也不太恨‘狐狸老婆’。”

破腚说：“他最想原来的老婆。”

李文忠说：“他和‘狐狸老婆’天天想的是同、同一个人。”

我听着他们的议论，深深同意。原来他们一点都不比我笨——我想到的、没想到的，瞧他们全都说得清清楚楚。可是我以前总以为他们比我傻一点。

怎么才能表明自己的心眼比他们更多呢？我想了一会儿，终于明白了一点。我说：

“他们天天想同一个人，又想得一样厉害，怎么会是仇人？”

老憨拍腿：“就是呀！那他们怎么还不赶紧和好？快和好吧，都是孤老头儿，都住在海滩上！”

“他们不会、不会和好。”李文忠说。

我问：“为什么？”

“因为他们都是坏脾气；还有就是、就是不好意思……”李文忠说。

我同意他的结论。我认为最后一条理由才是主要的：做了这么久的仇人，已经不好意思再和好了！

老憨说：“不好意思好办，说不定哪天喝足了酒，玉石眼就摇摇晃晃找‘狐狸老婆’去了。”

这个设想过于大胆了，大家没有表态。

接着议论下去，都以为我们应该设法让两个老人和好，这才是我们最该干的一件事——这事远比教师布置的那些暑假作业重要得多。

不过看来它在这个夏天是无法完成的。

野地里突然有一只大鸟惊叫了一声。我们循着它的叫声抬起头，马上愣住了：东北方，就在贴近海边的地方，好像暴亮了一个大火球，它比好几个月亮还大！

我们一时懵了，接着很快意识到：那是玉石眼的鱼铺啊！老天爷，不是别处，正是那里着了火啊！我马上想到有一天他的烟末点燃了毡子……

“老天，快，快快，是玉石眼……”老憨大喊一声跳起来。

我们一齐往前猛跑。没有一个顾得上说话，只是飞跑。

我觉得自己很长时间忘了呼吸，心都提到了嗓子眼。我冲在了最前边。

离得近了，只有几米远了——一切都看得清清楚楚，是鱼铺燃着了！如果我没有想错的话，肯定是喝得大醉的玉石眼抽烟，不小心把鱼铺点着了……这可怜的老家伙醉得一塌糊涂，已经爬不起来了，只得眼睁睁看着铺子烧成一团。

我们无法靠得更近，因为烧得最旺的地方恰好是铺子入口。三狗带着哭腔喊叫：“大叔啊！大叔啊！”

老憨抄起铺边的一个水桶，飞快弄一桶海水泼到火上。我们都像老憨一样找来盛水的大小家什，一齐去泼……当铺口的火稍稍减弱一点时，我和老憨就不顾一切冲了进去。

铺内既睁不开眼又没法喘气。我们只靠手摸，找到了脸朝下的玉石眼。我们一人揪紧一条腿往外拖、拖，一直把他拖出了铺口。他的裤子上还有火星，三狗就将一桶水泼上去。

铺子还在燃烧。好在今夜风不算大，不然我们只得看着它烧完。

老憨照顾了一会儿玉石眼，说一声“还活着”，就返身和我们一块儿救铺子了。

这是打鱼人留了几十年的一座铺子，里装满了各种东西，再加上铺子外边搭的一张张渔网，不知有多么重要呢！这一点我们全都明白，所以拼上性命也要把它救下来……

不知拼了多久，眼看火苗暗下来，变成了一股股黑烟。我们不敢有一点松懈，还是一桶桶往上浇泼。这样一直迎来黎明，黑烟才一点点止息。

多半个铺子保下来了。

玉石眼的酒醒了大半。他勉强站起来，马上哎哟了一声，原来左裤脚烧掉了一点，左脚也烧伤了。

再看我们：老憨头发焦了三分之一，衣服上全是破洞，脸上也有烧伤和擦伤。他说：“我爸又要打我了。”

三狗和破腚的脸全是黑的，只有牙齿洁白。他们身上有好几处流血。破腚的裤子烧去了一块儿，这正好使屁股上的疤痕显露无遗。

我看不到自己的模样，但分明感到脸上、胳膊上一阵阵剧痛。他们说我浑身上下有好几处伤得很重。

老憨到铺子里寻找那个酒葫芦，找了一会儿只拿出小半截：它大半都烧成了灰……

早　晨

我们一辈子都忘不掉这个夜晚和黎明，也忘不掉这个夏天发生的一切。

就说那个早晨吧。

我们害怕铺子再烧起来，更不能扔下玉石眼不管，所以一步都没有离开。这样直到太阳升起来，打鱼人从四处赶到海边……他们每天都要在天不亮赶来拉“黎明网”。一伙人先是愣怔怔地看着，然后大呼小叫地跑过来，围起了我们。

那个叫“老扣肉”的海上老大绕着铺子看了一遍，脸一直沉着。

我们所有人都怕他，这会儿真担心他挥起巴掌。谁知他转了一圈儿，抿抿嘴唇，蹲在了哎哟哎哟的玉石眼跟前。他仔细瞧了瞧伤，掀开老人的衣襟裤脚看过，弹弹老人的脑壳说："再敢喝酒！"

他让人快些找个担架，把玉石眼抬到园艺场门诊部去。

吩咐完了这一块儿，他才开始转向我们，像对玉石眼那样将我们挨个儿细细看了一遍，说："还行，能跑能蹿的，快回去擦药！"

他当众夸我们几个："还真亏了这几个毛孩儿，要不是他们，咱这个鱼铺就完了——玉石眼也见了阎王！这家伙又抽烟又喝酒，这回大概老实了！我赶明儿要找学校的头儿，给这几个孩子一人戴上一朵大红花……"

他这样说的时候，所有人都望着我们，齐声感叹说："真好样的啊！""这铺子就让他们救下了！""看一个个烧的，像灶坑里扒出的地瓜一样……"

当海上老大再次催促我们去门诊部的时候，我们就跑开了。

我们一口气跑到了河湾，又沿着河湾往南走。这时都感到了脸上身上的刺痛。正走着，老憨一抬头看到了什么。

一个细长的影子，那不是“狐狸老婆”吗？

我们大伙搓搓眼辨认时，老憨已经在喊了：“哎——‘狐狸老婆’——”

细长影子停住了。他手打眼罩往这边看了看，然后加快步子赶了过来。渐渐走近了时，我们都看清他手里提着一个大布包。

“狐狸老婆”气喘吁吁，见了我们上前一把攥住：“啊，果真哩！玉石眼呢？”

他怎么知道鱼铺失火的事？原来天刚亮他就从北风里闻到了焦糊味儿，马上知道海边出事了。当他往那里赶去时，半路已经有人告诉他，说铺子救下来了，不过看铺老人和几个孩子烧伤了。

他立刻回头取来了烧伤药。

“狐狸老婆”解开布包，拿出一个装了黄色油膏的瓶子：“快些抹上，抹上它就留不下疤痕……”

我们都见过这个瓶子。

他抓住我们的胳膊，一边抹一边询问玉石眼的伤势。当他知道人已经给抬到了门诊部时，咕哝说：“不能全靠洋法儿的。我这油膏最管用的！”

他说自己的油膏是海边流传了几辈子的烧伤奇方。真的，我觉得一直刺痛的脸和手，刚抹上这油膏就舒服多了。

我们下边最急着做的，就是赶快和“狐狸老婆”一起去找玉石眼。

这时太阳还没有升起，一层薄雾缠在树梢上。“狐狸老婆”急匆匆走在前边，我们紧跟在后。他的步子就像猎人一样灵巧，每一步都踏向灌木空隙，满地的酸枣棄和荆棘都被躲闪了。

在园艺场门诊部，几个医生正在给床上的玉石眼治疗，他们每动一下，玉石眼就发出一声闷叫。我们一进这间房子，马上闻到了浓浓的药水味儿。

“狐狸老婆”小声对一位医生说了几句，举了举手里的布包。医生接过去，拿到了床边。

床上的玉石眼看到了我们，嘴角露出了笑容。可是当他一转脸看到“狐狸老婆”，立刻闭上了眼。

“狐狸老婆”对医生说：“抹上吧，最见效力。”

玉石眼听到了，睁开眼说：“我不抹他的药膏。”

医生劝他，他像不听话的孩子一样扭过头去。我们有些着急。

正这会儿，“狐狸老婆”突然上前一步，盯着玉石眼看起来。玉石眼就像后脑勺上长了眼睛似的，被盯得转过脸来。

两双眼睛对视着，目光全都尖利利的。

屋里静极了。

“狐狸老婆”说话了，声音低低的，不过就像一道不容更改的命令：

“玉石眼，抹上这药膏！”

玉石眼闭上眼，再次把脸扭到一边。

“抹！”“狐狸老婆”又说一遍，这一次声音加重了。

在场的人都看到玉石眼睁开了眼，咬咬下唇，很不情愿地把伤处袒露出来……几个医生为他抹药膏了。

从门诊部出来时，“狐狸老婆”问了失火的原因，我们闭口不答。他回头望了一眼，说：“玉石眼要能喝上一碗‘黄鳞大扁’，好得也就快了。”

我们告诉他：玉石眼不吃河鱼。

告别夏天

谁也不知道这场灾难是我们一手造成的，而且在很长时间里都会是一个秘密——就因为我们的任性和胡闹，差点把一座存在了四十多年的老铺子一把火焚掉！

这事想一想都害怕啊。我们是一帮什么人呢？

这个可怕的夏天啊，这个危险的夏天啊，我们做过的一切都不该被原谅。

和“狐狸老婆”分手的那个早晨，我们几个一直看着那个细长的背影，看他摇晃着，消逝在林子里。

老憨说：“他和玉石眼和好了吗?”

我们都不敢肯定。但有一点是可以确定无疑的：他们之间再也不是仇人了。

更有可能的是：他们之间从来都不是什么仇人。

两个老人怀念着同一个人，爱着同一个人，这会成为仇人吗?这种事还真得好好琢磨一下才行——这种事对我们来说可能太复杂了一些。

不过，凡事都得总结——总结一下前前后后，弄明白我们的深刻教训到底在哪里?

因为我们身上带着烧灼的印痕，回家会受到刨根问底或重重的责罚，特别是老憨，几乎肯定会被臭揍一顿。趁着没有散开的一段时间，我们几个又在林子里耽搁了一会儿，好好讨论了一番。

最后得出了如下两条结论：

玉石眼是我们的好朋友，我们对他的话句句都信——再加上一些传言，以为那人真的给狐狸当过三年老婆呢!

看来以后无论遇到什么事情，都要听听当事人怎么说。

抽烟、喝酒本来就不是我们喜欢的事情，只不过是一心想要模仿大人罢了，结果就差点弄出了一场天大的乱子。

海边的人说，猴子才最爱模仿呢，而我们又不是猴子。

从林子里出来，正好太阳也升起来了。

新的一天就这么开始了，我们要回家去了。老憨说："我爸一准打我，我又没带酒葫芦……"

我们于是决定陪老憨一起回去，以便在关键时刻为他挡一挡棍子……

这个夏天啊，剩下的日子还算过得不错。我们抓紧时间纠正自己的错误：一块儿为"狐狸老婆"修整弄坏的园子，送了他一些河鱼，其中有两条还是真正的"黄鳞大扁"！

玉石眼的烧伤好得比我们慢一点，半个月之后才回到铺子里去。"狐狸老婆"的药膏功效显著，我们大家身上没有留下一个疤痕。

我们仍旧去玉石眼那儿听故事喝鱼汤，也去看望"狐狸老婆"。

现在我们可以负责任地说：两个老人都成了我们的朋友！

还有，那天早晨我们带着一身烧痕回家，谁也没有受到责罚，因为海边上的消息总是传得飞快：人人都把我们当成了救火的英雄。就连老憨也没有挨揍——火眼那天早晨一见儿子就笑眯眯地凑过去，这让老憨心里发毛；在他马上就要拔腿逃开的一刻，火眼说话了：

“我这孩儿不孬哩，真是不孬！”

说到底夏天还是最好的季节。火热的夏天能让各种植物飞快成长，对人大概也是一样。

我们真舍不得夏天啊，舍不得这个夏天、所有的夏天。

2011 年 6 月 7 日—2011 年 10 月 18 日

图书在版编目（CIP）数据

魂魄收集者 / 张炜著． — 北京：作家出版社，2015.9
（名家小说集）
ISBN 978-7-5063-8291-5

Ⅰ．①魂… Ⅱ．①张… Ⅲ．①中篇小说－小说集－中国－当代 ②短篇小说－小说集－中国－当代 Ⅳ．①I247.7

中国版本图书馆 CIP 数据核字（2015）第 218770 号

魂魄收集者

作　　者：张　炜
策 划 人：罗　英
责任编辑：张　平
装帧设计：薛冰焰
出版发行：作家出版社
社　　址：北京农展馆南里 10 号　　　邮　　编：100125
电话传真：86-10-65930756（出版发行部）
86-10-65004079（总编室）
86-10-65015116（邮购部）
E-mail：zuojia@zuojia. net. cn
http：//www. haozuojia. com（作家在线）
印　　刷：北京市玖仁伟业印刷有限公司
成品尺寸：130×185
字　　数：184 千
印　　张：11.5
版　　次：2016 年 1 月第 1 版
印　　次：2016 年 1 月第 1 次印刷
ISBN 978-7-5063-8291-5
定　　价：35.00 元